ペンギン鉄道　なくしもの係

名 取 佐 和 子

幻冬舎文庫

ペンギン鉄道
なくしもの係

Contents

第一章

猫と運命

いーち、にー、さーん、しー、ごー、……とゆっくり十まで数えてから、笹生響子《さそうきようこ》は文庫本から目をあげた。

「やっぱり、いる」

思わず口に出してつぶやいてしまう。

クーラーがほどよく効いた電車の中は空《す》いており、響子が座った緑色のロングシートにもだいぶ間隔をあけて他に二人しか座っていなかった。高校生の男子はイヤホンをつけて携帯ゲーム機のボタンを連打し、響子と同い年くらいの三十代の女性は地方デパートのロゴが入った紙袋を脇に抱えて船を漕いでいる。どちらの耳にも響子の声は届かなかったようだ。

ホッとするのと少し残念な気持ちが入りまじる。他の乗客ともこの驚きを分かち合いたかったのだ。というか、一人では抱えきれない衝撃があったのだ。

響子は文庫本を目の下まで持ち上げ、もう一度、自分から一番近いドアの左脇を見た。

一羽のペンギンがいる。間違いない。マボロシではない。確実にいる。

ペンギンはオレンジ色のくちばしをドアに向けて、ポール状の手すりにはつかまらず——

そもそも『つかむ』ことはできそうにないのだが——仁王立ちしていた。

車窓を眺めているのだろうか？　ペンギンの真っ黒い目は一点を見つめたまま動かず、表情も変わらない。

響子は文庫本で顔半分を隠したまま車内をすばやく見回した。残念ながら、ペンギンに目を留めている者は誰もいない。いや待て、一人だけいた。優先席に座った銀髪の老人がこの上なく微笑ましいって顔でペンギンを眺めている。だけど、それだけだ。響子のようにあわてふためくわけでも、無粋にツイートしたり写真を撮ったりするわけでもなく、ただ日常の一コマとして扱っている余裕が感じられた。

何これ？　ペンギン特別列車か何かに乗ってしまったのか？　響子は混乱する。大学時代からの友人、美知《みち》の新居に招かれたことで初めて利用した路線なので、勝手がわからない。

そのうち一人で興奮しているのが恥ずかしくなり、響子はそっと文庫本をおろした。シートの背にもたれて息をつき、上体をひねって窓の外を見る。電車はいつのまにか停車しており、ホームの柱に取り付けられた駅名のプレートが見えた。そこが自分の乗り換え駅だと響子が気づくのと、電車の発車ベル代わりの音楽が鳴り出すのは同時だった。響子ははっきり覚えている。

だから、ペンギンのせいなのだ。

あの日、電車内でペンギンを見かけるなんて非日常な出来事と遭遇しなければ、私はあわてふためいて降車することもなかったし、あわてなければ、大事なバッグを電車のシートに置き忘れるなんて大失態をしでかさずにすんだ。はずだ。絶対。

響子は責任をペンギンになすりつけつつも、深く後悔していた。


「落ち着いて、響子。今、調べてあげるから。えーと、何駅で乗り換えたんだっけ？」

電話口から美知のやわらかい声が響く。響子はあの時プレートに書かれていた駅名を口にしながら、急速に頭が醒めていくのを感じていた。

美知とは大学時代からの付き合いだ。泣いたり怒ったり酔い潰れたり、感情をむきだしにして取り乱すのは、いつだって美知の方だった。響子は常に冷静な聞き役だと思われていたし、自分でもそれを誇っていたふしがある。いくら向こうからタイミングよく電話がかかってきたとはいえ、まさか美知に「電車に忘れ物しちゃった。どうしよう？」と泣きつき「落ち着いて」となだめられる日が来ようとは、と恥ずかしくなった。いけない。態勢を立て直さねば。

響子は1LDKの部屋に散らばったストッキングや紙袋をぐるりと見回しながら、早口で言う。

「そっか。そっか。ネットで調べれば簡単だよね。私、自分でやるわ」

「いいから、待ってて」と遮り、美知がしばらく沈黙する。やがて「わかったよ」と軽やかな声で、響子が利用した路線の『遺失物保管所』という堅そうな窓口の電話番号を教えてくれた。響子は手近なところに転がっていた一昨日の新聞の余白にあわてて書き取る。

「ごめんね、夕方の忙しい時間に。栞《しおり》ちゃん、お腹空いちゃうね」

「今日は保育園でお菓子をたくさん食べてきたみたいだから、大丈夫」

美知は鷹揚《おうよう》に笑う。こんな笑い方ができるようになったんだ、と響子は驚いた。学生時代はかわいらしい反面あぶなっかしくもあった美知だが、大学卒業後、看護学校に入り直して看護師の資格を取った。結婚して、子供を産んだ後も、時間を調整しながら看護師の仕事をつづけているという。年相応の成熟とたくましさを着々と手に入れていく友人の姿に、響子はただただ恐れ入る。と同時に、自分の変化のなさを痛感し、無意識にため息をついていたらしい。電話の向こうの美知が同情を含んだ小声になった。

「心配でため息が出ちゃう？　よほど大事なバッグだったのね。お財布とかカードとか入ってた？」

「あ、う、うん。まあ、そんなトコ」

「そっかあ。なんか申し訳ないね。私の家に来てもらった帰りに、そんなことになっちゃって。土日だったら、パパに車で送らせたんだけど」

響子の胸がチクリと痛んだ。シフト勤務の特性を活かしてわざわざ平日の休みに美知の新居にうかがったのは、その『パパ』に会いたくなかったからだ。

「立花《たちばな》先輩の家族サービスデーを潰しちゃ悪いと思ってさ」

「えー。あの人、娘サービスはいいけど、妻サービスはイマイチだもん」

電話の向こうで美知がぷうっとむくれる気配がした。幸せそうだ。「またまたぁ」と響子は笑ってみせ、早口でまとめに入る。

「今日は久しぶりに美知と喋れて嬉しかったよ。それに、忘れ物は私の個人的なミス。電話をくれた美知まで巻き込んじゃって悪かったわ」

「いいよ、そんなこと。たまには私も響子の役に立ちたいよ」と照れる美知の後ろで、小さな女の子の「ママ」という声がした。

「あ、栞ちゃんが呼んでない？　電話切るね。窓口の電話番号を調べてくれてありがとう。さっそく問い合わせてみる」

よし、立て直したぞ。響子は満足して電話を切った。

電話のコールを十八回まで数え、二十回待って出なかったらあきらめようと思った矢先、ガチャリと受話器を取り上げる音がした。

「大変お待たせしました。大和北《やまときた》旅客鉄道波浜線《なみはません》遺失物保管所、守保《もりやす》です」

若い男性の声だ。ウィスパーボイスとまでは言わないが、余計な力のこもっていないやさしい声だった。舌を嚙みそうな長い部署名と名前を流れるように言った後、こちらの第一声を待っている気配が伝わってくる。響子は待たされたイライラをぶつけないよう声音を作って名乗り、事情を説明した。守保という男性職員は特に相槌を打つわけではなかったが、熱心に耳を傾けてくれている様子だ。響子のイライラはたちまちおさまり、電話の向こうの守保に頼る気持ちすら芽生えてきた。

守保は響子の説明がすべて終わるのを待ってから、ようやく口をひらく。

「笹生さんがお忘れ物をしたのは、本日の夕方四時頃。東川浪線《ひがしかわなみせん》深瀬《ふかせ》駅から乗車。油盥《ゆだらい》駅で乗り換えのため降車。その際、真ん中あたりの車両のシートの上に、黒のメッセンジャーバッグをお忘れになった。これで間違いありませんか？」

「はい。あ、メッセンジャーバッグはPCを持ち運ぶ用に作られたやつで、中にパッドが付いています」

「パッド？　それは衝撃吸収材的な？」

「ええ。的な、です」

「わかりました」

サラサラと何か書き取る音がして、ふたたび守保のやわらかい声が響く。

「ちなみに笹生さん、バッグの中身は何でしょう？」

「え」と響子は言葉に詰まった。プライベートな品ですと突っぱねたいところだが、下手に情報を出し渋ったせいで見つからないのでは困る。

この妙に親しみやすい職員を信じてみよう。響子は覚悟を決めて、小さく息を吸い込んだ。

「骨壺です」

ああ、言ってしまった、と頭を抱えたくなる。相手の反応が気になってスマホを耳に押し当てた。守保は特に驚いた様子もなく、むしろ慣れた調子で穏やかに聞いてくる。

「大きさはどのくらいでしょう？　メッセンジャーバッグに入るなら、四寸くらい？」

「寸？　寸はわからないんですけど、骨壺自体の高さは十五センチくらいです。ただ、それを包んでいる銀色の骨袋の高さが二十五センチくらいあるかな」

「なるほど。その骨壺の中には笹生さんの……？」

「猫が入っています」

響子は思わず力を込めて言ってしまった。名前はフクです、と心の中だけで付け足す。

守保は飄々《ひょうひょう》とした口調で「少々お待ちください」と告げて、電話口を離れる。

その間に、響子は背伸びをして上体を左右にひねった。よく考えたら、帰ってきてから荷物を置いてストッキングを脱ぎ捨てただけで、まだ一度も腰をおろしていない。珍しくヒールの高い靴を履いた足裏の土踏まずのあたりに鈍い痛みを感じた。レースのカーテン越しに見える空は茜色だ。ずいぶん日の長くなった夏の太陽もようやく沈もうとしているらしい。ぽたりと顎《あご》の先から汗がしたたり、クーラーをつけ忘れていたことに気づいた。気づいたとたん、汗がどっとふき出てくる。外出のため一日中窓を閉め切っていたのだ。熱がこもり、室内の気温は相当高くなっているだろう。暑い。猛烈に暑い。クーラーつけたい。リモコンはどこだ？　と探している間に、守保が電話口に戻ってきてしまった。リモコン探しはいったん諦める。

「もしもし。笹生さんのなくしもの、黒のメッセンジャーバッグは江高《えたか》駅の方で拾われていましたよ」

思わずガッツポーズをとった響子だが、「ですが」とつづく守保の怪訝《けげん》そうな声を聞いてスマホを持ち直した。

「落とし主が現れて、すでに受け取っていかれました」

「そんな」とうわずった声をあげる響子をなだめるように、守保が説明する。

東川浪線の終点江高駅で乗客全員が降りた後、ロングシートの上にそのまま残っていた黒のメッセンジャーバッグは、車両点検に来た車掌によって拾われた。バッグの中に銀色の骨袋に包まれた白い陶器の骨壺が入っていることも確認したそうだ。そして車掌が会社の遺失物取扱規程に則《のっと》り、拾得物を守保のいる遺失物保管所に送ろうとしていた時、江高駅の駅長室に「さっき電車に忘れ物をしちゃって」と一人の男性があわてた様子で訪ねてきた。

男性は車掌の拾った遺失物の特徴――黒のバッグの中に銀色の骨袋に入った白い陶器の骨壺が入っていること――をそっくり告げて、身分証明書として運転免許証を提示した後、しかるべき手続きを踏んでメッセンジャーバッグを持ち帰ったという。

「受け取りの際に住所も電話番号も氏名も書いてもらう規則なんで、男性の所在ははっきりしているんです。すぐに連絡をとってみますから、安心してください」

守保の声を聞きながら、響子は足元がグラグラゆれている気がしてならなかった。誰かが自分のバッグを持ち帰ったと聞いた瞬間に頭からサアッと血がおりてしまったから、貧血に近い状態なのかもしれない。なんだか目もチカチカしてきた。

体調不良で返事もろくにできなくなっている響子の耳元で、守保は辛抱強く繰り返した。

「笹生さん、安心してください。私の方ですぐ男性に連絡をとってみます。何かありましたら……いえ、何もなくても必ずご連絡しますから、電話番号を教えていただけますか？　念のため、こちらの電話番号もお伝えしておきます。私はオフィスにいないことが多いので、携帯電話の方でかまいませんか？」

この後、自分が守保とどんなやりとりをしたのか、響子は何も覚えていない。

あ、気持ち悪い、これはまずい、としゃがもうとしたが時すでに遅く、響子はへなへなと横座りするような格好でフローリングの床に崩れ落ちた。


響子は暗いトンネルの中を歩いていた。風はなく、寒くも暑くもない。足音が聞こえないので下を見ると、足元は闇に埋もれ、靴を履いているのかどうかすらわからなかった。五感がいずれも鈍くなっているようだ。コンクリのトンネルの中はだいたい五メートルおきに外灯がとりつけられていたが明るさは足りず、自分の指先すら見えない不明瞭な視界がつづく。

やがて一つの外灯の真下で何かがうずくまっているのが見えた。たしかな予感がして、響子の足が速まる。水を掻いているようで進みはのろい。相変わらず足音はしない。響子がぬるぬる近づくと、予想通り、オレンジ色の光に照らされた地面にフクが伸びていた。

白い毛に黒いブチ模様。顔も丸く、目も丸く、心も丸く、と何もかも丸い猫が地面にぺたりと体を投げ出すと、『豆大福』にしか見えない。星形の青い花の下でミィミィ鳴いていた生まれたてのフクはサイズまで本物の豆大福とそっくりで、「食べちゃいたいくらいかわいい」という言葉がぴったりの存在だった。

だからあまり――というか誰にも――知られていないが、フクの正式な名前は、『マメダイフク』だ。呼びかけるには長すぎたその名前は、すぐ名付け親の響子自身によって『フク』と縮められ、終生そう呼ばれた。……終生？

「フク」

響子がおそるおそる呼びかけると、伸びたフクの右耳がピクンとゆれる。響子はそれを見て、「ああ、フクは死んでない」とホッとした。

と同時に、「これは私の夢の中だな」と思い当たる。

フクが死んでから、響子はほぼ毎日彼の夢を見ている。たいてい暗いところを響子が歩きつづけ、やがて豆大福のような格好で寝ているフクを見つける夢だ。名前を呼ぶと、フクは片耳やヒゲをピクピク震わせる。響子は「ああ、死んでない」と喜ぶ。フクが死ぬわけない。やっぱりあれは何かの間違いだったんだ。さあ、フクとの日々をやり直そう。

けれど、フクはけっして目をあけてくれない。そのうち、呼びかけへの反応が鈍くなる。何度も名前を呼び、体をさすり、抱きしめ、やがて響子は気づくのだ。

自分がまたフクとの別れの時間を経験していることを。

やわらかいものがかたくなり、あたたかいものがつめたくなり、生が死になり、目が覚める。「つらい夢から逃れた」とホッとできるのは一瞬のこと。すぐ現実のフクの不在が鈍い痛みとなってみぞおちに差し込まれる。後悔が頭を重くする。こんな繰り返しがもう一年近くつづいていた。

けれど、今日のフクは——というかフクの夢は——ちょっと様子が違っていた。

だんだんフクの反応が鈍くなるところまではいつもといっしょだったが、次の瞬間、トンネルの中を強い光が照らしたのだ。同時に轟音が鳴り響く。響子はとつぜんよみがえった五感で灰色の世界に色がついたような劇的な変化を感じ、反射的にフクを抱き上げてトンネルの壁にへばりついた。ほどなくして、わずか三両しかないオレンジ色の電車が現れる。電車は響子とフクのすぐ脇をゴオゴオと通りすぎていった。

何、この展開？　髪を頰にはりつかせて呆然と電車を見送っていた響子だが、無人だとばかり思っていた電車の窓から覗いた顔を見て叫ぶ。

「ペンギン！」

ほんの一瞬で見えなくなってしまったが、たしかにペンギンが胸をそらし、オレンジ色のくちばしをこちらに向けていた。

次の日、響子は風通しのいいコットンワンピースに麻のストールと白いスニーカーをあわせ、ふたたび電車に乗っていた。レンタカー会社の営業所に勤務し、公私共に車を使う機会の多い響子にしては高い頻度だ。昨日と同じ駅で乗り換える。ただし今日は美知の住む町につながる路線は使わない。熱中症対策に持ってきたボトルの水を飲みながら階段をのぼっておりて、一番はじのホームから油盥線という三両編成のオレンジ色の電車に乗った。夢と同じ電車で驚いたが、おそらく昨日の乗り換え時に視界に入っていた車両が夢に現れただけだろう。

熱中症で倒れた響子の意識を戻してくれたのは、守保からの電話だった。もう一つの黒のメッセンジャーバッグが遺失物保管所に届いたことをいちはやく響子に伝えようと、守保が夜の八時から十時まで、二十回ずつのコールを十五分おきに辛抱強くしてくれていたことを後から聞き、響子は恐縮した。また、守保の電話がなく、朝まで意識をなくしていたら……と考えると、独り暮らしのよるべなさが身にしみた。

もう一つの黒のメッセンジャーバッグだが、守保が中を確認したところ、やはり銀色の骨袋と白い陶器の骨壺が入っていたそうだ。

「これで、二人の乗客がまったく同じ骨壺と骨袋が入っている同じ色と型のメッセンジャーバッグを、同じ日の同じ時間帯の同じ路線に置き忘れる、という偶然が発生したことが明らかになりました。男性側に連絡したところ、持ち帰った骨壺は自分のではなかったとおっしゃっています。ただ、私どもにはどちらがどなたの骨壺なのかわかりかねますので、お手数ですが、お二人に遺失物保管所まで一度ご足労いただくことになりそうです」

男性は守保の急な要請にもかかわらず、翌日、自分が一度受け取ったメッセンジャーバッグと骨壺を持ってふたたび遺失物保管所まで出向くことを快諾したそうだ。物が物だけに、一刻も早い正しい回収を望んでいるのだろう。響子も気持ちは同じだ。会社には無理を言って有休をとることにした。

朝のラッシュが終わったばかりの車内は、すでにがらんとしている。その空きっぷりは、美知の家から帰る時の上り電車の比ではない。一両につき乗客が二組いるかいないかといったところだ。

響子はせっかくだから一番前の車両に移動し、ロングシートを独り占めした。上体をひねって窓の外を見ると、夏の太陽を映してきらきら輝く海と、朝から白い煙をあげる臨海コンビナートや巨大な石油タンクが目に飛び込んでくる。整備された広い私道を色とりどりの大きなトラックが行き交っていた。

油盥線は本線から分岐した支線と呼ばれる路線だ。沿線に住宅地はなく、海も遊泳禁止区域のため、乗客はコンビナートで働く人達か遺失物保管所に用のある者だけだと守保は言っていたが、工場マニアも多そうだ。同じ車両の後方で、重そうなカメラを首と両肩に三つもぶらさげ、子供のようにはしゃぎながら写真を撮っている中年男性二人組を視界の隅にとらえて、響子はそう思った。マニアとまではいかなくても、いわゆる工場写真が好きな人は多いと聞く。いつか書店で写真集も見かけた。

こんな時でなきゃ、私ももっと車窓を楽しめるのに、と響子は残念に思いながらシートに深くもたれて、ボトルの水をがぶりと飲んだ。


終点の海狭間《うみはざま》駅でおりた乗客は、響子一人だった。無人改札の小さな駅だ。駅をはじめとする付近一帯の土地が、フジサキ電機という企業の敷地となっており、昔は社員以外改札をくぐることすらできなかったという。現在も改札を出ると目の前に工場の通用門がある。警備員も立っている。ただ、社員以外の人間も門の手前の細い道を通って、海に臨む公園に行くことは可能になった。

響子は前夜のうちにネットで調べておいた海狭間駅情報を思い出しながら、改札を抜ける。待合室のようなスペースに出た。床も壁も板張りで、駅というより山小屋のような雰囲気だ。待合室の出口と向かい合うようにして、工場の通用門が見えていた。

「えーと……遺失物保管所はどこ？　まさか工場の中にあるんじゃないよね？」

響子はひとけのない待合室で独り言を言いながらキョロキョロと辺りを見回した。ネット上には、この駅に遺失物保管所があるという情報はなかった。誰かに尋ねたいが、あいにく駅員の姿はない。工場の警備員に聞いてみようか？　昨日守保が教えてくれた携帯番号に電話してみようか？　いや、まあとりあえず、いったん外に出てみるか。

響子が待合室の出口に向かおうとした時、ワンピースの上から太股の裏を、誰かにツンツンとつつかれた。不意打ちすぎて「ひぁ」と変な声が出てしまう。

あわててふりむいたが、誰もいない。しかし気配はある。視線をゆっくり落としていくと、自分を見つめる黒くてつぶらな目があった。「ひぁ」とまた声があがる。本日二回目。

響子をつついた犯人は悪びれることなく、真っ白な胸を反らすようにして——言い方を変えると真っ白なお腹をつきだすようにして——立っていた。頭部から目の横にかけてのヘアバンドのような白い帯模様とオレンジ色のくちばしが、響子の目を引く。腹は白く背は黒く、見事なツートンカラーになった羽毛はみっちり生えそろい、お腹はなでたくなるような曲線を描いていた。

「あなた、昨日のペンギン？」

響子は思わず話しかけてしまう。ペンギンはフリッパーと呼ばれる羽のような手をふわっと持ち上げ、首をかしげて響子を見上げた。大きくて肉厚な足をニジニジとずらせてバランスをとっている。わりと長めの尾がピコンと反り返った。か、かわいい。どうしよう？　かわいすぎる！　海の生き物っぽい生臭さはあるが、そんな現実を押しやってしまうほどのドリーミィな愛らしさに、響子はおおいに動揺した。一瞬、なぜ自分がここにいるか忘れてしまったほどだ。

「ひょっとして、笹生さんですか？」

わ、ペンギンが喋った！　響子が目をむくと、「あ、こっちです」とあわてたような声がした。響子は目をむいたままの形相で声の主を探す。すると、改札脇の壁が引き戸のように横にひらいて、濃いめの赤に染めた髪が印象的な青年が立っていた。

「おはようございます。大和北旅客鉄道波浜線遺失物保管所の守保です」

透明感のある声でよどみなく自己紹介され、響子はようやく本来の目的を思い出す。

「おはようございます。笹生です」と挨拶し、あらためて守保と向き合った。

こんな人だったんだ、と心の中だけでつぶやく。電話口の声も若かったが、実物はもっと若い、ように見える。赤い髪の印象もあって、バンド活動をしている大学生にしか見えない。モスグリーンのズボンに白の開襟シャツという鉄道会社の制服をちゃんと着ているのに、モラトリアム無職の雰囲気がそこはかとなく漂ってしまう。波線を描いてフニャッと口角の上がったアヒル口は下手な女の子よりも愛嬌があり、長めの前髪から見え隠れするつぶらな目はペンギンと似てなくもない。

「どうぞ。お入りになってください。岩見《いわみ》さんもすでにいらっしゃってます」

もう一人の落とし主である男性の名前は、岩見というらしい。守保の口調は電話と同じくていねいだった。ただ、目の前で喋っているのを聞くと、外見とのギャップのせいか、よりていねいできちんとしているように思える。

部屋の入口に立つ守保が体をずらすと、響子より先にペンギンが中に入っていった。ペタペタというアニメの効果音みたいな足音がかわいい。

物言いたげな響子の目に気づいたのか、守保は小さな歯を見せて笑った。

「あ、いいんです。彼もここの者ですから」

「ここの者？　職員さんなんですか？」

響子の真剣な問いに、守保は「いえ」と戸惑ったようにまばたきし、赤い髪をクシャッと掻く。

「ペンギンは働きません」

「……ですよね」

響子はうつむいた。恥ずかしさのあまり、そもそもなぜペンギンが駅にいるのか聞きそびれてしまった。うなだれたまま、入口をくぐる。

壁にまぎれる引き戸こそ変わっているものの、中に入ってみればごく普通の狭いオフィスだった。

部屋の横幅いっぱいにカウンターがしつらえてあり、カウンターの奥にはＰＣがのった机が二つ並んでいる。机の後ろの壁に大きな銀色の扉が見えた。色といい材質といいノブの形といい、巨大な冷蔵庫の扉といった感じだ。残りの空間は大小高低様々なロッカーで隙間なく埋められているせいか、ことさら狭苦しく感じた。部屋に窓がないのももったいない気がする。せっかく海に近い駅なのに。

響子が無意識にボトルの水をあおると、守保が「暑いですか」と恐縮したように言ってリモコンのボタンを押した。ピッと電子音がして、銀色の大きな扉の上に備え付けられたクーラーが唸りだす。設定温度を下げてくれたようだ。響子としてはすでにじゅうぶん涼しかったのだが、せっかくの親切なのでそのままにしておく。カウンターの中と外に一台ずつ置かれた扇風機もフル稼働して、クーラーの涼風を部屋中に行き渡らせていた。天井からつるされた『なくしもの係』と書かれた緑色のプレートが前後にせわしなくゆれている。

「なくしものがかり」と響子が何気なく読み上げると、カウンターの奥にまわって鍵束をいじっていた守保がふりむいた。

「『遺失物保管所』だとなんか響きが硬いし、早口言葉みたいで言いづらいし、こっちの方がわかりやすいと思いませんか？」

「はあ」

「ゆくゆくは正式名称にしたいと思っています」

守保は真面目な顔でわりとどうでもいい夢を語る。のんきな職場のようだ。そういえば机は二つあるが、職員は守保一人しか見当たらない。一人でじゅうぶん回せる量の仕事しかないのだろう、と響子は勝手に決めつける。

この狭いオフィスの中にたしかに入っていったペンギンの姿が消えてしまっていることを不思議に思いつつも、響子はあえて言及しなかった。ペンギンがいると、どうも気持ちがふわふわしてダメだ。やつが姿をくらませている今のうちに、やるべきことを終わらせてしまおう。

「あの、岩見……さんは？」

「今、公園の方で一服していらっしゃいます。すぐ戻ってきますよ」

響子より一本早い電車で来たのだとしたら、もう三十分以上この小さな駅で待っていることになる。そりゃ一服したくもなるだろうと響子は恐縮した。

守保は鍵束の中からようやくお目当ての鍵を見つけたらしい。後ろのロッカー群の一つの扉をあけて黒のメッセンジャーバッグを取り出してくると、カウンターにそっと置いた。

「後から届いた方の、メッセンジャーバッグです」

響子はすぐ手に取って中を確認したい気持ちを懸命に抑えた。近くから見るかぎり、自分のバッグのようにも見えるし、違うようにも見える。つまり、よくわからない。ひと様の持ち物だった時のことを考えて、遠慮した。

こんなことなら目印にストラップかキーホルダーをつけておくんだったと、響子が後悔のため息をついた時、後ろの壁――のように見える引き戸――がひかえめにノックされた。

「あいてます。横に引いてください」

守保がやわらかく言うと、「失礼します」と太い声があがる。

引き戸をあけて入ってきた男性の姿に、響子は目を奪われた。たくましい首に目鼻立ちのくっきりした顔がのっている。肌は健康的に日焼けし、黒のポロシャツ越しにも美しい筋肉が盛り上がっているのがわかった。二の腕に力こぶを作って大きなボストンバッグを軽々と肩に担いでいる。背はうんと高い。

立花先輩と似てる。響子は何よりもまずそう思った。大学時代の登山部の先輩であり、今は美知の夫になっている立花と醸し出す雰囲気がそっくりなのだ。

「マズイなあ」

「え？」と男性に首をかしげられて、響子はあわてる。無意識に声に出してしまっていたらしい。いかん。いかん。響子がブルッと体を震わせると、男性は納得したように「ああ」とうなずいた。

「たしかにマズイくらいの寒さですね、この部屋」

「すみません。ペンギン仕様で」

守保の口が波線を描くようにフニャッと曲がる。どうやらさっきのクーラーの温度設定も、響子のためではなくペンギンへの配慮だったようだ。

真実がわかったとたん、涼しいではなく寒いと感じるのはなぜだろう？　響子は身震いしながら、立花とよく似た岩見という男性の顔を見上げた。

「えー。こちらが岩見さん、で、こちらが笹生さんです」

互いを紹介してくれる守保の声が水の中のように遠く聞こえる。「どうも」と岩見は人懐こく頭をさげてきた。そういうところも立花っぽいと思う。先輩なのに先輩ぶらず、女子力の低い、パッとしない後輩のことも平等に気にかけてくれる人だった。響子はぎこちなく会釈を返す。目が泳いでしまう。おまえは内気な中学生か、と自分で自分に突っ込んでみたが、笑い飛ばせる余裕がなかった。

響子のそんな窮地を救ったのは、守保だ。

「まずお詫び致します。このたびは弊社の遺失物確認作業に不手際があり、申し訳ございません」

守保はそう言って、カウンターに並んだ響子と岩見に頭をさげた。きれいに染まった赤い髪がサラサラゆれている。守保としてはただ業務を遂行しただけだろうが、響子は態勢を立て直す時間がもらえてホッとした。心から感謝してしまう。

「それは、もういいですよ。同じ日に同じバッグに入った同じ骨壺が二つ届くなんて偶然、普通ならありえない。俺だって、まさか自分の受け取った骨壺の中身が違っている可能性があるなんて考えてもみませんでした」

　隣で朗らかな声があがる。見上げると、岩見がりりしい眉を動かして快活に喋っていた。響子の視線に気づくと、岩見は「そうだ」と大きなボストンバッグをカウンターにおろし、中から見慣れた黒のメッセンジャーバッグを取り出す。

　カウンターに二つ並んだ黒いメッセンジャーバッグは同じメーカーの品だった。使いこんだ具合もちょうど同じで、鏡に映っているみたいだ。

「これは……たしかに」と響子がうなると、「見分けられませんよね」と守保が言葉を引き継いだ。

「あ、でも、俺が持ち帰った方が、あなたのバッグですよ」

　岩見がなんでもないことのように言う。響子が顔をあげるのと、守保が尋ねるのは同時だった。

「どうしてわかるんですか？」

「え？　確認したら、俺のじゃなかったんで」

「骨壺の中を？」

「はい。やっぱり一応は、と思いまして」

響子は思わず「すごいな」と小さくつぶやいた。岩見に「え？」と聞き返され、口ごもりながらも言う。

「骨だけで自分の子じゃないってわかったんですよね？　すごいな」

「あ！　犬と猫で骨の形が違うから、とか？」

守保がクイズにでも答えるような気軽さで尋ねると、響子が首をかしげた。

「岩見さんの子はワンちゃんでしたか？」

岩見はさっぱりとした短髪の頭を掻いて一瞬ためらった後、肩をすくめる。

「いや、俺の子も猫です。でも、わかりました」

「わかるもんなんですねえ」

守保が感心したようにうなると、岩見は響子の方を向いて頭をさげた。

「すみません。結果的に、あなたの骨壺を勝手に覗《のぞ》いてしまったことになっちゃって」

「ご自分のバッグだとばかり思っていたんですから、仕方ないですよ。ありえない偶然だったんだから」

響子は「ありえない偶然」を無意識に強調してしまう。ありえない偶然って運命と言い換えてもいいんじゃないかな、と考えたとたん耳が熱くなった。

岩見は「では、こちらを」と自分が持ってきた方のメッセンジャーバッグを響子の前に押し出そうとしたが、守保の体のわりに大きな手に止められる。

「ちょっとお待ちください」

長くふぞろいな前髪のすきまから上目遣いに響子と岩見を見比べ、口角の上がった口をフニャッと曲げる。口調は今までと同じくていねいだったが、守保ははっきり言い切った。

「今度こそ、お二人ともしっかり確認してからお受け取りいただきたいと思います」

「確認って……まさか？」

「はい。岩見さんがなさったように、笹生さんも骨壺の中をたしかめていただけませんか？二つの遺失物の違いはもう、そこしかないので」

響子は唇を嚙んで、二つのそっくりなメッセンジャーバッグを見比べる。ぷつぷつと泡立ってくる感情は、一言でいうと恐怖だった。

フクの死から一年経っても、ほぼ毎日夢で最期のお別れを繰り返しても、響子はまだどこかでその事実を受け入れられないでいる。でなきゃ、骨壺など持ち歩かない。骨壺の重みそのものをフクの存在とし、骨壺の中身がフクの骨——死の果ての姿——であることについてはずっと考えるのを避けてきた。

　響子は首を横に振り、くぐもった声で告げる。

「無理です」

「そこをなんとか」と守保がねばる。

「だから無理だって！　骨壺の中を見たとしても、岩見さんと違って私は、たぶん骨だけじゃフクだってわからないよ」

　肩を震わせて感情的になった響子に、岩見がくっきりした二重瞼《ふたえまぶた》の目をみひらいて加勢してくれた。

「駅員さん、骨壺を二つ共覗けって無理強いするのはどうかな？　笹生さんにとってはむごいんじゃないですか？」

「むごい？」と守保は心底驚いたように、赤い髪をゆらして首をかしげる。

「岩見さんも笹生さんも早くご自分のペットの骨をお墓的なものに納めてご供養したいんですよね？　だったら、間違った骨を持って帰る方がむごいと思うんですが」

　なんだよ、お墓的なものって？　響子はむっとしたが、だまっていた。フクの骨を墓に納めたいなんてさらさら思っていない。そんなの自ら「死んだ」「もういない」って認めるようなものじゃないか。私はフクとずっといっしょにいる。いなきゃいけないんだ。

この人もそう思っているんじゃないのかな？　響子は岩見を見る。どんな事情で愛猫を亡くしたのかは知らないけど、でも、バッグも骨袋も骨壺もすべて私と同じ物を選んだこの人なら、今、私と同じ気持ちであっても不思議じゃない気がする。

そんな響子の夢想が伝わったかのように、岩見が響子の目を見返す。そして微かにうなずくと、守保に向き直った。

「ちょっと、二人にしてもらえますか？」

「えええっ」

芝居がかって驚く守保を無視して、岩見はつづける。

「俺らの遺失物は物ではないんです。骨壺をあけての確認は、精神的にきつい作業になると思います。だから、当事者だけでやらせてもらえませんか？　なんなら後から鉄道会社には一切クレームを入れないって念書を先に書いておきますから。ねっ、笹生さん？」

岩見の高い鼻と大きくて力強い瞳がとつぜん響子に向く。響子はうわずった声で「はい」と答えた。ダメ押しのようにコクコクコクと三回もうなずいてしまう。

守保はそんな二人をじっと見比べていたが、やがてあきらめたようにロッカーから出した方のメッセンジャーバッグを響子に差し出した。

「では、どうぞ。私はここにいますので、確認作業が終わったら戻ってきてください。おのおの受領証にご捺印いただき、手続きは終了となります」

岩見は守保に軽く会釈すると、自分の持ってきたメッセンジャーバッグをふたたびボストンバッグに戻し、なくしもの係の引き戸をあける。響子も守保に持たされたバッグを提げて、岩見の広い背中につづいた。「二人にしてもらえますか？」と堂々と守保に頼んでくれた岩見の低い声が耳の中でずっとこだましていた。


待合室だと守保に声が聞こえてしまいそうなので、二人は連れだってプラットホームに上がる。いつのまにか太陽が真上に近づき、日陰が少なくなっていた。

「暑いですね……」

響子はうめくように言い、ボトルの水をあおる。岩見が見ている前で熱中症に倒れたくはない。

「ですね。公園の方に行きましょうか？　一応、木蔭とかあったはず」

岩見が先導するように身をひるがえしかけた時、ホームに上がる階段をえっちらおっちらのぼってくる影が見えた。

「ペンギンだ」

二人の声がそろう。岩見にもあの黒と白のツートンカラーの生き物が見えていることを知って、響子はホッとした。マボロシじゃなくてよかった。

「ここで飼われているみたいですね」

「駅で？　本当に？」

「うん。俺が来た時はオフィスの中をペタペタ歩いてました。あの駅員からアジか何かの小魚をもらってましたよ」

岩見が語る光景を想像するだけで、響子の頬はゆるんでしまう。だらしのない顔でペンギンに見とれていると、岩見が軽く咳払いした。

「骨壺の確認なんですが」

「あ、はい……」

現実に引き戻され、響子は岩見に向き直る。今から骨壺を覗いてフクの骨を見なければいけないのかと思うと、恐怖と緊張で肩がガチガチに張ってくる。泳ぐ前みたいに何度も肩を回す響子に、岩見の意外な言葉がかかった。

「どうします？　本当にやりますか？」

「え？」

「だって、俺ら飼い猫を亡くしたばかりで、ただでさえ気持ちの整理が大変な時期じゃないですか。骨なんか見たら、また別れの悲しみがよみがえってきてしまいますよ」

「あ……私は『ばかり』じゃないんです」

響子の声は小さくなる。「は？」と大きな目をさらにみひらいた岩見に対し、響子は消え入りそうな声で説明した。

「骨壺を持ち歩くようになって、もう一年経つんです」

「……そうだったんですか」

岩見は形のいい額に微かな憂いをにじませ、深くうなずいてくれる。

「わかります。まだ遠くにいってほしくないって気持ち。離れがたいって想い。愛すればこそ、ですよね」

「いや、まあ……亡くなったことを認めたくないって気持ちはたしかに……」

響子がむずがゆくなって頭を掻くと、岩見はしばらく言葉を探すように視線をさまよわせていたが、やがて立派な眉をキリリとあげて断言した。

「そこまで強い絆で結ばれた飼い猫なら、なおさら骨を見るのなんて嫌でしょう？　つらいんじゃないかな？」

「強い……絆……」

言葉に詰まる響子の頭上をオルゴール風にアレンジされた『SWEET MEMORIES』が流れた。電車到着を告げるアナウンス代わりの音楽らしい。ほどなく電車が突風と共にレールの軋《きし》む音を響かせてやって来る。

岩見は会話のできる静けさを求めて階段をおりたそうにしていたが、響子はホームの白線ギリギリに立っているペンギンが心配で、立ち去れなかった。ペンギンは風にあおられ、少し後ろにさがったものの、フリッパーをふわっと持ち上げ、見事にバランスをとってみせる。はじめてあの手が羽に見えて、響子は思わず拍手した。

電車のドアがひらいたが、誰もおりる者はいない。折り返し運転になるという自動アナウンスが流れる中、ペンギンは足をそろえて器用にジャンプし、電車に飛び乗った。

「わっ。乗っちゃった。どこ行くんだろ？　いいのかな？」

響子はたまらず声をあげる。昨日もペンギンはこうやって電車に乗ってどこかへ出かける途中だったのだろうか？　響子以外の乗客があまり騒がなかったのは、このペンギンのお出かけがそう珍しいことではないからかもしれない。

響子はふと昨日見た夢を思い出す。肩にかけずに両手に抱えたままだった黒のメッセンジャーバッグを見下ろすと、岩見に言った。

「私達も乗りませんか、電車？」

「え、なんで？　今？　この電車に？」

岩見の疑問はもっともだし、守保に断りもせず駅から離れることに困惑しているのがありありと伝わってきたけれど、電車の発車メロディ――また『SWEET MEMORIES』だ――が流れたのを機に響子はペンギンと同じように足をそろえてジャンプし、電車に飛び乗ってしまう。すると、岩見も「それはまずいんじゃ？」と言いながらついてきてくれた。

二人が乗った瞬間、電車のドアがしまる。

ペンギンのいる車両に移動する響子の背中に、岩見の途方に暮れたような声がかかった。

「笹生さん、どうして？」

響子は三両編成の真ん中の車両にペンギンを見つけると、じゅうぶんに距離をとって止まる。そしてようやく岩見にふりむき、深々と頭をさげた。

「申し訳ありません。でも、なんか、きっかけが欲しくて」

「それは、骨壺をあけるきっかけ？　それともあけずに持ち帰るきっかけ？」

岩見が眉間に深いしわを寄せて響子の抱くメッセンジャーバッグを見ながら尋ねてきたが、響子はうまく答えられなかった。少なくとも、あの暑いプラットホームにあのままいるよりは何かが動き出す気がしただけで、その『何か』が何なのかはまるで見当がついていない。そもそも自分の気持ちがわからなかった。それはフクに対する気持ちがわからないということと同じかもしれない。

響子は岩見と隣り合ってシートに座り、しばらく無言のまま電車にゆられていたが、思いきって口をひらいた。

「岩見さんの猫ちゃんのお名前は？」

「え……、ミイ……コ、だけど」

「ミーコ？　じゃあ、女の子？」

「そうだね」

「そっか。……つらいですか、今？」

響子は尋ねながら岩見の表情を盗み見る。岩見は一瞬呆けたように視線を宙にさまよわせた後、目をつぶった。長い睫毛《まつげ》の影が頰に落ちる。

「うん。つらいよ。ミーコのいない生活はボーッとしちゃってダメだね。挙げ句こんな忘れ物までしちゃうし」

岩見が力ない苦笑と共に飼い猫への愛情の深さを示すと、響子はそっと肩をさげた。

工業地帯を過ぎると、油盥線は支線からそのまま本線の波浜線に合流し、美知の家があるニュータウン方面からの乗客が響子達の車両に乗ってきた。昨日と同じようにドアのすぐ近くに立っていたペンギンの姿も、増えた乗客達に隠されて見えなくなる。なんとなく視線の逃げ場になっていたペンギンを失い、響子は話題を探して何度も上体をねじり、窓の方を向いた。すると今度は岩見が「電車、好きなんですか？」と聞いてくる。

「好きというか珍しいって感じ。いつもは車にしか乗っていないので」

響子はレンタカー会社に勤めていることを明かした。

「通勤も車だし、仕事中もレンタル用の車を他の営業所に移動させる業務があったりして、電車に乗る機会はほとんどないんですよね」

「へえ」と言った岩見の顔に親しみのこもった笑みがひろがる。

「俺も通勤もプライベートも車派ですよ。なのに、昨日だけはどうしても仕事先の関係で電車移動になっちゃって……」

「あ、私もそう！　この間の週末にマイカーが故障して、たまたま修理に出してたんです。車があれば電車なんか使っていなかったし、電車の中に忘れ物もしなくて済んだのに」

響子の言葉に、岩見も響子自身も思わずため息をついた。

「俺ら、なんか似てるね」

岩見がぽつりと言う。口調はすっかりくだけていた。

「うん」と響子もうなずき、「すごい偶然」と嚙みしめるように言う。

フクとミーコが私達を出会わせてくれたのかもしれませんね、とはさすがに言えなかったが、心の中ではその可能性についてずっと考えていた。これこそ、響子が十三年前からあこがれつづけていた『運命の出会い』ってやつかもしれない。

無意識にメッセンジャーバッグの肩紐を強くにぎりしめていた響子に、岩見が言う。

「どうだろう？　笹生さん、俺を信じてもらえないかな？」

「はい？」

響子が夢見心地のまま隣を見ると、岩見は足元に置いたボストンバッグのジッパーをあけてメッセンジャーバッグを覗かせた。

「こっちが君の猫の骨だよ。俺がこの目でたしかめた。もし笹生さんが骨壺をあけるのが忍びないなら、俺を信じてバッグを取り替えてくれないかな？」

響子は自分の膝にのせたメッセンジャーバッグを見下ろし、耳が熱くなるのを感じる。一瞬、「信じてついてきてくれ」的なプロポーズなのかと本気で考えてしまった自分の妄想跳躍力が憎い。

響子はとりつくろうように姿勢を正し、メッセンジャーバッグをなでた。

「フクと帰るには岩見さんとバッグを交換すればいいんですね。わかりました」

「ありがとう！　忘れないうちに、バッグを取り替えておこうか」

岩見がいそいそとボストンバッグからメッセンジャーバッグを取り出している間、響子は何気なく視線を前にやる。と、つり革につかまった乗客達の間から向かいの車窓の風景が目に入り、丘の上に立つ小さな観覧車が見えた。見えた、と思った瞬間、響子は「ここ！」と大声を出して立ち上がっていた。

とつぜん奇声を発した女に車内がざわめき、驚いてメッセンジャーバッグを落としそうになった岩見はあわてて抱える。

「笹生さん？　どうかした？　『ここ』って？」

電車が減速し、停車の準備に入ったのを察して、響子はメッセンジャーバッグを肩に担ぐ。ドアの方へと向かいながら、岩見にふりかえって頭をさげた。

「すみません！　私、次でおります」

「え？　次って『華見岡《はなみおか》』？　なんで？　バッグは？　取り替えないの？」

岩見が混乱しながらも、ボストンバッグとメッセンジャーバッグを両手に提げてついてくる。響子はドアからも見える観覧車を指さし、早口で告げた。

「あの観覧車のふもとが、十三年前に私がフクと出会った場所なんです。あの時は車で出かけたんで、華見岡って駅が最寄りだとは今日まで知りませんでした」

岩見は「へえ」と言ったきり、口をつぐむ。どう反応していいかわからないのだろう。響子は呼吸が速くなるのを懸命に抑え、岩見の黒々とした眉毛を見た。

「こんな日に偶然もう一度通りがかれるなんて……『運命』を感じます」

言った。ついに言ってしまった、運命って。響子は気恥ずかしくなってうつむく。

岩見は「ウンメイ」とたどたどしくつぶやいた後、「せっかくだから、フクとの思い出をたどりたいってことかな？」と我慢強い歯科医のような口調で尋ねてきた。

響子がうつむいたまま「すみません」と頭をさげると、岩見は観念したようにうなずく。

「わかった。俺も付き合うよ。だけど、きっとあの赤い髪の駅員が心配していると思うから、観覧車まで行ったら、今度こそ本当に海狭間駅に戻りましょう。それで、駅員の前でバッグを交換して帰りましょう。約束だよ」

岩見のりりしい眉毛が片方だけあがる。響子は岩見が自分の運命の場所についてきてくれるという事実に舞い上がり、約束の内容をちゃんと理解しないままコクコクコクとまた三回うなずいた。


華見岡の駅前でレンタカーを借りた。響子の勤める会社の営業所だったので、社員割引で安く借りられた。駅前の案内板を見るかぎり、目的地の自然公園までは歩いても三十分ほどでいけるようだったが、響子の記憶では延々と細い坂道をあがっていった気がする。時刻も正午近い。この炎天下での徒歩移動は避けたかった。

途中、コンビニに寄っておにぎりやサンドイッチを買い込む。あの日と同じ行動をしているな、と響子は感慨深かった。ただしあの日は夕方で、車の助手席には美知がいた。そして響子はまだ二十歳の大学生で、何も知らなかった。運命も。失恋も。

街並みは少し変わっていたが、レンタカーのカーナビは響子の記憶どおり細い坂道をのぼっていくルートを選んだ。視界のずいぶん上の方に見える小さな観覧車を目指して慣れた手つきでハンドルを握る響子を、岩見は興味深そうに見つめ、「運転が本当に上手だね」と褒めてくれた。

「ありがとう。でも、慣れてるだけ」

「いや、これは車が好きな人の運転だよ。発進も停止もスムーズだ」

「停止っていっても、さっきからずっとグリーンベルトにのっているから、ほとんど減速せずに走れているんだよ」

「グリーンベルト？」

「青信号がつづくことをそう言ったりしない？　大学の先輩がよく使っていた言葉なんだけど」

先輩とは立花のことだった。岩見は返事の代わりに肩をすくめる。どうやら一般的な言い方ではなかったようだ。

「とにかく、さっきから青信号ばっかりなの。運転がスムーズに感じるのは、きっとそのせいだよ」

響子はそう言って、アクセルを軽く踏み込んだ。運命に従って動いている時は何もかもがスムーズに進むと聞いたことがある。立花と美知も付き合いだしてから結婚して子供が生まれるまで本当にあっという間だった。実際にかけた年数が短かったわけではないが、響子にはそう感じられた。それはきっとあの二人が今までも、そしてこれからもずっとグリーンベルトの上にいるからだろう。だって彼らは、運命の出会いから始まったカップルなのだから。

三十を過ぎてまだ運命の出会いを待っているなんてね。響子は自嘲気味にため息をつく。男性と縁のない理由はいくつもあるだろうけど、一番の原因はこれだとわかっている。

運命シンドローム。

運命的な出会いとか、運命の恋人とか、そういうのに響子は弱かった。バカにしたいけど、できない。否定したいけど、できない。だって身近にあんなカップルがいるのだ。あこがれて当然じゃないか、と開き直ってしまう。

響子はいくつめかの青信号を走り抜け、助手席の岩見を盗み見た。目が合いそうになってあわててバックミラーに視線を移す。後部座席に並べて置いた二つのメッセンジャーバッグが見える。響子はもはや自分が一年間フクの骨壺を肌身離さず持ち歩いてきたのもすべて今日の出会いのためだった気がしていた。

車内に満ちたやや不自然な沈黙を破ったのは、岩見だ。助手席で軽く伸びをしながら聞いてくる。

「笹生さん、大学を出てるんだ？」

「え？　あ、うん。岩見さんは？」

車道を走る自転車に気を取られながら返した響子の質問に、岩見は薄く笑った。

「俺は中卒」

「そうなんだ？」

「うん。信じられないくらい家がビンボーでね。『進学できない』『給食費払えない』『電気とガスを止められる』『親の借金を子供が肩代わり』『腹が空きすぎて、消しゴムをかじる』……そんな笑えないビンボー話なら山ほどあるよ」

茶化すように話す岩見の口ぶりからは、どこまで冗談なのか読みとれない。響子が曖昧に微笑んだままハンドルを握っていると、岩見は眉毛を掻いて、整った笑顔を作った。

「でもなぜか俺、いいところのボンボンに見られがちなんだよね」

「それは……顔とか雰囲気とかで……じゃないかな？」

「たぶん。どうせ親の金で大学入ってチャラチャラ遊んでたんでしょ、なんて決めつけられる」

「ヨット部出身でしょ、夏は軽井沢の別荘でテニスでしょ、みたいな？」

「そうそう」

響子の言葉に手をたたいて笑ってから、岩見は「あーあ」と息を吐いた。

「まいっちゃうよね」

その妙に冷めた一言に、響子は姿勢を正してブレーキを踏む。黒のポロシャツにチノパンをあわせた岩見の服装やイメージが立花とかぶることから、実は響子も勝手に岩見を育ちのいい大企業のビジネスマンだとばかり思っていたのだ。

「じゃあ、その日焼けもテニスとかゴルフじゃないわけだ？」

「運送屋と道路工事の仕事を掛け持ちすれば、誰だってこれくらい焼けるよ」

だったらきっとその美しい筋肉も尊い肉体労働によって作られたんだね。響子は自分が想像していた場所とは正反対のところにいるらしい岩見を横目で見つつ、少し残念に思ってしまった自分を恥じた。


大きく蛇行した坂道をのぼりきると、自然公園の野外駐車場入口が現れた。管理者の姿はない。自動発券機から駐車券を取ると、黄色い遮断機が上がる。十三年前は人の好さそうなおじさんが車をさばいてくれたはずだが、すっかり様変わりしている。

もっとも、車を停めて自然公園の中に入ってしまえば、昔と変わらない景色が広がっていた。季節もちょうど同じ夏のせいか、咲いている花や緑の色づき具合までも記憶の中にある風景そのままだ。

「うわ。懐かしい」

響子は黒のメッセンジャーバッグを肩にかけると、麻のストールとコットンワンピースをひるがえして丘陵地帯となっている花畑の奥までどんどん上がっていった。後をついてくる岩見の息が荒くなるのが背中越しに伝わってくる。

花畑の丘陵の頂上に立つ観覧車の前までいき、響子はメッセンジャーバッグをそっとおろした。照りつけてくる日差しは目がくらむほど強い。微かに吹いてくる風くらいでは全身に掻いた汗は引かないが、それでも気持ちよかった。色とりどりの花畑の向こうに住宅街、さっき響子と岩見が乗ってきた波浜線の線路、そしてそのさらに先に銀色の海と白い煙を吐き出す工業地帯が見える。

あの日、ここに着いた時はすでに日が暮れかかっていたし、おまけにたくさんの人で混雑していて落ち着かなかった。だから、こんなにのんびりと街を見下ろすのは初めてだ。

頂上に着いてからしばらくは膝をおさえて肩で息をしていた岩見だったが、ようやく呼吸が整い、響子の横に並ぶと観覧車を振り仰いだ。

「人間用の観覧車じゃなかったのか」

「うん。ちょっとびっくりするよね」

　十三年前の自分と同じ感想をもらした岩見に笑いかけ、響子も観覧車を見上げる。遠くから見ても小さかったが、間近で見上げると、本当に小規模の観覧車だとわかる。そしてその理由が、観覧車に乗っているのがみんな花達だからだと知るのだ。ゴンドラの部分が植木鉢になっており、季節の花々がぐるぐると回転していた。

　この観覧車ができたばかりの頃、響子の大学でも話題になったのを覚えている。家族連れや老人など地域住民の憩いの場であった自然公園が、都心の若者達がわざわざ足をのばすデートスポットとして一躍脚光を浴びるきっかけとなったはずだ。

　しかし十年以上が経った今、デート中の若者達の姿は見当たらず、付近にいるのは巨大なパラソルの下でレジャーシートをひろげてお弁当を食べている母親と子供の集団くらいだった。

　錆びやペンキの色剝げが目立つ観覧車のフレームを見上げ、響子は十三年分の時間を思う。二十歳の女の子が運命の恋に落ちて結婚してお母さんになる時間。猫の一生が過ぎ去ってしまう時間。

「笹生さん、俺らもお昼を食べませんか？」

　そう声をかけられて、我に返る。岩見はとっくに観覧車の前から離れて、斜面ギリギリに立つケヤキの木蔭に入っていた。手で庇《ひさし》を作って、濃い顔をまぶしげに歪《ゆが》めている。

響子もケヤキの下まで移動して休むことにした。レジャーシートも新聞紙も持ってきていないので、芝の上に直に座った。あの日はどうしたんだっけ？　浴衣がシワになったり汚れたりするのが嫌で、美知も自分もずっと立っていたような気がする。若かったねえ。響子はひと事のように感心した。

「ここ、穴場なんです。海上花火大会がよく見えるの」

卵サンドをかじりながら響子が言うと、岩見はおにぎりを手に持ったまま、ちょうど背中を向けた形になっている海の方へふりむいた。

「へえ。知らなかったな」

沈黙が落ちる。「今度、俺もここで見てみようかな。よかったらいっしょにどうですか？」などという響子が期待した誘いはなかった。あれ？　と響子は目をしばたたき、こんなはずでは、とひそかにがっかりする。卵サンドの味が一段薄くなった気がした。

岩見はそんな響子の様子には気づかず、海に向けていた視線を外して丘陵をぐるりと見渡す。

「笹生さんの猫はどのへんにいたんです？」

岩見がフクを話題にしてくれたことで、響子にまた元気が戻ってきた。

「えっと……青い花が群生しているあたりかな」

「ふうん。きれいな花だね」

「そう。星形をしていて、名前もブルースターっていうんだよ。ミィミィか細い鳴き声が聞こえてきたから、花畑に分け入って探したら……掌にのるくらいの子猫がぺたりと地面にはりついて震えてたんだ。最初は豆大福が落ちているのかと思った」


十三年前の海上花火大会当日、朝早くに美知から電話がかかってきて、「穴場を教えてもらったから見に行こう」と誘われた。大学の近くにあった響子の下宿まで、美知がわざわざ迎えに来てくれた。そして二人でレンタカーを借り、免許をとったばかりの響子が運転して、ここまでドライブしてきたのだ。

穴場というわりに観覧車の下は混雑していて、花火がはじまってすぐ、美知が隣にいた男の子の足を下駄で思いきり踏みつけてしまった。

素足にビーチサンダルを履いていた男の子はおおいに痛がり、響子は美知といっしょに必死に詫びた。そこへ「どうかした？」とのんきな声と共にやってきた男の子の連れこそが、大学の登山部で響子の先輩だった立花だ。

「あ、立花先輩！」

「笹生か？」

その偶然が、美知と立花にとっては運命の出会いとなった。立花を見る美知の頰がうっすら紅潮していたことや、そんな美知に目を留めた立花の精悍《せいかん》な顔立ちがふと和んだことを、響子はストップモーションのように記憶している。カシャカシャカシャとシャッター音の幻聴が聞こえるくらい、一瞬ごとに二人が惹かれあっていくのがわかった。ルックスだけで簡単に惚れてたまるかと踏んばろうとする美知のあがきや、会ったばかりの美知の存在がたくさんいる女友達を差し置いてしまった事実に対する立花の戸惑いまで、傍観者にならざるをえなかった響子の目にはしっかり刻みつけられた。

なぜなら当時、響子は立花に片思いをしていたからだ。好きな人の一挙手一投足を目に焼きつける習慣が、彼が自分の親友と恋に落ちる瞬間をきっちり捉えてしまうという皮肉を生んだ。

響子は焦った。とてつもなく悲しかったし心も折れかけていたが、立花と美知が自他共に認める恋人同士になってしまう前に、せめて立花に自分の気持ちを伝えるくらいはしたいと思った。それで何かが変わるのか変わらないのか、ちゃんとたしかめたかった。

花火がすべて打ち上がると、人混みに流される形で、なんとなく男女四人でいっしょに出口へ向かいはじめた。響子が子猫の鳴き声を聞いたのは、その時だ。

「猫が鳴いてる。まだ赤ちゃんみたい」

そんな響子の言葉をきっかけに「探して、必要があれば保護しよう」と話がまとまった。どこにいるんだろう？　とみんなめいめいの方角に歩き出した時、どうしたものか、響子にはひときわくっきりと猫の鳴き声が届いたのだ。あの花畑の青い花のあたりにいる、と具体的な居場所がわかってしまうほど。

すぐさま駆け出そうとした響子の足が止まる。ふりむくと、美知に足を踏まれた男の子はすでに一人でどこか遠くまで探しに出かけており、美知と立花は互いに別々の方向を探しているものの、まだ近くにいた。

ここから去るのはまずいぞ、と響子は思ったものだ。もし響子までここからいなくなったら、立花と美知は二人きりになる。そしたらきっと加速度をつけて本格的な恋が始まってしまう。響子が立花に想いを告げる機会も奪われてしまうだろう。そんな予想がたやすくついた。けれど、響子を試すかのように猫の声はいよいよ大きくなる。

「立花先輩」

響子はすべての想いをこめて立花を呼んでみた。が、空気がうわんと歪むほどの騒々しさの中、響子の声は立花には届かなかった。

響子は耳をふさいで猫の鳴き声を無視したい気持ちにかられながらも、とうとう一人できびすを返した。花畑に向かって走りながら、二十歳の響子は初めて『運命』について考えたのだ。

　もし今夜、立花と美知が恋に落ちてしまったら、それは運命というものだろう。運命の恋は誰にも邪魔できない。私も諦めるしかない。失恋が、私の運命だったということで。

　結果は見ての通りだ。美知がグリーンベルトにのってすんなりと築いたしあわせを見るたび、響子は脇役にならざるをえなかった己の運命を思い知らされる。以来、恋でも仕事でもめぐりあわせの悪い物はすばやくあきらめる癖がついた。運命には勝てない。

　もちろん立花のことも早々にあきらめた。けれど青い花の下で見つけたフクを育て、死んだ後も共に暮らしてきたこの十三年間、幾度となく後悔を覚えたこともまた事実だ。

　もし私がフクの鳴き声に気づかず、立花先輩のそばを離れなければ、あるいは、と。


「大丈夫？」と声をかけられて、あわてて姿勢を正す。かじりかけの卵サンドを持ったまま、響子は固まっていたらしい。まずい。まずい。この場所はフクとの出会いの場所であると同時に失恋の場所でもあったんだ。忘れていた。響子は目のふちに涙がたまっているところを岩見に見られないようすばやく拭って、残りの卵サンドをやみくもに口に押しこんだ。

　岩見は響子の感情の高ぶりに対し、見て見ぬふりをしてくれたようだ。わざわざ背中を向けてタオルハンカチを差しだし、海の方を見ながら大きな声で言った。

「きっと、笹生さんの猫も喜んでるよ。亡くなって一年経ってもまだ、こんなにも笹生さんから愛されて……しあわせな猫だ」

岩見のやさしい励ましに逆に自分のさもしい心を突きつけられた気がして、響子は遠慮なくそのタオルハンカチに顔をうずめた。

「ひひゃいまふっ」

「は？」

響子は口の中に残っていた卵サンドを必死で嚙みくだし、もう一度言う。

「違いますっ」

「え、何が？」

りりしい眉毛をさげてふりむく岩見に申し訳なく、フクにはさらに申し訳なくて、響子はうつむいた。違う。フクの死を悲しんで泣いていたわけじゃない。私はいつだってかわいそうな自分のことでしか泣かない。

「岩見さんの言うような『絆』は、私達にはないんです。私がフクを大事にしてあげられなかったから」

岩見と目が合う。立花とよく似たまなざしだ。この人の前で嘘はつきたくないと思う。響子は岩見から貸してもらったタオルハンカチをにぎりしめ、一息に言った。

「私はフクを見殺しにしたんです」

フクはある朝とつぜん逝ってしまった。鳴き声一つあげず、なるべく目立たないように、と願ったかのように部屋のはじっこのカーテンの裏で息絶えていた。

亡骸《なきがら》を抱えて駆けこんだ動物病院では、「あらゆる臓器が機能していなかったようです。日常生活を普通に送れていたなんて信じられない。相当苦しかったはずだけどなあ」と首をひねられた。

「本当に何も気づかなかったんですか？」と獣医から問われ、響子は思い出そうとした。近頃、フクがどんな様子だったか？　食欲は？　排便は？　鳴き声は？　毛艶は？　けれど、悲しいほど何も浮かばなかったのだ。

「最低限の世話をやっつけですませて、かまいたい時だけかまって、結局、私は全然フクのことなんて見てなかった」

岩見は響子の話を遮ろうとせず、ただ痛ましそうに耳を傾けている。

愛玩動物という、圧倒的に弱い立場にいる生き物と暮らしていたのだ。もっと気を配っていなきゃいけなかった。せめて愛を配らなきゃいけなかった。愛していれば当然できたはずの観察を怠り、飼い主に頼るしかないフクのつらさに気づけなかった。その結果が死なのだとしたら、やはり私はフクを見殺しにしたも同然だろう。いや、殺したも同然か。

響子は豆大福のようなシルエットで眠っていたフクを思い出す。いつも遠慮がちな猫だった。響子がなでてやると気持ちよさそうにしながらも、どこか申し訳なさそうにヒゲを震わせていた。響子がエサや水をうっかり補充し忘れても、鳴きもせず辛抱強くいつまでも座って待っていた。寒い夜、響子がふとんに誘ってもなかなか入ってこなくて、やっと入ってきても、はじっこの方で丸まった。ままならぬことで響子が泣いていると、少し離れたところからいつまでも見ていた。手を伸ばすと、おずおずと舐めてくれた。

フクと暮らしている頃はそういう気質の猫だと決めつけていたけれど、響子の心の中に立花との未来を潰してフクを「拾ってやった」「飼ってやった」という尊大な感情があることに、フクは気づいていたのではないだろうか？　今はそう思えてならない。

だから、フクは遠慮した。体のあちこちがボロボロになってきても平気な顔をしてみせるしかなかったのだ、きっと。いつものように寝て、いつものように起きて、いつものようにトイレにいき、エサを食べなくてはと考えていたのだろう。ついに死に追いつかれるその時まで。

「フクにそこまで無理をさせたのは私です」

響子は声を詰まらせながらつづけた。

「そんな罪悪感を少しでも軽くしたくて、私は一年も骨壺を持ち歩いていたんだと思います。フクが死んだって認めたくなかったのは、死んだフクには二度と謝るチャンスがないから。そうなったら自分がつらいから。結局、自分のためなんです」

響子が口をつぐむと、辺りはしんとする。遠くでピクニック中の母親と子供達の集団がはしゃいでいる声が虚しく響いてきた。

やがて、岩見が大きく息をつく。何を言われるのだろう？　思わず体を固くした響子に、岩見の言葉がゆっくりそそがれた。

「骨壺って、けっこう重いよね」

「え……うん」

「重いし、かさばるし、罪悪感だけじゃとても一年も持ち歩けなかったと思うよ、俺は」

目をしばたたく響子に、岩見はうなずいてみせる。

「大丈夫。笹生さんはちゃんとフクを愛してたし、今も愛してるんだよ。フクだってきっとわかってる」

長い間《ま》ができた。響子はうまく息が吸えなくなり、肩を上下してあえぐ。今の自分の気持ちや岩見への感謝など、言葉が押し寄せてきてうまく口がまわらない。

だから響子はアイスカフェオレの最後の一口を飲み干すと、おもむろに傍らのメッセンジャーバッグをあけて骨袋に包まれた骨壺を取り出した。

「笹生さん？　そっちは俺の……」

岩見がぎょっとしたように目をむく。響子はコクリとうなずいた。

「ありがとう、岩見さん。今なら私、できる気がする。フクのためにもちゃんと骨をたしかめてあげようと思う」

「え、ちょ、ちょっと待って。俺の骨壺からたしかめるの？」

「うん。いちおう二つたしかめさせて」

響子が骨壺を出そうとすると、岩見があわてて響子の手から骨袋ごと取り上げた。

「岩見さん？」

「あ、えーと、俺がたしかめるんじゃダメかな？　ダメだよね？　うん、わかってる。わかってるんだけど、その……」

「何言ってるの？」

「それは、つまり……」

骨壺を抱えた岩見が言いよどんだ時、上の方で「にゃ」とも「ぎにゃ」とも聞こえる奇妙な音がした。次の瞬間、風を切る微かな音とザザザッと葉のこすれる音が近づいてくる。

音の出所を探して響子が顔をあげるより早く、ソレは岩見の上に落ちてきた。

「ぎゃあっ」

「ふぎにゃっ」

悲鳴がかぶる。一つは岩見、もう一つは猫の声だった。ケヤキの木から足を滑らせたらしい猫が、岩見の肩に爪を立ててしがみついている。

白い毛に黒いブチ模様を持つ、顔も丸けりゃ目も丸い猫だった。

「フク！」

響子は思わず呼びかけてしまい、あわてて口をとじた。フクが生き返ったなんて、そんなはずはない。でも、それにしては、よく似ている猫だ。似すぎている。

「痛ぇ！」

肩に食いこんだ猫の爪に耐えきれず、岩見があおむけにひっくり返った。地面に放り出された猫はそのまま走り去り、岩見の手からすっぽ抜けた骨袋はけっこうなスピードで丘陵を転がっていく。

「ああっ」

今度は岩見と響子の悲鳴がかぶり、二人して転がる骨壺を追いかけはじめた。

丘陵の斜面はやわらかい芝だったが、骨袋が六角形のため小石やわずかな段差で何度もはね上がる。丘陵の真ん中あたりで石か岩にぶつかってひときわ大きくはねた際、とうとう空中で骨袋の中から骨壺が飛び出してしまった。

骨壺のふたはあっさり外れ、中に納められていたものが四方八方にヒラヒラと飛び散っていく。

「あっ！」

岩見と響子の声がまたそろう。響子の足は思わず止まってしまったが、岩見はそのまま丘陵を駆けおりていった。丘の上でお弁当を食べていた母親と子供の集団も注目しているようだ。斜面の上の方から声がかかる。何を言っているかまでは聞き取れなかった。

途中で骨袋を拾っていた響子が少し遅れて到着すると、岩見はすでに必死になって飛び散ったものを掻き集めているところだった。

「それ……岩見さんの骨壺だよ……ね？」

響子の問いには答えず、岩見は額から汗をポタポタたらしながら拾いつづける。

強い風が観覧車の方から吹きおろし、芝に散らばったままの残りがまた舞い上がった。

「あぁっ」

岩見が血走った目で行方を追う。その顔は相変わらず精悍で、響子の好みど真ん中だったけれど、立花に似ているかどうかはもうわからなかった。そもそも、結婚式以来顔を合わせていない立花の三十代になった顔など想像できないことに、今、気づく。では、私はこの人に何を見ていたのだろう？　偶然があれほど重なって、運命の出会いだと浮き足立っていた先ほどまでの自分が、ひどく滑稽に思えた。

呆然と立ち尽くす響子の耳に、子供達の甲高い声が風にのって届く。

「お金だ！　ママ！　紙のお金がたくさん飛んでるよ」

岩見が肩を落とし、目を血走らせたまま響子を見た。

「ミーコの骨は？」

「すみません」

「猫は？　飼ってないの？」

「すみません」

「ぜんぶ嘘だったの？」

「すみません」

「ぜんぶ？　車が好きってことも？　私の運転を褒めてくれたのも？　フクのことをしあわせな猫だって言ってくれたのも？　笹生さんはちゃんとフクを愛してたっていう励ましも？　俺ら似てるねって感想も？　ぜんぶ、ぜんぶ、嘘？　骨壺の中のお金を取り返すためのリップサービス？」

岩見は何も答えない。響子は芝の上に落ちていた一万円札を拾って突き出した。

「このお金は何？」

「俺の金だよ」

「それも嘘だよね？」

響子が扉をしめるように言葉をたたきつけると、岩見はフッと息を吐き、整った顔を歪めて疲れた笑いを浮かべる。

「ああ、そうだよ。嘘だよ。この金は、葬儀場で盗んだ金だ。俺は嘘つきの窃盗犯だ」

岩見はゆるゆると腰を折り、空になった白い骨壺を拾い上げた。響子を見つめる眼差しは暗く、口調は投げやりになる。

「や、まいったね。葬儀場で盗んだ香典を骨壺に入れて運べば、怪しまれずに現場から逃げられるって踏んで、その読み通り順調に進んだんだけどなあ。まさか電車の中で忘れ物して、しかも同じバッグと骨壺が二つ見つかっちゃうなんてなあ。ひでぇよ」

「本当に。ひどい偶然だったね」

響子は低い声で同意すると、警察に電話するためスマホを取り出した。

岩見は一瞬ハッと体を強ばらせたが、眺めのよい丘陵のてっぺんから一部始終を目撃していたであろう母親と子供達の集団に気づき、逃亡をあきらめたようだ。骨壺を持ったまま、ぼんやり立っていた。

そして、スマホに指を伸ばしたものの一向にタップする気配のない響子に、感情をなくした顔を向ける。

「警察呼ばないのか？」

「その前に、聞きたいことがあった」

響子はそう言うと、スマホを持った手をいったんおろして、まっすぐ岩見を見つめた。

「岩見さん、どうして香典を盗んだりしたの？」

その質問は、岩見をおおいに面食らわせたようだ。一度は消え去った感情がふたたび彼の顔に戻ってくる。

「どうして、って。理由なんか必要か？　問答無用で警察に引き渡せばいいんじゃね？」

「私だってそうしたいよ！　でも、それじゃ納得できないんだ。あなたの話がぜんぶ嘘だったとしても、私が救われた気持ちになったのは本当だから、聞きたい。窃盗犯という側面以外の、あなたが知りたい」

岩見はくっきりした二重瞼の目をしばたたき、響子を見おろす。

「笹生さんって、変わってんね」

「よく言われる。そんなことより早く教えてよ、香典泥棒の理由」

香典泥棒という呼び名が面白かったのか、岩見は精悍な顔をゆるめて薄く笑った。

「そりゃ……金がないと生きていけないからね」

「働こうとは思わなかった？」

「思ったよ。実際、今だって死ぬほど働いてるし。でも、仕方ない。ガキの頃から何千万って借金を親に背負わされて、返しても返しても利子でまた借金がふくらんで……もう、まっとうな方法が思いつかなくなったんだ。俺はそういう運命なんだなって、あきらめた」

響子はたまらず口をはさむ。

「運命に自分の人生を預けちゃうのは楽だけど、もったいないよ」

岩見にかける言葉は、そのまま自分に言い聞かせる言葉となった。

「もったいないんだよ」と響子は噛みしめるようにくり返し、あらためて110番する。

警察の到着を待つ間、岩見は広い背中を丸めて海を眺め、響子のことは一度もふりかえらなかった。

「身の上話は本当だったんだね」

響子は無視されるのを覚悟の上で、話しかける。岩見の引き締まった背中と首の後ろまで真っ黒に焼けた肌が、「死ぬほど働いてる」という彼の言葉が嘘ではないことを証明している、と響子は信じたかった。

「フクのことで励ましてくれて、ありがとう」

「……ただのリップサービスに、お礼を言うのか？」

低い声が返ってきた。響子は岩見から見えないことを承知でコクコクと三回うなずく。

「リップサービスじゃないって信じることに決めたから。だから、ありがとう」

岩見の背中がゆれた。嗤《わら》われているのか泣かれているのか、響子にはよくわからない。ただ、フクの骨壺をやけに重く感じた。

どこかで猫が鳴いている。あのケヤキから落ちてきたフクによく似た猫だろうか？　響子は丘陵全体に目を凝らしてみたが、豆大福のような猫の姿をとらえることはできなかった。

夏の長い日がとっぷり暮れた時間になって、響子はようやく海狭間駅に戻ってくることができた。はからずも骨壺の中を見ることなく自分の物だと確信できたメッセンジャーバッグを抱えて、壁と区別のつかない引き戸をノックする。しかし返事がない。

しばらくそのまま立っていたが、暑いし、いい加減待ちくたびれ、思いきって引き戸をあける。と、ちょうど向こうから引き戸に手を伸ばしかけていた守保が目をまんまるにしてこちらを見ていた。驚いたのは響子も同じだ。守保は魚屋のようなゴム製のエプロンとゴム手袋をつけていて、一瞬、何者なのかわからなかった。

「……あ、ごめんなさい」

「いえ、私こそすみません」

そう言いながら守保はゴム手袋をはずし、エプロンも取ってカウンターに無造作に置く。プワンと魚臭さが鼻についた。思わずのけぞった響子を見て、守保は困ったように赤い髪を掻く。

「申し訳ありません。ペンギンの餌やりの時間だったんで。なかなか応対できなくて」

どうやらこの職場では職員の業務にペンギンの飼育が組み込まれているらしい。響子は初めてなくしもの係に電話した時になかなか出てもらえなかった事情を察したが、どうなのよ、それって？ と思わなくもない。小うるさい乗客に見つかってクレームが来ないことを祈るばかりだ。

「ペンギン、電車に乗って帰ってきたんですか？ よく戻れたなあ」と響子が感心すると、カウンターの奥でひときわ目立っている巨大な冷蔵庫のような銀色の扉があいて、ペンギンが出てきた。まるで響子の声が聞こえたかのようなタイミングだ。

ペンギンは守保のそばまで来ると、その周りをペタペタ歩き、かまってほしそうに見上げてはオレンジ色のくちばしで軽くズボンをつついた。

守保はそんなペンギンの頭を無造作になでながら言う。

「彼は電車に乗って出かけるのが好きみたいです。乗り継いで遠くへ行っても、ちゃんと戻ってきますよ」

「彼」ということはオスなのか、といらないペンギン情報を得つつ、響子は両腕をさすった。なんか寒い。あけっぱなしになっている銀色の扉の方を見る。そこから夏の茹だった空気を一瞬で凍らせるほどの冷気が出ていた。響子が背伸びして覗きこむと、てっきり冷蔵庫だとばかり思っていたそこは、氷漬けになった五畳ほどの部屋だった。

「ペンギンの……家ですか？」

「はい。あ、冷蔵庫にもなります。なんたって、業務用の冷蔵庫を改造して作ってもらった家ですから」

守保の口が波線を描いて口角を上げる。そしてふと真顔になって、「できましたか？」と響子に聞いてきた。

「はい。機械でやるところだったから、一時間も待たなかった」

響子はサバサバと答えて、黒のメッセンジャーバッグから慎重に白い紙袋を取り出す。水溶性だと業者に説明されたその袋に入っているのは、さらさらのパウダースノー並みに細かく砕かれたフクの遺骨だった。

岩見を警察に引き渡した後、響子はまず電話で守保に事情を報告した。

「というわけで、岩見さんの遺失物は彼ごと警察に行ってしまいました。私は今から手続きのために、そちらの駅に戻ります」

早口でそう結んだ響子に、守保はのんびり聞いたものだ。

「笹生さん、なくしものはお返ししますか？　それとも、お預かりしておきますか？」

は？　この人、何言ってるの？　電話口で絶句する響子の耳元に、守保の透明感のある声が響く。

「時々、その人にとって、なくしたままの方がいい物もありますので」

「なくしたままって……。何？　希望すれば、なくしもの係で保管しておいてくれるの？」

「はい。ウチでも預かりますし、会社の本部で保管する場合もありますし、その物にとって一番いい場所に移動させる場合もあります。ごく稀に廃棄する場合も……。ケース・バイ・ケースです」

守保があまりにも堂々と答えるので、響子は「そうですか」としか言えなくなる。そして、当たり前のように返してもらうつもりでいたフクの遺骨について考えた。

もう二度と骨壺を持ち歩いたりはしないと思う。岩見のおかげでフクの死を受け入れる覚悟ができた以上、死者には死者の場所を与えてあげたい。そこはどこだろう？　骨壺のまま家に置いておく？　それともどこかの霊園に埋葬する？　いくつかの案が浮かんだが、響子はどれもピンとこなかった。
「もしもし？」と守保の遠慮がちな声がかかる。
あ、忘れてた。電話中だった。響子は「すみません。では後ほど」と電話を切ろうとして
ふと手を止める。スマホを耳に押し当てると、電話口でそっと耳をすませてくれている守保
の気配が感じられ、今の悩みがするすると口をついて出てきた。
「あの……実は正直、わかりません。フクの骨をどこに納めたらいいのか、私、わからない
んです。だからって、なくしもの係に預けたままはおかしいと思うし」
「はぁ」
面食らったような守保の声に、響子の頬が熱くなる。何を相談しているんだ、私は？　態
勢を立て直さなきゃ。響子があわててとりつくろって電話を切ろうとしたところへ、「あの
ぉ」と守保ののんびりした声が届いた。
「ご提案しましょうか？」
「ていあん？」
「はい。散骨とかどうでしょう？　粉末状にした骨を野外に撒く葬送方法なんですけど」
「ああ。なんか昔、外国の映画でそういうシーンを見た気がする。でも、日本でそんなこと
していいんですか？」

「生きている人の生活圏内を脅かさない、節度ある散骨ならば問題ないですよ。たとえば、個人の所有物ではない海に撒くとか」

「詳しいんですね」

「前から、自分が死んだら散骨してもらいたいなあと思ってて、調べておいたんですよ」

は？　と聞き返しそうになって言葉を飲みこむ。まったく、と響子は顔をしかめた。守保はどこまで真面目に言っているのだろう？

守保の言動はともかく、散骨という言葉は魅力的に響いた。響子は「海か」とつぶやく。心が傾くのを感じる。海は広い。海はひらけている。それがいい。響子のわがままで一年間もフクを生からも死からも離れた宙ぶらりんの狭苦しい世界に閉じこめてきたのだ。その深い反省を踏まえて今、フクを自由にしてやりたい。送り出してやりたい。そういう意味で、海の広さは好ましかった。フクが喜んでくれる気がした。

響子の心の動きを読んだかのようなタイミングで、守保が言葉を発する。

「ウチの近くの海でもたまにやってますよ」

「海狭間で散骨を？」

「はい。遊泳区域でも漁場でもないので、都合がいいみたいなんですよね」

「やります、散骨」

響子は即答していた。

守保は手にとって確認していたフクの粉末状になった遺骨を響子に返し、「こちらへ」と顎をしゃくるようにして部屋を出る。ペンギンがペタペタと後を追い、その後を響子がついていった。

仕事を終えた何人かのフジサキ電機社員がたむろしている待合室を突っ切って駅を出る。「どこ行くの？」と不安げな響子にはかまわず、守保とペンギンは夕涼みの散歩をしているような気軽さでフジサキ電機の通用門へとぶらぶら近づいていった。

「ねえ、駅の仕事はいいの？」

「はい。海狭間駅はもともと無人駅ですし、なくしもの係には代わりの者が来ますので、ご心配なく」

通用門の前では背の高い強面《こわもて》の警備員が両手を後ろにまわして仁王立ちしていた。刑事かヤクザかと見まがうほど目つきが鋭く、レトロなモジャモジャパーマが頭を実際より三倍は大きく見せている。やだ怖い、絶対怒られる、と響子の腰は引けたが、守保が目礼すると、警備員はスッと身を引き、門をあけてくれた。

「え、いいんだ？」

響子が戸惑っていると、守保は口角の上がった口をアヒルのように突き出して笑う。

「捕まったりしないから、安心してください。私達がフジサキ電機の専用港からフジサキ電機所有の船を借りて海に出ることは、もう話が通っていますから」

響子が電話で散骨を希望すると、守保はフクの骨をパウダー状にしてくれる業者の名前を挙げ、海狭間駅に戻る前に粉骨してくるよう響子に伝えた。そして「後は私にまかせておいてください」と請け合ってくれた。響子はてっきり散骨を仕切る業者でも紹介してくれるのかと思っていたが、どうやら守保自身が主導するらしい。

業務用厨房関連機器業界でのシェアがナンバーワンだというフジサキ電機の敷地はとにかく広かった。この企業のためにだけ駅が作られるのも納得の広さだ。何棟も連なるミントグリーンの平たい屋根の工場で働く社員だけで、たぶんあの三両編成の小さな電車は埋まってしまうだろう。

そんな広大な敷地の中はわざと曲がりくねらせた道に花壇や植木が効果的に配置され、まるで宮殿の庭園のようだった。そこを、仕事を終えた青い作業衣の社員達が行き交っている。彼らと会釈を交わしながら、守保は勝手知ったる足取りで奥へと進んでいった。明らかに部外者とわかる鉄道会社の職員と、明らかに部外者とわかるワンピース姿の女と、明らかに部外者——というか、別種——とわかるペンギンという珍しい取り合わせの三人（二人と一羽）が歩いていても、社員は誰も特に咎《とが》めない。守保の言葉は本当らしい。

「大和北旅客鉄道とフジサキ電機って、業務提携かなんかしてるんですか？」

「いいえ。ただ、私が個人的に持ちつ持たれつの関係といいますか……」

守保は小さな歯を見せて笑った。よくわからない。それ以上つっこんで聞いていいのかどうかもわからない。響子はだまってついていくことに決めた。

そして歩くことたっぷり十五分。通用門とは対角にある敷地のはじまで来て、ようやく守保は足を止めた。港のすぐ近くには、まるで目印のように、地面から低い位置で何本もの枝に分かれ左右に広がった一本の木が植わっている。『チシマザクラ』と書かれた植樹碑を見て、響子は今が春ならよかったな、と思った。フクは桜の花びらが大好きだった。

海の方から波音が聞こえてくる。響子が手すりをつかんで身を乗り出すと、黒い海面に真っ白なクルーザーが浮かんでいた。

「では、行きますか？」

守保があっさり誘ってくる。響子は思わず黒のメッセンジャーバッグの肩紐をぎゅっとにぎった。

「え。でも、クルーザーの操縦は誰が？」

「あ、私ができます。船舶免許を持ってますんで」

守保が遠慮がちに胸の前で手を挙げた。響子はたっぷり五秒間彼を見つめた後、静かに尋ねる。

「……あなた、何者なの？」

「え、私？　なくしもの係の守保蒼平《そうへい》ですけど」

きょとんとした表情で赤い髪をゆらす守保は、ますます幼く見えた。思わず目をそらした響子の視線を追ってペンギンを見ると、守保は「ああ」と顔をほころばせる。

「こちらは、ペンギン。名前はまだありません」

「そうなの？」

「はい。私が勝手に決めるのもアレなんで……保留中です」

理由がよくわからなかったが、そもそもわからないことだらけなので、今さらこれだけ質問する気にもなれない。響子は「そうなんだ」とうなずいておいた。

とつぜん「クァラララ、カァ、クァラララ、カァ」と痰の絡んだカラスの鳴き声みたいな声があがる。響子が驚いて見ると、ペンギンが飛べない羽をひろげ、オレンジ色のくちばしを空に向けてひらいていた。あくびしているみたいだ。

「ペンギン、眠いみたいだけど？」

「いいえ。これはペンギンの体温調節です。今日も暑かったですからね」

そう言いながら、守保はペンギンをいったん抱き上げ、手すりの外側におろす。すると、ペンギンはそのままドボンと海に飛びこんでしまった。

驚いて「わあ！」と声が出た響子を面白そうに見て、守保はクルーザーのつないである小さな港へとつづく階段をおりていく。響子はあわてて追いかけ、尋ねた。もう我慢できない。

「いいの？　ペンギン、いいの？　海に放しちゃって」

「あ、この海、人間の遊泳は禁止だけど、ペンギンは泳いでも大丈夫だそうです。専門家に聞きました。今の季節は少し水温が高めなので長時間はまずいですが、蒸し暑い地上にいるよりは気持ちいいみたいですね」

「いや、そうかもしれないけど、ペンギンが迷って帰ってこられなくなったりしない？」

「彼はなかなか賢いですよ。生きていく力がありますから、大丈夫」

その「大丈夫」は迷子になっても大丈夫なのか、帰ってこられるから大丈夫なのか、どっちなのよ？　響子は今ひとつ嚙み合わない守保との会話にギリギリと歯を食いしばり、クルーザーに乗り込んだ。

ペンギンが気になることもあって、響子はデッキに出たままクルーザーが沖へ航行するのを見守る。岸から離れるにしたがって潮風が強くなってきた。さっそく髪と肌がべとつきはじめる。

時々、岸の近くで海中からロケットのように飛び出す影が見えた。ペンギンだ。クルーザーを追って沖に出てきていないことに、響子はホッとした。

しっかり沖まで出てから、クルーザーが止まる。陸地ではフジサキ電機の工場をはじめとする臨海コンビナートのプラントやクレーンや石油タンクが照明に浮かび、幻想的な眺めとなっていた。これはマニアでなくても写真に残したくなってしまう。目を移すと、工場群の向こうにきらめく線路が見えた。線路を追っていけば、玩具のようにこぢんまりとした海狭間駅のホームに突き当たる。

響子がキャビンとデッキの中間地点につくられた操縦席にデッキ側から近づいていくと、ガラスに隔てられたコックピットの中で守保もまたうっとりと海側から見る工業地帯の夜景を味わっていた。

響子に気づくと、守保はまどろむように微笑む。やさしい顔だった。守保がズボンのポケットを探ってスマホを取り出し、耳に当てる。ほどなくして、響子のスマホが鳴った。出てみると、ぶあついガラス越しでは聞こえなかった守保の声が響いてくる。

「笹生さんの好きなタイミングで、お別れしてくださいね」

その声とガラスを隔てて目の前にいる守保の口の動きは少しずれていて、響子は急に胸が締めつけられた。あわてて守保に背を向け、操縦席から見えないデッキの後方へと戻る。

大きく深呼吸して、メッセンジャーバッグの中から白い紙袋を取り出した。この中にフクの骨がある。響子は夜空を見上げる。星がいつもより明るく輝いている気がした。気のせいでもいい。そう信じたかった。

「フク」と響子は呼びかける。自然に声が出た。

「十二……ううん、十三年間、そばにいてくれてありがとう。お世話になりました」

一瞬、胸が詰まったが、ペンギンが海上に飛び出していくシルエットが視界の隅に入ってきて笑ってしまう。まったく、何なんだあの生き物は？　なんて愉快なフォルムなんだ。

響子はゆっくり、でも力をこめて、海へと白い紙袋を投げた。水溶性の紙袋は黒い海に吸いこまれ、すぐに見えなくなる。フクの骨が沈んでしまった。響子は大きく息を吐き、つづいて花屋を三軒まわって手に入れたブルースターの小さな花束をバッグから出した。まだ目もあかない赤ん坊のフクを取り囲むように咲いていたこの花で見送ってやりたかった。青い花びらだけをちぎって海にまく。

『大丈夫。笹生さんはちゃんとフクを愛してたし、今も愛してるんだよ。フクだってきっとわかってる』

とつぜん岩見の声が耳の奥でよみがえってきて、響子の胸はあたたかくなる。あの励ましを、あの励ましをくれた岩見を、信じたいと思う。

「ずっと大好きだよ、フク」

響子はフクの旅立った海に向かって、そう声をかけることができた。失恋した日に家《うち》にやって来た子猫、豆大福のようなその猫と過ごした日々が、今やっと思い出になる。少々ほろ苦くても何度も嚙みしめることのできる思い出になってくれる。やっと。

響子は守保に電話しようとスマホを探してポケットをまさぐっていたが、ふとその動きを止め、デッキからおりる。そして今度はキャビンから操縦席へと向かった。

守保はキャビンに面したドアをあけて響子を操縦席に招き入れてくれた。響子がポケットから引っぱり出したタオルハンカチを見て、首をかしげる。

「これは？」

「岩見さんの忘れ物です。ていうか、私が借りたまま返すのを忘れてたんだけど」

守保はうやうやしくタオルハンカチを受け取り、響子を見る。その表情がやさしかったので、響子は胸にたまっていた言葉を吐き出すことができた。

「あの人が罪をつぐなうまで、それを預かっておいてほしいんです。電車や駅でのなくし物じゃないけど、可能ですか？」

「ええ、もちろん。私はなくしもの係ですから」

力強くうなずいてくれる守保に励まされ、響子は首に巻いていた麻のストールを取る。

「あと、こっちは私のなくしもの。今、なくします」

響子が守保にストールを渡して「はい、なくしました」とつぶやくと、守保は少し考えていたが、やがて「そういうことですか」と大きくうなずいた。

「わかりました。お預かりします。それで、岩見さんと同じタイミングで笹生さんにも連絡すればよろしいですよね？」

長い前髪の向こうで守保の目が笑っていた。会話はことごとく嚙み合わないわりに、察しがいい。

「はい。お願いします。なくしものを受け取りに来たら、また岩見さんとばったり会えるといいんだけど」

「そんな運命みたいな偶然が、またあればいいですね」

「なければ作るよ、私が」

響子はそう宣言する。運命の相手であってもなくても、岩見とはもう一度会っていろいろな話がしてみたいと思う。社会に復帰してもらいたいと強く願う。

守保は波線を描くように口角を上げてフニャッと笑い、岩見のタオルハンカチと響子のストールをていねいにたたんで、操縦席の脇にある台の上に並べて置いた。

「では、戻ります」

クルーザーがブルンと震えて方向転換する。守保に操縦をまかせると、響子はキャビンの窓から夜の海を眺めた。動き出したクルーザーが黒い海に波を立てていく。暗い中でも、波はまぶしいほどに白い。道を照らす頼もしい灯りのようだ。

あちこちぶつかりながらこの世を生きる——生きていかねばならない——自分や岩見の顔が浮かぶ。あの世へいってしまったフクの顔も浮かぶ。それぞれの道を照らす灯りは消えないでいてくれるだろうか?

波の灯りをたどるように前方に目をこらすと、黒い海からペンギンがロケットのように飛び出すのが見えた。

第二章

ファンファーレが聞こえる

剣士ゲンチャスはギルドを出て、旧市街の商店街をさまよっていた。

武器屋と露天商をすべて当たってみたが、お目当ての魔剣アンデッドバーストは売っていない。


「早く探さないと……」

ＰＣの前の福森弦《ふくもりげん》は割り箸でポテトチップスを挟んで食べながら、せわしなくマウスを動かした。ＰＣ画面の中では、彼が操作するゲームキャラクターの剣士ゲンチャスが走り出す。

弦が遊んでいるのは、『バベルニア・オデッセイ』というオンラインゲームだ。ネット上に作られた仮想世界に大勢のプレイヤーがアクセスし、冒険したり商売したり魚釣りしたり農作業したりと、めいめい好きなように過ごしている。ゲーム内の町や平原で行き交うほぼすべてのキャラクターに、自宅やネットカフェのＰＣを通じて操作している人間がいると考えてもらえばいい。

そして弦が今探している魔剣アンデッドバーストは、『バベルニア・オデッセイ』の運営三周年記念として七年前に期間限定で配布された希少な武器だった。いわゆるレアアイテムってやつだ。爆発的ヒットが八年前で、最近ではゲームシステムもグラフィックも運営方法もすべて「古臭い」と言われるようになってしまった老舗オンラインゲームを七年間やりつづけている人の数はあまり多くはないだろう。弦も入手の困難さは覚悟している。

こうなったら森を抜けて隣の国へ探す範囲を広げてみようと辺境まで来てみると、ほとんど人通りのない道の真ん中に露天商が立っていた。

なんでこんなところに露天商がいるんだ？　弦は不審に思う。

『バベルニア・オデッセイ』では、操作しているキャラクターのレベルがある一定まで達すると、プレイヤーは自分の持っているアイテムを他のプレイヤーに売ったり、逆に、自分が欲しい相手のアイテムを買い取ったりすることができた。これによってゲーム内通貨が貯まり、プレイヤーはより強力な武器や防具を手に入れたり、有料イベントに参加できたりするメリットがある。ただし商いをしている間、操作キャラクターは剣士や魔術師といった本来の職業から露天商に転職したと見なされ、攻撃や守備の力を一時的に奪われるというデメリットもあった。

このデメリットを回避すべく、ほとんどのプレイヤーは敵のモンスターに攻撃される心配のない町中で露天商になる。巨大な敵が潜むダンジョンにほど近く、いつモンスターに襲われるかわからない辺境の地で、無防備なまま露天商をつづけているプレイヤーは、ゲームの目的を金儲けに絞った、いわゆる「ちょっとクセモノ」と考えてよかった。

詐欺商売のカモにだけはなるまい、と気持ちを引き締め、弦はマウスカーソルを露天商に合わせてＥｎｔｅｒキーを押す。すると、露天商の頭上にウィンドウがひらき、売っている、または買い取りを求めているアイテムの一覧が現れた。

ざっと見たところ、アンデッドバーストはなさそうだ。用は済んだとばかりに剣士ゲンチャスが通りすぎようとした時、露天商が『ウィスパーチャット』を仕掛けてきた。

『ウィスパーチャット』とは会話メニューの名称だ。ゲーム画面に漫画のふきだしのような形で表示され、話している者同士だけでなく通りすがりの第三者も読める普通の会話が『チャット』であるのに対し、特定の相手とないしょ話をしたい――第三者には読まれたくない――場合、この『ウィスパーチャット』を選べる。

弦は『バベルニア・オデッセイ』にハマって三年経つが、よく知らない相手との『ウィスパーチャット』は数えるほどしか経験したことがなかった。紫のローブをまとった魔術師くずれの露天商をじっくり観察し、しぶしぶ『ウィスパーチャット』に応じる。

とたんに他のプレイヤーからは見えないウィンドウがひらき、プレイヤー名と直球の質問が飛んできた。

氷雨《ひさめ》『探しているのは、アンデッドバースト？』

弦がキーボードの上に手を置いたまま、正直に答えるべきかどうか迷っていると、改行されてまた言葉が連なる。
氷雨『ごめん。さっき町で、ゲンチャスさんが魔剣探してるところを見かけたんで、声かけてみた』
ゲンチャス『はい。たしかに僕はアンデッドバーストを探してます』
弦がゲンチャスのセリフをすべて打ち込む前に、ゲーム画面の中では露天商氷雨が地面に太い剣を置いた。商品として出していないアイテムだったようだ。カーソルを合わせてたしかめるまでもなく、弦にはそれが探し求めていた魔剣アンデッドバーストだとわかる。本来、氷雨の職業である魔術師には必要のない剣を持っているあたり、いかにもプロの露天商だ。
弦はますます警戒を強めながら、氷雨の出方を待った。
氷雨『どうしてこれが必要なの？』
ゲンチャス『よくパーティーを組んでいた仲間の一人が引退することになって』
氷雨『もしかしてeike.hさん？』
ゲンチャス『！　知り合い？』
氷雨『昔、何度かパーティーを組んで冒険した。たくさん助けてもらった。やさしい最古参プレイヤーだよね？』

弦の小鼻がふくらみ、PCの前で大きくうなずく。やっぱりすごいな、eike.hさんは。有名人だ。

ゲンチャス『はい。僕もいっぱい世話になった。それで、eike.hさんの最後のログイン日にみんなで送別会がてら石の庭のダンジョンに挑もうってことになりました』

氷雨『石の庭はアンデッド系のモンスターが多い』

ゲンチャス『はい。だから、僕はどうしてもアンデッドバーストを手に入れて、強いパーティーメンツになって、eike.hさんに勝利をもたらしたいと思った』

言いたいことを急いでキーボードに打ち込んでいると、下手な翻訳みたいな文章になっていくが、気にしちゃいられない。

氷雨『だったら、ぜひ使ってくれよ』

ゲンチャス『ありがとうございます！　いくらですか？』

弦の質問の後、氷雨の次の文章が出てくるまでに一瞬だけ間が空いた。

氷雨『ゲーム内通貨はいらない』

弦の全身が一気に強ばる。せわしなく鼻をこすって、おそるおそる文章を打ち込んだ。

ゲンチャス『リアルマネーで取引するってことですか？』

そういうのはトラブルの素なので運営側が禁止している行為のはずだ。だから氷雨はわざわざこんな辺境で待っていて、『ウィスパーチャット』で取引を持ちかけたのか？　うわ、めんどくさいのに引っかかっちゃったな。弦はため息をついて、近くにあった飲みかけのペットボトルをあおる。炭酸の抜けたぬるいコーラが喉を勢いよく通っていった。
氷雨『いや。冒険をお願いしたいだけ』
ゲンチャス『冒険？　どこのダンジョンですか？』
氷雨『ダンジョンつうかリアル世界での冒険、という名のお使いを頼まれてくれない？』
ゲンチャス『1fgけy2q』
氷雨『？　どうした？』
　弦はあわててPCのキーボードを叩いた。
ゲンチャス『ごめん！　今、うちの猫がキーボードの上を歩いていきやがった』
氷雨『猫飼ってるんだ？』
ゲンチャス『うん』
　弦はPCの横に座りこんだ飼い猫のイビキと、壁にかかった高校の制服を見比べる。
　制服は真新しかった。入学してから高校二年も折り返しを過ぎた今まで、ほとんど学校に行っていないのだから当たり前だ。第一志望の高校に落ちて、仕方なく進んだ学校のせいか、最初から登校が億劫だった。怠け心にまかせて学校の雰囲気やクラスメイトの特徴をつかむ前に家にこもってしまってからは、リアル世界でのあらゆるコミュニケーションが苦手となり、今では近所のコンビニに行くだけで脂汗を掻く。

「いやいやいやいや、俺にリアル世界での冒険とか無理でしょ。どう考えても」

弦の独り言に、イビキはあくびで応える。

「いや、待て、でもなあ、アンデッドバースト……欲しいなあ」

弦は何度も鼻をこすって腕組みした。猫の手ならぬ知恵を借りたい気分だ。イビキに向かって尋ねてみる。

「どうしよっか、この取引？」

白い毛のところどころに黒いブチ模様の入ったイビキは体も顔も目も丸く、弦の家族から『大福猫』と呼ばれていた。もちっと左右に伸びたイビキのユーモラスな顔を眺めているだけで癒される。

弦がマウスから手を離して、イビキの眉間をなでてやると、喉をゴロゴロと鳴らして目を細めた。

その間にも、氷雨との『ウィスパーチャット』はつづいてゆく。

氷雨『いいね、猫。俺もいつか飼ってみたい』

弦はPC画面に浮かんだ氷雨の言葉に視線を戻し、画面の中の怪しい露天商をまじまじと見つめた。このキャラクターを動かしているどこかの誰かの顔を懸命に想像してみたが、何も浮かばない。ただ、猫好きな人間にそうそう悪いやつはいない……気がする。

「だよな？　何とかなるよな？」

弦はイビキに向かって自信なさげに同意を求め、返事をもらえないままキーボードを叩いた。

ゲンチャス『いいよ。あ、猫じゃなくて、お使いの話。何してくれればいい？』

氷雨『ありがとう！』

その後、取引の内容や段取りを説明する『ウィスパーチャット』が長々とつづき、すべて終わった頃にはイビキはPCの横で大福のように丸くなって眠りこけ、窓にかかったカーテンの隙間からは、朝日の仄白《ほのじろ》い光が射し込んでいた。


終点の海狭間駅で電車を降りたのは、弦一人きりだった。大きなデイパックを背負った弦はホッと息をついてイヤホンを外す。

波の音が聞こえた。その合間に、高かったり低かったりする金属音がかぶさってくる。

「かっけーな」と弦はうわずった声でつぶやいた。

家の最寄り駅である華見岡から直通であれば電車で三十分ほど下っただけなのに、海狭間駅からの景色は別世界――弦の言葉で言えば「ゲームみたい」――だった。銀鼠色の海が間近に迫り、無機質でかっこいい造型のコンビナートから吐き出される白い煙は秋の曇り空の分厚い雲と混じり合っている。その非日常な眺めは、どんよりした天気に沈みがちだった弦の気持ちをいくらか明るくした。

運行本数の極端に少ない直通には乗れず、支線の乗り換え駅で四十五分も待たねばならなかったが、この風情を味わえるなら待つ価値はある。弦は何度も鼻をこすった。緊張した時のクセが出てしまったのには理由がある。

弦が一年ぶりに家の外に出たのは、つい昨日のことだ。雑踏の歩き方や公共の乗り物を使った遠出にはまだぜんぜん慣れていなかった。にもかかわらず、今から弦は自らが一番苦手とする三次元の人間とのリアルな会話ってやつに挑戦せねばならないのだった。

やっぱり無理だ。もう逃げたい……。

ホームの柵につかまって海を見ながら、弦はずるずるしゃがみこんでしまう。

昨日、氷雨に頼まれた『冒険』の準備のために乗った電車で落とし物をしたことに気づくと、弦はすぐさまネットで遺失物保管所の連絡先を調べ、電話をかけつづけた。本当にしつこく何度もかけたのに、なぜかまったくつながらなかったのだ。

「だいたいさあ、今どきネットにメアドを載せてない窓口なんて、ありえないよ」

弦はぼやく。本当は、じかに話さなければならない電話すら苦手で億劫なのだ。それが『冒険』の時間が迫っているせいで、アポなしで直接乗り込むという難度の高い手段を取らざるをえなくなったことに、弦は大げさではなく絶望していた。

アレさえ落とさなければ、こんないらない『お使い』まで加わることはなかった。氷雨に頼まれた『冒険』でいっぱいいっぱいだってのに、まったく、なんて日だ。

弦はうっかり者の自分に腹を立てながら、スマホを取り出し、往生際悪くこの駅にある遺失物保管所に電話をかけてみる。しかし、やはり呼び出し音がえんえん鳴りつづけるだけだった。

「あー、もう！」

不安と焦りでぱんぱんにふくらんだ弦の頭に、イビキの大福みたいな顔がふと浮かぶ。

弦の部屋の窓から家の中と外を自由に出入りするイビキの行動範囲は広いらしい。家族の目撃証言によれば、駅を挟んで反対側の丘の上の自然公園まで足を延ばしている時もあるそうだ。自然公園名物『花の観覧車』でも見物しているのだろうか？

イビキは俺なんかよりよっぽど世間を知ってるし、世間とうまくやれてるんだろうな。

弦が心から羨ましく思ったその時、視界の隅でサッと動く影があった。

「何？」

弦が驚いて立ち上がると、ホームのはじにある階段から顔を覗かせている動物と目が合う。猫、じゃないな。犬でもない。黒と白のツートンカラーの丸い頭とオレンジ色のくちばし、飛べない羽をパタパタさせながら黒々とした目でこちらを見ているアレは……？

「ペンギン？」

弦の声が届いたのか、ペンギンはくるりと背中を向ける。そして、えっちらおっちら階段をおりていってしまった。

取り残された弦は迷った末に、ふたたびイヤホンを装着する。スマホに入れた音楽の中から迷わず選んだのは『バベルニア・オデッセイ』のサントラだ。たちまちイヤホンから勇壮なホーンが響き、ドラムロールと共に跳ねるような旋律が流れ出す。ゲームの中では町を出て冒険へ向かう時にいつも流れる曲だ。

弦は「よし。行くか」と自分を励ますようにつぶやくと、ペンギンのおりていった階段に向かって、大きく腕を振って歩き出した。

階段をおりたところで、ペンギンに追いつく。ペンギンは体を左右にゆすりながらふりむいて弦を見たが、特にあわてた様子もなく、また同じ調子で歩きつづけた。本物……だよな？　幻覚とかじゃないよな？　弦は自分の目がまだ信じられず、ペンギンの横にまわりこんで、スマホで写真を撮ってしまう。パシャリという機械的なシャッター音に驚いたのか、ペンギンはフリッパーと呼ばれている羽のような手をばたつかせ、片目をつぶった。弦はなんだか申し訳ないことをした気になる。

　ペンギンの後ろについて無人の改札を抜けると、床も天井も壁も板張りのウッディな待合室に出た。出口の向こうには大きな工場の通用門が見える。やたら背が高くて髪がモジャモジャしている男性警備員が、弦のことを胡散《うさん》臭そうに眺めていた。ペンギンが左に折れたので、弦も体の向きを変え、警備員の視線から逃れる。

　ペンギンがオレンジ色のくちばしで板張りの壁をつつくと、壁がいきなり横にスライドしてひらいた。弦は「おわっ」と声をあげて、イヤホンを外す。壁だとばかり思っていたところが引き戸になっていたのだ。よく見れば、指をひっかける小さな取っ手もついていた。

「おかえり」

　やわらかな声が響いたかと思うと、引き戸の隙間から赤い髪が覗く。

　チャラい男が出てきたぞ！　と身構えた弦に気づき、赤い髪の青年はフニャッと力の抜けた笑顔を作った。波線を描いて口角の上がったアヒル口で愛嬌と幼さの増したその顔を見ながら、あ、なんかモテそう、と弦はぼんやり思う。リアル世界での恋や学校生活や仕事を普通にこなせる人種に違いないと決めつけ、リア充め！　と心の中で毒づいた。

「何かご用でしょうか？」

そのあらたまった口調に、さっきの「おかえり」はペンギンにかけられた言葉だったと気づく。

「え。用……ていうか、ここは？」

赤い髪の青年はニコニコと弦を見つめたまま、天井からぶらさがった緑色のプレートを指さした。

「『なくしもの係』？　ここが？」

「はい。正式名称は、大和北旅客鉄道波浜線遺失物保管所、ですけど。なくしもの係の方がわかりやすいし、親しみやすいかなって」

「はぁ」

弦はデイパックの肩紐をにぎりしめたまま、キョロキョロと部屋の中を見回した。たしかに部屋の横幅いっぱいにしつらえられたカウンターといい、その後ろにあるＰＣがのった机といい、壁を埋め尽くす勢いで並んだ大小さまざまなロッカーといい、いかにも遺失物が保管されていそうな場所だ。

「なくしものをされたんじゃないんですか？」

なくしもの係の青年に小首をかしげて尋ねられ、弦は口ごもってしまう。うつむいたまま、自分より背の高い青年の痩身を盗み見た。鉄道会社の制服らしきモスグリーンのズボンとグレーのジャケットを着て、ジャケットの胸には『守保』という名札までついているにもかかわらず、なんだか全体的に胡散臭い……気がする。リア充の権化とも言うべきミュージシャンのような髪の色のせいか？　それとも、モテない男のひがみってやつか？

弦はとりあえず質問を質問で返すことに決めた。面食らうことが多すぎたせいか、守保という名の青年が醸す浮世離れした雰囲気のせいか、苦手なはずの三次元の人間との会話もなんとかこなせそうだ。

「あの……なんで駅のなくしもの係にペンギンがいるんですか？」

ペンギンは守保という名の青年の脇をさっさと通りすぎ、カウンターをくぐって、奥の壁にある巨大冷蔵庫みたいな銀色の扉の前に背中を向けて立っていた。真っ黒な毛がつやつやと光っている。頭の上に一筋の白い模様が入って、カチューシャをしているみたいだ。

弦の視線を追うように、守保も上体をひねってペンギンを見ると、「ふふふ」と笑った。

「飼ってるんですか？」

「というか、世話をさせてもらってます」

何が「というか」なのかよくわからなかったが、ペンギンがとつぜんくちばしを天井に向かってパカリとひらき「クァラララ」と大きな声で鳴いたので、弦と守保の会話はそこで中断した。

守保は「ちょっとすみません」と弦に断ってから、カウンターをくぐってペンギンに大股で近づいていく。銀色の扉をあけると、氷漬けになった五畳ほどの部屋が見えた。

ペンギンが大きな肉厚の足をそろえてジャンプし、氷漬けの部屋に入ると、守保は「ごゆっくり」と声をかけて扉をしめ、何事もなかったように戻ってきた。そして、カウンターを挟んで弦と向き合う。

弦はたまらず聞いた。

「ここ、なくしもの係ですよね？」

水族館とか見世物小屋とかじゃないですよね？　と本当はたしかめたかった。

「はい。ですからお聞きしています。何をなくされましたか？」

守保はのんびり小首をかしげる。堂々めぐりだ。弦は観念して、正直に話すことにした。

「えっと……手紙……あの、古い手紙で……キティちゃんが描いてある封筒に入ってて、あ、封筒ごと半分に折って小さくして持ち歩いてたんだけど……」

守保は尋ねなかったし、弦もわざわざ説明しなかったが、なぜ封筒を半分に折ったのかというえば、小さなお守り袋に入れるためだ。お守り袋というのは、弦がまだ幼稚園の頃に母親が作ってくれた水色の巾着袋のことだ。幼い頃から人見知りが強く、すぐに緊張で動けなくなってしまう弦を少しでも安心させようと、母親は自作の巾着袋に当時弦が好きだったキャラクターのシールやおばあちゃんからの手紙や近所の神社の本物のお守りなんかを入れて、「このお守り袋があれば百人力だよ」と持たせてくれた。

母親的には幼い我が子の成長を助ける一時的な小道具のつもりだったのだろう。まさか息子がその暗示を心の拠り所にして、以来、成長と共にお守り袋の中身を入れ替えつつ、高二になった今でも持ち歩いているとは夢にも思っていないはずだ。

そんなわけだから巾着袋はだいぶ色あせ、糸もあちこちほつれていた。とはいえ昨日――弦が一年ぶりに家から外に出た日――にかぎって、パーカのポケットの中でとうとうその縫い目が裂け、知らぬ間にお守り袋の中身を落としてしまうとは、お守りにあるまじきツキのなさとしか言いようがない。

カウンターの前で肩を落として立つ弦に、守保が励ますようにやさしく声をかけた。

「その手紙に宛名は書かれていましたか？」

「……あ、はい。俺がもらった手紙なんで、俺の名前が……鉛筆で書かれてて」

「教えてもらえますか？」

「名前を？　あ、はい。福森弦です。宛名の『ふく』と『げん』は平仮名で書かれてます」

「ふく森げん……」

『青森県』と同じイントネーションでつぶやきながら、守保は長い前髪を指でいじくる。その手が止まったとたん、どことなくペンギンと似ているつぶらな瞳がキラリと光った。

「よかった。そのなくしものなら、たった今、届けられたところです」

「ホント？」

弦は思わずカウンターに手をついて身を乗り出してしまう。さすがお守り。拾う神ありだ。

守保は「はい」とのんびりうなずき、引き戸の方へと視線を移した。

「届け主さんは本当にたった今、そこを出ていかれたんですけど。ホームや階段で会いませんでした？」

弦が首を横に振ると、守保は独り言のように「臨海公園にでも行ったのかな」とつぶやき、フニャッとした笑顔を弦に向けた。

守保がロッカーに弦のなくしものを取りにいっている間に、引き戸がノックされる。

鍵束をジャラジャラ鳴らしながら目当てのロッカーの鍵を探している守保は、その音に気づかなかったようだ。弦は守保に声をかけるかどうか迷った末、結局だまって引き戸をあけた。

「すみませーん。この駅にお手洗いってありますか？」

のびやかな声と共に現れたのは、大きな黒目が印象的な制服姿の女子高生だ。ざっくりしたVネックセーターから水色のセーラー襟が覗いている。タータンチェックのひだスカートは短く、紺色のハイソックスに包まれた足は細くて長かった。

　その美少女ぶりにおののき、反射的に飛びのいてしまった弦はデイパックごと腰をカウンターで強打してうずくまる。女子高生は目を丸くしてしゃがみこんだ。

「大丈夫？」

　肩にかかったまっすぐな黒髪からいいにおいがする。サイドと同じ長さまで伸びた前髪を大きな星のついたゴムでひとつに結び、むきだしになった額は滑らかなカーブを描いていた。

　弦の顔を覗き込むと、女子高生の黒目がちな目に細い光の筋が走る。

「福森くん？」

「えっ？　そう……です、けど」

　美少女がやたらと好意的に絡んできてくれるなんて、ここは恋愛ゲームの中の世界か？　弦は混乱しながら腰をおさえて立ち上がった。

　ちょうどその時、「ああ、あった。あった」とカウンターの向こうで声があがる。

　守保は折り目のついた封筒を手にのせて戻ってくると、カウンターにそっと置き、弦と女子高生の顔を交互に見た。

「会えたんですね。ちょうどよかった。福森さん、こちらがあなたのなくしものを届けてくださった方ですよ」

「どうもありがとうゴザイマス」と口の中でモゴモゴ言いながら頭をさげる弦の目を見すえ、女子高生は親しげな笑みを浮かべた。

「福森くん、久しぶり。井藤《いとう》です。わたしのこと、覚えてる？」

「は？　や、え……井藤……まさ、か、井藤麻尋《まひろ》……さん？」

おどろきすぎて声が詰まってしまう。弦の記憶の中にある井藤麻尋は小学四年生で、大きな丸めがねとキノコ頭とからかわれていたマッシュルームカットがトレードマークの生真面目なクラス委員長だったからだ。

弦が直立不動のまま固まっている間に、セーラー服の美少女はカウンターから封筒を手に取り、慣れた手つきで中の便せんを引っぱり出した。キティちゃんを象《かたど》った便せんだ。弦が七年間何度も読み返してきたその手紙の一番下に書かれた名前を、女子高生は指でなぞって読み上げる。

「いとうまひろ。うん。間違いなくわたしが、この手紙を出した本人です」

そのはにかんだ顔やうつむく仕草がいちいちかわいくて、弦はめまいを覚える。お守りにしていた手紙を、その手紙を書いた本人に拾われるなんて、あんまりだ。どんな顔して会話すればいいんだ？　というか俺、まともに目が見られないんですけど！

パニックを起こした弦は腰をおさえたまま、ギクシャクときびすを返す。あいたままだった引き戸をくぐって、なくしもの係の部屋から飛び出してしまった。

「あっ」と守保と麻尋の声がかぶる。

「福森さん？　なくしものの受け取り手続きがまだですけど」

守保の言葉を背に受けて、弦は肝心の手紙を持たずに出てきてしまったことに気づいた。あわてすぎだ、と舌打ちする。

お守りを取り戻さずに『冒険』をつづけるなんて、俺にできるのか？

「できなくても、やるしかない」と自分に言い聞かせ、弦はイヤホンをつけて改札を抜け、ホームへの階段を駆け上がった。


コンビナートと海がつづく車窓の風景を眺めながら、弦は「何でこうなる？」と心の中で叫んでいた。耳につっこんだままのイヤホンからは勇壮なマーチがリピートに次ぐリピートで流れつづけていたが、聴き入って気持ちを作る余裕もない。

電車のロングシートの隣に、麻尋が座っていた。二人は互いに視線を合わさず、話もしないまま、海狭間駅を出てからもう五分以上電車に揺られている。「何でこうなる？」と泣きたくなりつつも、この気まずさに弦がどうにか耐えられているのは、自分と麻尋の前にペンギンが立っていたからだ。

電車の発車ベルに代わって美しいメロディ——後で調べたら『SWEET MEMORIES』という古い歌謡曲だとわかり、さっそくダウンロードした——が流れている最中に、ペンギンがヨチヨチ乗り込んできた時は驚いた。ペンギンが電車でおでかけなんてリアルもゲームも飛び越えてもはや絵本の世界じゃないか、と呆れている弦に目を留めると、ペンギンはいたって真面目な顔つきのままペタペタと近づき、みっしり生えそろった白い毛に覆われた胸をはって直立したのだった。

電車が走り出してすぐ、隣の車両から移ってきた麻尋が無言のまま弦の隣に座っても、ペンギンは表情一つ変えず立ちつづけた。車両は空いており、シートも空間も余り放題だったけれど、あくまで弦と麻尋の前から動こうとしなかった。

体長七十センチに満たないペンギンだからつり革に届かないし、届いたとしてもあの手の形状ではにぎれないだろう。電車がゆれたりブレーキをかけるたび、フリッパーをフワリと浮かせ、肉厚の足でニジニジとバランスをとるけなげな姿は見ていて飽きなかったし、よろけて本当にあぶなそうな時は、弦と麻尋が左右から手を差し伸べて助けた。そうやって、どうにか気詰まりな時間をやり過ごしていたのだ。

しかし、それも支線の終点で、東京方面につながる路線への乗り換え駅となっている油盥駅までだった。

三両編成のオレンジ色の電車が油盥駅のホームに滑り込むと、ペンギンは車内の誰よりも早く足をそろえて電車から飛び降り、乗り換え用の階段をえっちらおっちらのぼり、下校ラッシュの学生達の波にのまれてそのまま姿を消してしまったのだ。

支線のホームに取り残された弦がデイパックの肩紐をにぎって歩き出すと、ボリュームをしぼった音楽の隙間から麻尋の履くローファーの足音がコツコツと追ってきた。

「……どこまでついてくるの？」

弦は思わずふりかえって聞いてしまう。緊張のあまり無意識に失礼なことを口走るのは、昔からの悪い癖だ。案の定、麻尋の頬がみるみる赤くなった。

「わたしの家はこっちの方向なの。知ってるでしょう？　福森くんだって四年生まで住んでた街なんだから」

麻尋が口にした最寄り駅は東京の高級住宅地と呼ばれるあたりで、たしかに同じ路線を使うしか帰る手段はない。弦はあわててイヤホンを外して頭をさげた。

「ごめん。ずっとあの街に住んでるんだ？」

「うん。同じ家にね」

「ごめん。じゃあ、俺が電車一本遅らせるよ」

「何で？」

ジロリと睨まれる。顔のパーツ一つ一つに存在感のある美少女が怒ると迫力があった。

「え。だって……」

いっしょにいると気まずいから、とは、さすがに弦も口に出せない。

並んで階段をのぼり、東京へとつづく路線のホームにおりる。支線のホームと違って、こちらは帰宅する学生や主婦達で混み合っていた。目をこらして探してみたが、ペンギンは見当たらない。別のホームにおりたのかもしれない。

弦はなりゆきで麻尋の隣に並んだまま、大勢の見知らぬ人と電車待ちの列を作る。圧迫感を覚えて、鼻をこすっていると、麻尋が前を向いたまま低い声で聞いてきた。

「なんで、手紙を受け取らなかったの？　あれ、福森くんが落としたんだよね？　守保さん、困ってたよ」

「で、電車の時間が迫ってたから」

「嘘つき。その後、海狭間駅のホームで三十分も電車待ってたくせに」

はい、嘘です、と認めるわけにもいかず、弦は隣に立つ麻尋を横目で見る。スラリと背が高い。百七十センチにあと一歩届かない弦とは、視線の位置がほとんど同じだった。

弦は大きく息を吸いこむと、前を向いたまま思いきって正直に言ってみた。

「ごめん。井藤さん本人がとつぜん現れたから驚いて、どうしていいかわかんなくなった」

隣で麻尋が顔を向ける気配が伝わってくる。肩にかかる黒髪を後ろにはらったのか、いいにおいがフワッと弦の鼻先をくすぐった。何だ、このにおい？　シャンプーか？　ヘアコロン的なものか？　それとも、女の子という生き物にもともと備わった香りなのか？

たちまち煩悩にまみれた弦は麻尋が発した言葉をまんまと聞き逃し、「ちょっと、聞いてる？」となじられた。

「あ、ごめん。何？」

あわてて弦が麻尋の方に向き直ると、今度は麻尋が視線をそらす。

「だから、どうして
いいかわかんなかったのは、わたしもいっしょだよ。だって、自分が十歳の時に書いたラブレターを、当時好きだった人に返しに来たんだよ？　めっちゃ恥ずかしいシチュエーションでしょ、それって」

手紙の内容が書いた本人によって暴露され、二人してしばしうつむいてしまう。やがて弦が耳を熱くしたままつぶやいた。

「ごめん」

「もう。ごめんごめんって謝りたおさないで」

「ごめ……あ、ごめんじゃない」

弦はあわてて自分の頬をピシャンと打った。その言葉と行動に、麻尋が噴き出す。ひとしきり笑ってから、ようやく弦と目を合わせてくれた麻尋の表情はやわらかくゆるんでいた。

東京に向かう電車に乗る。車中は混んでいた。気まずさから解放された二人は並んでつり革につかまって話しつづける。

「落としたってことは、持ち歩いていたってことだよね、あの手紙を?」

「うん。……キモイでしょ?」

弦はうなだれ、どうせ「キモイ」と思われるならとことん言ってしまえ、と子供の頃から身につけてきたお守り袋の話まで打ち明けた。

「わたしの手紙をお守り袋に入れてくれてたなんてね……なんかびっくり」

「実際、お守り代わりだったんだよ。ラブレターなんてもらったの初めてだったし、今後もらう予定もないし」

そんなことないでしょ、とでも言いかけたのか、麻尋の口が一瞬あいたが、体形も服装もだらけきった弦の全身をざっと見回すと何も言わずにとじた。気休めは言わない主義らしい。

しょーもない男に成長しちゃって、ごめん。

十歳の頃よりずっと美しい少女となった麻尋を横目に、弦は肩を落として心の中だけで謝った。十歳の頃の自分がきらめいていたとは思わないが、少なくともみんなと同じことはできた。毎日学校に行って、机を並べて勉強し、休み時間や放課後それに休日は友達といっしょに遊べた。時々は喧嘩もして、仲直りした。そんな当たり前のことが当たり前にできた十歳の自分を、弦はまぶしく思い出さずにはいられない。

あの時期を同じ教室で過ごしたクラス委員長がくれたラブレターは、そんな思い出がマボロシじゃないと示してくれる証拠であり、励ましてくれるお守りだったのだ。リアル世界の冒険になくてはならないお守りだったのだ。

しんみりとした気持ちを奮い立たせ、弦は再会した時から気になっていたことを聞いてみる。

「手紙、どこで拾った？」

海狭間駅のなくしもの係に届け出てくれたということは、あのあたりの支線か本線で拾ったのだろうが、東京で暮らし東京の高校に通う麻尋が、なぜ片田舎といっていい街の電車に乗っていたのか、うっすら謎だったのだ。

「あ、わたしが拾ったわけじゃないから」

つり革につかまって車窓を眺めていた麻尋は、なんでもないことのように言った。長い睫毛に縁取られた目をしばたたかせて弦に視線を移すと、笑顔を作る。

「クラスメイトがね、『通学電車の中でこんなもの拾った』って持ってきたのよ。きっと手紙の中身まで読んだんだろうね。ほら、最後にわたしのフルネームが書いてあるでしょ？」

「ああ」

「『井藤さんのラブレターが落ちてたよー』って、クラス中の人に聞こえる声で言われちゃった」

「うわ……」

「仕方ないわ」と麻尋は弦が謝るのを制すように乾いた笑いをもらした。

「実はわたし、高校でもクラス委員長をやってるんだけど、校則検査で融通がきかなかったりするから疎《うと》まれてるんだよね、わりと」

下唇を軽く噛んで車窓を眺める麻尋の横顔は凛《りん》として美しい。クラスメイトにちょっと疎まれていることなんて、麻尋の芯をゆるがす問題ではないのだろう。まぶしい。まぶしすぎるぜ、委員長。弦はふいに小四のクラスで麻尋に『キノコ委員長』というあだ名がついていたことを思い出す。噴き出しかけたのを咳払いで誤魔化し、あわてて車窓に目をやった。

駅に停車するごとに、車内の雰囲気と車窓の景色が垢抜けていく。東京に近づいてきているのがわかる。これだけネットショッピングが生活の一部となり、家にいながら何でも手に入る時代になっても、街の持つ空気感だけはどうにもならないと弦は思っていた。毎日家にこもってネットゲームの世界で暮らしているからこそ抱く感覚なのかもしれないが、都会はやっぱり都会で、地方は地方で、田舎は田舎だ。どれがいいとかそういう問題じゃなくて、その違いは歴然と空気感に出ていた。だからこそ、転校以来足を運ぶことのなくなっていた東京へと赴く弦の緊張は増すばかりだ。

　麻尋がつり革をにぎる手を右から左に変えて、車窓を見たまま尋ねてくる。

「これからどこ行くの？」

「秋葉原」

　弦は迷ったが、うまく誤魔化せる自信もなかったので、ネットゲームの中の希少アイテムを手に入れるために、アイテムの持ち主に頼まれた用事を片付けねばならないのだと正直に説明した。

「ネット上の知り合いから現実の用事を頼まれたの？」

　麻尋の黒目がちな目が大きくなる。呆れたんだとばかり思っていたが、麻尋の口から出てきたのは意外な言葉だった。

「大丈夫なの、それ？　騙されてない？」

　わたしはネットのことはよくわからないけど、と断りつつ、麻尋は顔の見えないネット上でのやりとりから生じたトラブル例をけっこう詳しく教えてくれた。

「実はとんでもない取引に利用されていたりしない？」

　美少女に深刻な顔で心配され、弦はあわあわとデイパックをおろす。ジッパーをひらき、氷雨のメールにあった暗証番号を使って、新宿駅のキーレスコインロッカーから昨日取ってきた荷物を確認した。

ロッカーの中には、家電量販店のロゴ入りビニール袋が入っていた。そしてビニール袋をあけると、白いスティックライト、マシュマロ、夜の工場の写真集と、Ａ４の紙にプリントアウトされた手紙もとい指示書が出てきたのだ。

『これらを持って、以下の地図に表示された場所（店です！）に行ってください。たしかに行ってきたと証明できるもの（写真データ等）を僕のフリーメールアドレスまで送ってくれたら、魔剣アンデッドバーストを譲ります。　氷雨』

文章の下には、赤い旗マークの立った秋葉原周辺の地図が添えられていた。

麻尋は弦から奪い取った紙に目を通しながら、家電量販店のビニール袋に入った品々を何度も確認し、きれいな眉を寄せていく。

弦はおずおずと尋ねた。

「店の名前が書いていないから検索もできなかったんだけど、そんなにマズい……かな？」

「指示を出している人物の本名も顔もわからない。これから行く店がどういう店なのかはもちろん、店名すらわからない。逆に、わたしはなぜ福森くんがこれで大丈夫と思えるのか聞きたいよ。逆に、逆に、逆にね」

麻尋が強めの口調でまくしたてると、キノコ委員長だった頃の顔が少しだぶった。

秋葉原へ行くための乗り換え駅が弦の視界に飛び込んでくる。速度を落とす電車の中で、弦はデイパックにビニール袋をしまうと、肩紐をギュッとにぎって「じゃ」と手を挙げた。

麻尋が驚いたように尋ねる。

「それでも行くんだ、秋葉原？」

「うん。あの剣がなきゃ、仲間を見送れないから」

「仲間？」

「あ、えっと、ネトゲ仲間。『バベルニア・オデッセイ』っていうネットゲームを三年くらいいっしょに遊んできたんだ。eike.hって書いてエイケエイチさんって人なんだけど、まだ俺が始めたばかりで底辺レベルのポンコツだった頃から何度もパーティーを組んでくれて、いっしょにいろんなイベントに参加してきた。あ、イベントってネトゲの世界での話ね。でも今度、卒業しちゃうって言うから……。eike.hさんに世話になった有志で企画したんだよ。最後のイベントとして、とあるダンジョンを攻略しようって。今夜七時にギルドで待ち合わせなんだ。eike.hさんの片腕となって活躍する最後のチャンスなんだ。だから俺っ、アンデッド系のモンスターに強いあの剣をどうしても七時までに手に入れたくてっ」

急に会話に熱がこもり、声も大きくなった弦をなだめるように、麻尋は両掌を下にして上げたり下げたりした。

「ちょ、ちょっと待って。待って。わかんないことがありすぎて何て言ったらいいか……えっと、とりあえず『卒業』ってどういうこと？」

「ゲームのアカウントを消して、二度とログインしなくなるってこと」

「……つまり、二度とゲームの世界で会えなくなるってことか。でも、その……エイ……エスさん？」

「エイケエイチ！」

「あ、ごめん。そのエイケエイチさんと福森くんって実際に会ったことはまだ一度もないんでしょう？ てか、その人が何歳かも、何をやっている人かも、男か女かすら、知らないんだよね？」

「うん。でも、仲間だ。俺はエイケエイチさんがいなかったら、ネットでも居場所がなかった気がする」

「『ネットでも』って？ 福森くんは現実世界に居場所がないって思ってるわけ？」

麻尋の鋭い質問に、弦は「うん」と素直にうなずいた。これまで、「キモイ」と思われても仕方のない話しかしていない。今さら隠すつもりはなかった。

「俺、不登校の引きこもりだからね」

麻尋は息をのんで弦を見上げる。「居場所」と小さい声でつぶやき、大きな黒目をキラリと光らせた。

電車が停止して、ドアがひらく。結構な数の乗客が降りるようだ。弦が人波に運ばれるがまま乗り換え駅に降り立つと、つづいて麻尋も降りてきた。

「あれ？　井藤さんの家って……？」

麻尋はいたずらっ子のような表情を作って笑う。白い歯がこぼれた。

「わたしもついていこうと思って。いい？」

ああ、俺は今、絵に描いたような青春の中にいるのかも。弦はクラクラする頭をおさえて、夢中でうなずいた。

「かまわないけど、別に」

別に、じゃないよ。どうぞついてきてください、だろうが。心の中で激しく暴れ出した煩悩をおさえつけ、弦は頭を掻く。その腕を麻尋が引っぱった。

「秋葉原に行く電車は、あっちだよ」

クルリと身をひるがえして歩き出す麻尋の後ろに従いながら、弦の耳の奥でファンファーレが鳴り響く。夕闇せまる駅の雑踏の中にウィンドウが浮かびあがり、流れていく文字が弦には見えるようだった。

『井藤麻尋が仲間になった。あたらしい冒険のはじまりだ』

弦は他の街と同様に、秋葉原にも馴染みがなかった。まだ小さかった頃に一度だけ、自作PCの組み立てが趣味である父親に連れてきてもらったことがあるはずだが、残念ながら記憶に残っていない。

弦はまず天高くそびえる色とりどりの看板に圧倒され、女性の甘ったるい声や男性の潰れた濁声《だみごえ》による各種呼び込みや、道沿いに並ぶ様々な店のBGMが混じり合った音の洪水に足がすくんだ。

そんな弦の横で、麻尋が指示書に添えられた地図を見ながら、てきぱきとスマホにナビを表示させる。

麻尋は「こっち」と自信を持って言いきり、スマホを見ながら歩き出した。

日曜日には歩行者天国になる——と麻尋が教えてくれた——中央通りの歩道を進み、看板にアニメタッチの少女のイラストが描かれた喫茶店を右に折れて、あとは細い路地にそって曲がりくねりながら歩きつづけると、よくある雑居ビルのような建物の前でナビが終了した。

「ここ?」

弦は悲鳴のようなか細いつぶやきを漏らす。ビルの入口のドアはひらいているものの、中の階段や廊下に灯りはついておらず薄暗い。辺りを見回したが、看板らしきものは見当たらなかった。思いきってビルの中に一歩踏み込むと、デザインされた文字とイラストが色とりどりのラッカーで落書きされている毒々しい壁が目に飛び込んできた。

「やばい、やばい、やばい、やばい」

そのまま後退して、また外に戻ってきた弦を、麻尋が首をかしげて出迎える。

「どうした？　何がやばいの？」

「このビル、荒廃してる。あの、アメリカの、ほら、スラム街みたいな」

「日本だよ、ここ」

「だけど、雰囲気は廃墟なんだって」

弦はデイパックをゆすって力説した。はっきり言って、怖い。中に入るのが憚《はばか》られる。麻尋の話してくれた『ネット上でのトラブル』の事例が次々と頭の中をおそろしい速さでよぎっていった。走馬灯ってこんな感じ？　死ぬの、俺？

「廃墟ねえ」とつぶやくと、麻尋は気負いなくビルの中に入っていく。

「井藤さん、戻ってきなよ。危ないって」

「しっ」

長い人さし指でふっくらした下唇をおさえると、麻尋はそのまま人さし指を足元に向けた。

「聞こえない？」

麻尋に手招きされ、弦もおそるおそるビルの中に入る。麻尋の隣に立つと、たしかに足元から地鳴りのような低音と電子音みたいな甲高い音がかすかに響いているのがわかった。音にあわせて床まで振動しているようだ。

「何だ、これ？　ヤバイ組織のアジトが地下にあるとか？」

「こんなわかりやすいアジト作ってる時点で、その組織は三流でしょう」

麻尋はそう言い捨てると、ひるむことなく地下につづく階段をおりはじめた。

「ちょっと待って」と弦は小声で呼び止めると、あわてて階段を駆けおり、麻尋の前に立つ。

「俺が、先を歩くから」

内心泣きそうだったが、弦はとりあえず胸をはってみせた。麻尋は目を丸くし、やがて気まずそうに肩をすくめる。

「大丈夫だよ、福森くん。タネを明かすとね、わたし、ここのお店知ってるの。前にテレビで観たんだ」

タネ明かしとか店とかテレビとか、いきなり飛んできた情報を処理しきれず、きょとんとしている弦の肩をつかむと、麻尋はそっと押し出した。

「今の秋葉原が詰まっているお店だって、テレビでは紹介されてたよ。行ってみよう」

弦は麻尋を後ろに従え、地下まで階段をおりきる。ますます暗くなった空間に手を伸ばし、ビルの壁同様イラストやロゴなどが全面に落書きされた鉄のドアを押しひらいた。

地震？　足元がぐらついて思わず身構えた弦だったが、一瞬遅れて風圧を感じるほどの歓声に包まれ、わけがわからなくなる。だいぶ経ってから、視界も居心地も悪いのは、大勢の人――ほぼ全員男――が狭い部屋に入りきれないほど詰めかけているからだと気づいた。

「何だ、これ？」とたしかに叫んだはずだが、自分の声が耳に届かない。トントンと肩をたたかれて横を向くと、麻尋が頰を紅潮させて前方を指さしている。あわててそちらに目をやった弦は、やたらまぶしくて熱いライトに照らされた手作り感満載のステージに立つ一人の女の子を見つけた。

ツインテールの頭のてっぺんに極端に大きなピンクのリボンをつけ、パフスリーブの黒いワンピースを着たその女の子はマイクをにぎって一心不乱に歌い踊っている。彼女がジャンプするたび、シャウトするたび、ポーズを決めるたび、酸欠に近い場の空気がゴオオッと音をたててゆれた。

カラオケの伴奏は、歓声に負けないようにボリュームをあげすぎているのか、音が割れて反響しまくっている。

それでも、女の子は一向に気にせず、パフォーマンスをつづけていた。小さい体がどんどん大きく見えてくる。

アップテンポな曲が終わると、拍手と歓声の後、割れた前奏がゆったり流れてきた。呆然としていた弦は麻尋に肩をたたかれ、周りで白いライトが点灯しはじめたことに気づく。

麻尋の顔がグッと近づいたかと思うと、いいにおいが鼻先をかすめ、耳元で声がした。

「持ってたよね？」

「えっ？」

「白いスティックライト。ああいうの、福森くんも持ってたよね？」

麻尋に背中を軽くはたかれ、弦は「ああ」と急いでデイパックをおろす。家電量販店のロゴ入りビニール袋を取り出し、スティックライトを手に持った。指と指の間に左右四本ずつ挟んでふりまわしている男性の見様見真似で、スティックの端を両手で持ち、音をたてて割るとスティック全体がぼうっと白く発光しはじめた。

女の子がステージの上でクルクルと円を描くようにまわって、ペタリと腰をおろす。ダンスの振り付けなのか体力が尽きたのか、弦にはわからない。そのうち間奏がはじまった。集まった男性達は一斉にライトを女の子に向け、口をそろえ独特なふしをつけて叫び出す。

「デイリー、ラブリー、ミラクルるるたん！　サラリー、カロリー、トラブルるるたん！

それでも魔女っ子やめられない！」

目をつぶり、ステージに座りこんだままゆれていた女の子がパチッと目をひらく。その瞳には奇妙な気迫と吸引力があった。女の子はバネ仕掛けの人形のような動きで立ち上がり、耳がキーンとなるほど甘く甲高い声で叫ぶ。

「ホウキがなくても飛べるもん！　魔女っ子アイドル・るるたん、笑顔を探して今日もゆく！　ラブラブ、キュンキュン、ルルルル……みーんな元気になっちゃいなっ」

掛け合いが成功してわあああっとみんなが盛り上がると、麻尋も拍手した。

「井藤さん、あの子を知ってんの？」

「るるたん？　知らないよ。でも楽しい。これって、テレビやラジオではなくライブで活躍する『地下アイドル』ってやつでしょう？」

頬を紅潮させて麻尋は朗らかに笑っている。大勢の男性同様、麻尋もるるたんの魔法にかかってしまったのかもしれない。

ステージでは、間奏の終了と共にるるたんが立ち上がり、ふたたび歌い出した。歌いながら、マイクを魔法のステッキ代わりにふりまわし、観客一人一人に魔法をかけていく体《てい》でマイクを向けていく。観客は自分の方にマイクが向いた時を逃さず、口々にるるたんへの応援メッセージをがなりたてた。るるたんとハイタッチしている者もいる。ファンとの距離が近いぶん熱気がこもり、室温がぐんぐんあがっていくのが実感できた。

部屋をこんなに狭くしてあるのはわざとかもしれない、と弦は思う。

周りの動きとずれないようスティックライトを振りながら、弦も次第に楽しくなってきた。

「オタク」と一言で括られがちだが、弦はゲームにしか興味がなく、アニメやアイドルには疎かった。ネットショッピングでゲームも漫画も手に入るため家から出ない生活を送り、秋葉原のこともよくわかっていなかった。

でも、実際にこの場所に来て、アイドルのライブに参加してみると楽しい。生《なま》の衝撃は体と心をまっすぐつなぎ、今を実感させてくれる。夢中になる人がいるのも納得だ。

歌が終わると、息をはずませたるるたんがマイクを両手で持ち、甘ったるい声で言った。

「えっと今日は、わたくし前園《まえぞの》るるみのバースデーイベントにお集まりいただき、どうもありがとうございます」

「おめでとう」と観客から口々に声がかかり、ステージの上に飾られた『Happy Birthday』のロゴが今さらのように弦の目に入ってくる。

「じゃ、さっそく、わたくしのイメージカラー白のマシュマロで乾杯したいと思いまーす」

スタッフらしきスーツ姿の男性数人が会場の端から手早くワイングラスを配っていく。弦と麻尋も受け取った。手に持ってみるとやたら軽く、プラスチック製だとわかる。

　周りの客が持参したマシュマロをグラスに入れているのを見て、弦もビニール袋の中に入っていたマシュマロのパックを破って、自分と麻尋のグラスに三個ずつ入れてみた。

「ハッピーバースデー」を連呼するBGMが流れ出すと、一番前列にいた年配の客が後方の客にふりむき、「みなさん、ごいっしょにぃ」と妙なアクセントで誘ってくる。

　るるたんのファンであるという共通項で結ばれた客達はグラスを持った手を高々と掲げて「ハッピーバースデー、るるたん！」と声を合わせたかと思うと、おもむろにグラスをかたむけ、マシュマロを飲むように食べた。

　ワンテンポ動作の遅れた弦と麻尋もあわててマシュマロ三個を頬ばる。口の中がマシュマロだらけになって苦しい。はっきりいって、おいしいかどうかもわからない。

　るるたんはニコニコ嬉しそうに客の顔を見回し、最後に自分もゆっくりとグラスをあおってマシュマロを一気食いした。五個くらい食べていたように思う。地下アイドル、おそるべし。

　その後、三曲ほど転調の激しい曲――るるたんのオリジナル曲ではなく、アニメ主題歌のカバーだとか言っていた――を歌い踊った後、ステージはそのまま『チェキ会』の会場となった。チェキという小さなインスタントカメラで、客がるるたんとのツーショットを撮ってもらい、限られた時間おしゃべりできるというイベントだ。このチェキ会に参加するには、一人千円かかる。弦は麻尋の分と合わせてスタッフに払いながら、二千円でるるたんのライブに魔剣アンデッドバーストがついてくると考えれば安いもんだと思う。

「これはきっと、るるたんへのプレゼントだね」

部屋の熱気に耐えきれずVネックセーターを脱いで腰でしばった麻尋が、鼻の下にうっすら汗を浮かべて、ビニール袋に入った夜の工場の写真集を指さした。

弦がうなずいて「氷雨さん、るるたんのファンだったんだな」とつぶやくと、麻尋は肩にかかる黒髪を手ではらって、不思議そうに首をかしげる。

「なんで自分で来なかったのかな？　病気とか？」

弦は口をひらきかけて、やめる。麻尋の美しい鎖骨を浮かび上がらせているセーラー服の水色の襟がまぶしかった。左胸についた校章には、弦でも知っているほど有名なお嬢様学校の名前が彫られている。

わからないだろうな、容姿も性格も頭もよくて、恵まれた環境と約束された未来が常に向こうから寄ってきそうな井藤さんには。クラスメイトに疎まれるくらい、リア充カーストの頂点にいる人には。

弦にはなんとなく真相が見えていた。氷雨がここに自分の足で立っていないのは、たぶん、病気とかそういう深刻な理由ではない。急用が入ったわけでもないだろう。

家から出ないでいると、息苦しいけど安心できるのだ。生ぬるい泥は汚いけれど、入ってしまえばあたたかくて気持ちいいのだ。最初のうちはいつでもまた立ち上がれる気がしている。ただ、いざ立ち上がってみると、自分がひどく汚く、弱くなっていることに気づいてしまう。誰も彼もに脅威を感じ、もう二度と人前に立ってはいけない人間になった気がしてくる。現実社会での居場所をなくしてしまう。

でも、とも思う。『バベルニア・オデッセイ』のサントラをBGMにして気持ちをアゲるだけでは無理で、女の子に付き添ってもらってどうにかここに立てた自分が言うのも何だけど、るるたんのファンであればあるほど、ここに立った時の楽しさは家から外に出る時の怖さを超えてくれる気がする。

だから氷雨さんにもぜひ秋葉原まで出向いて、るるたんのツインテールから飛ぶ汗や鼓膜が破れるかと思うほどの声量や小さな体で歌い踊る時の奇妙な迫力を体験してもらいたい。弦は今、心からそう願っていた。

氷雨がどれだけるるたんの熱心なファンであるかは、プレゼントにチョイスした夜の工場の写真集の喜ばれ具合でわかった。列に並んでいた他のファンが引くくらい、るるたんはピョンピョン飛びはねて大喜びしたのだ。

「すっごぉーい！　わたくしが工場マニアだってなぜわかったの？　デビュー直後くらいにネットラジオで一回喋っただけなのに、覚えていてくれたんですかぁ？」

るるたんは弦から受け取った写真集をその場でパラパラめくりはじめると止まらなくなり、スタッフに注意されていた。

「友達に……あの、どうしても今日来られない友達から頼まれたんです。きっと友達は、るるたんさんの言ったこととか歌った歌とか、全部覚えていると思います」

弦が口ごもりながらも懸命に喋ると、るるたんは両手で弦の手をそっと包むように握手して、「友達にお礼を言わなくちゃ」と八重歯を覗かせた。

さらにチェキはツーショット一枚と決まっていたが、弦とツーショットを撮った後に「友達にどうぞ」とるるたんが一人だけで写った写真も撮ってくれた。ライトを上手に利用して光でとばし、斜め上から撮ったるるたんの顔は実物よりも引き締めたいところが引き締まり、大きく見せたいところは大きくなっていた。

「わたくし、自撮りが魔法みたいにうまいって評判なの。さすが魔女っ子だねって」

そう言ってお茶目に笑ったるるたんは、麻尋のようにどの角度から見ても文句のつけようのない美少女ではなかったが、不特定多数の人間を惹きつける何かをたしかに持っていた。

これがアイドルなんだな、と弦は思う。

「がんばってください」

　この言葉をこんなに心を込めて言えたのは、生まれてはじめてかもしれない。弦はるるたんの写った二枚のチェキをにぎりしめ、気分よくステージをおりた。

　スマホで時間を確認すると、いつのまにか五時半を過ぎている。弦はるるたんのステージが楽しすぎて忘れていた時間の制約を思い出した。そうだ。俺、今夜七時までに家に帰りたいんだった。電車に乗る時間、夕飯を食べる時間、氷雨に連絡をとってアンデッドバーストを手に入れる時間、もろもろ考えて頭の中で逆算していくと、そろそろ出ないと間に合わない。

「井藤さん、どこ行っちゃったんだ？」

　弦は先にツーショットチェキを終え、狭い部屋にみっしり詰まった男性客の中に紛れこんでしまった麻尋を探して、背伸びしたりしゃがんだりした。

　ようやく見つけた麻尋はいつのまにかまたVネックセーターを着込み、ステージの裏手に近い隅で、カラフルなモザイク柄のニットワンピースを着た女性と熱心に話しこんでいた。弦にちょうど背中を向けているせいで、こちらにはまったく気づいていない。

　会話の最中に「ちょっといいですか」と割り込む勇気が、弦にはなかった。スマホで時間を何度も確認し、イライラとその場で足踏みし、ひかえめな舌打ちをくり返しながら、ひたすら待つ。

　二十五分がジリジリと焦げつくように過ぎていった。もう置いて帰ってしまおうかと弦が大きなため息をついたとたん、麻尋がクルリとふりかえる。ため息が聞こえた？　そんなまさか。軽くうろたえている弦をあっさり見つけ、麻尋は朗らかに手を振った。

「あ、いたいた。福森くん、こっち」

　麻尋の隣で、モザイク柄ワンピースの女性が腕組みしたまま弦を見る。値踏みするような視線が全身に突き刺さるのを感じ、弦は鼻をこすった。

　弦が前に立ったとたん、見知らぬ女性が「カレシ？」と麻尋に尋ねる。まだ二十代前半に見えるその人は、化粧が派手で、あけすけで、言葉遣いも乱暴なのに、なぜか品のある不思議な女性だった。

「いいえ。七年ぶりに再会した小学校の時のクラスメイトです。彼がこの店に連れてきてくれました」

「ああ、るるたんのファンね」

　女性はしたり顔でうなずく。弦は「違う」と言いたかったが、あれこれ説明するのが面倒でうなずいておく。

　すると、女性がいきなり弦に抱きついた。すとんとしたワンピースに隠れた肉付きのよい体の凹凸を受け止めた弦は、麻尋とはまったく違うスパイシーな香りに包まれて息を詰める。何が起こったのかよくわからなかった。

「サンキュー、少年！　逸材を連れてきてくれて、感謝するわ」

「いつざい？」

女性が弦から体を離すのを待っていたように、麻尋が何かを差し出す。受け取って見てみると、一枚の名刺だった。うすピンクの紙にかわいい女の子のアニメイラストが印刷されている。

「株式会社タラコ……社長……花山桜子《はなやまさくらこ》……」

「本名だからね、それ」

たどたどしく読み上げる弦に、若すぎる女社長花山桜子はキシシと歯を見せて笑い、腕を組み直した。

「このライブハウスの経営とアイドル専門のプロダクションの運営もやってます。スカウトから育成までね」

「わたしもスカウトされちゃった」

麻尋があっさり付け足すので、聞き逃しそうになる。ずいぶん間を置いてから「えっ」とのけぞった弦を見て、花山社長はまたキシシと笑った。そして、麻尋に「ではまた。連絡するわ」と声をかけ、なぜか弦の背中をバシンと強い力でたたいた後、ピンヒールを床に突き刺すような歩き方で、るるたんファンの熱気が冷めやらぬ狭い部屋から出ていってしまった。

残された麻尋が目をふせたまま「驚いた？」と聞いてくる。弦はうなずき、聞き返した。

「井藤さん、地下アイドルになるの？」

「……このビルの上の階ね、軽食がとれる喫茶店になってるんだ。ステージの出番がないアイドル達はふだんそこで働いているんだって」

「へえ」

質問の答えがもらえず、弦があいまいな相槌を打つと、麻尋は早口になる。

「つまり、ぺーぺーのうちからお給料が出るわけ。それに、寮もある。切り詰めれば、自活できないこともないって」

よく動く麻尋の口元を、弦はぼんやり見つめてしまう。たしかに今の麻尋は街を歩いていると目立つくらいには美少女だ。スカウトマンが声をかけるのもうなずける。ただ少しの間いっしょにいれば、小学生時代、大きな丸めがねをかけてマッシュルームカットの頭をゆらしながら学級会を仕切っていた委員長の側面がチラチラ顔を出すことにもまたすぐ気づけた。そしてその委員長の顔と地下アイドルを目指す意志が、弦にはどうしても結びつかないのだった。

「井藤さんはアイドルになりたいって、本当に思ってるの？」

意を決してもう一度聞いた弦の顔をじっと見つめると、麻尋は唐突にきびすを返して部屋から出ていってしまう。

「あれ？　ちょっと、井藤さん？」

るるたんとはしゃぐファン達を残して、弦もあわてて部屋を出ると、階段をのぼって外に出た。もうとっぷりと日が暮れて、Tシャツの上にネルシャツ一枚という姿では肌寒い。弦はぶるりと身震いすると、前を歩く麻尋の背中を見失わないように追いかけた。

麻尋は路地を抜けて、中央通りに出る。大小様々な電器店の並ぶ大きな通りは会社や学校帰りの人と車で混み合ってきていた。

「ねえ、井藤さん」

人混みに引き離されそうになり、弦はとっさに呼びかける。すると、長い足でずんずんと進んでいた麻尋がようやく立ち止まり、制服の短いスカートをひるがえしてふりむいた。

「わかんないよ」

「え？」

とつぜん怒鳴るように叫ばれて身を固くする弦に、麻尋はもう一度叫んだ。

「アイドルやりたいかどうかなんて、わかんない。でも、今はやらなきゃいけないって思う。

だって……わたしは一人で生きていかなきゃいけないんだもの」

麻尋の声はえんえんと連なる電器店のBGMや呼び込みの声で掻き消されて目立たなかったが、道の真ん中で急に立ち止まったのは通行人の迷惑になったようだ。たてつづけに五人くらいにぶつかられ、麻尋はたまらずよろめいた。

弦はあわてて麻尋のセーターの袖を引っ張るようにして支える。振り払われると思って、すぐに引っこめようとした手をギュッとつかまれて驚いた。

「福森くん、時間ないんじゃないの？」

「あ、うん、まあ」

弦は片手でスマホを操作し、時間を確認する。18：26という表示におののいた。花山社長と話したり、麻尋にふりまわされたりしている間に時間がずいぶん削られていたようだ。どうしよう？　間に合わない。こうなったらこの辺のネカフェで……。

「駅に向かって歩こう」

おろおろしている弦を叱咤《しった》するように、麻尋はきっぱり言った。そのまま、ごく自然に弦の手をにぎってくる。幼稚園以来触れたことのなかった女の子の手は、ひんやりと冷たく、意外と骨ばっていた。

麻尋と手をつないで秋葉原の街を歩き、汗を掻いた後にもかかわらず、彼女の黒髪から変わらずほのかに漂ういいにおいを嗅ぎながら、弦は「もう死んでもいいな」と思う。そんな弦の気持ちを知ってか知らずか、麻尋はきれいな横顔を向けたまま何も喋らなかった。

弦は尋常じゃない量の手汗が滲んできていることに気づき、あわてて言葉を探す。

「学校は？　芸能活動とか平気なの？」

「ダメだと思う。でも、転校すればいいし、なんだったら中退するし」

そこまで固い決意なのか？　弦は戸惑いながら次の言葉を押し出した。

「親はどうするつもり？」

つないだ麻尋の手が突っぱるのがわかった。足を止めないまま、麻尋は口をひらく。

「結果的には喜ぶと思うよ。私が自活した方が、あの人達は助かるんだから」

駅が見えてきた。改札に向かう人の流れに乗り、麻尋の足が速くなる。弦は何か言わなきゃと焦るが、何を言っていいかわからない。ただ、このまま別れていいとは思えなかった。

改札口の手前で「福森くん、ＪＲだよね？」と聞かれてうなずくと、麻尋は「わたしは地下鉄」と突き放すように言い切った。

「じゃあね」と何の躊躇もなく離れようとする手を思わずつかんでしまう。

「あの、ちょっと」と言いながら通行の邪魔にならない場所まで麻尋を引っぱってきてしまったものの、出てくるのは冷や汗ばかりだ。緊張は極限に達し、弦は何度も鼻をこすった。

「何？」

麻尋の大きな黒目に吸いこまれそうになり、弦は目をつぶる。そしてイチ、ニ、サン、と数えると目をひらき、うわずった声で言った。

「井藤さんがアイドルになっちゃう前に、言っておきたいことがあるんだけど」

「うん？」

「好きです」

沈黙がおりる。麻尋が今どういう表情をしているのか、告白と同時にうつむいてしまった弦には見えない。見えない分、いろいろな考えや思い出が頭をふくらませていく。

クラス委員長だった麻尋がくれたラブレター、もらった当時はそのありがたみがわからなかった。小四男子らしく、ただひたすら恥ずかしく、戸惑っただけだ。次の日からキノコ委員長とどういう顔をして喋ったらいいのかわからず、混乱した。それからすぐ親の仕事の都合で転校することになった時、ひそかにホッとしたのを今でも覚えている。

麻尋に失礼なことをしたと悔やんだのは、中学に入ってからだ。うまく人間関係が作れなくなって悶々としていた頃、ふとあのラブレターを思い出した。何も考えずただ自然にクラスに溶け込めていた自分、そしてそんな自分に好意を抱いてくれる女の子がいたこと、当たり前のように居場所があったこと、何もかもが奇跡に思えた。

弦は引っ越しを経ても捨てられず、勲章のように机のひきだしに隠していたラブレターを引っぱり出し、読み返した。小四の時は読み飛ばしてしまった麻尋の純粋な好意が、誰からも相手にされなくなった中学生の弦の心にしみた。

ただ、もう何もかも遅いだろうとも思っていた。井藤麻尋と会うチャンスは二度とないだろう。会ったところで小四の気持ちに戻ってもらえるはずもない。嫌われているか、忘れられているか、あるいは思い出のままにしておきたいと願われているか、そのどれかだろうし、引きこもって顔と体と心すべてに締まりのなくなった今の自分が現れても幻滅されるだけだろうから、あがいても仕方ないと自分を戒め、そして、ラブレターをお守り袋に入れたのだ。せめて、冴えない毎日を乗り切るお守りになってもらおうと。

現実世界には居場所がないと今の弦は思っている。友達ができそうでできなかったり、できても些細な誤解で去られたり、入試に失敗して本意でない高校に籍を置くことになったり、結局籍は置いているけれどずっと家にこもっていたり……そんな冴えない毎日を送るうちに、そう思うようになってしまった。なまぬるい泥の中のような日々、何度も心が折れそうになった。そんな時いつもお守り袋の中のラブレターが、弦に自分を好きになってくれた誰かがいたという事実を思い出させ、最後の拠り所となってくれたのだ。弦が人間を丸ごと嫌いにならずにすんだのは、自分の人生を投げ出さずにいられたのは、井藤麻尋のおかげだと言っていい。

そして今日、他ならぬそのラブレターをなくしたことから、麻尋と再会できた。灰色だった現実が原色——花山社長が着ていたワンピースのような色——に彩られた。

つまるところ、弦はそういうことを麻尋に話したかったのだ。うまく説明したいと焦るあまり出てきた言葉がなぜ「好きです」だったのか？　それは自分でも謎だけど、「好き」という気持ちは本当なので悔いはなかった。

麻尋の次の言葉を聞くまでは。

「それで？」と麻尋は言った。ひどく冷静に、驚いても怒っても嬉しがっても恥ずかしがってもいない、まったく温度を持たない声で聞かれた。

「え？　それで？　え？　え？」

「好きだから、何？」

弦は思わず顔をあげる。麻尋と目が合った。大きな黒い瞳が燃えていた。

「好きだから、何？　アイドルになるのをやめてってこと？」

「いや、俺、そんなこと」

「じゃあ何？　好きの先に何があるの？　付き合ってとか？　結婚してとか？　そういう気持ち？　違うよね？」

弦の目が泳ぐのを見すえて、麻尋は低い声で吐き捨てた。

「現実は、『好きです』で終わりじゃないからね。BGMが流れてスタッフロールにいったりしないから」

「……ごめん」

弦は自分でも情けないと思いつつ、頭をさげて謝った。告白しただけで、なぜ謝る羽目になるのか全然理解できないまま、麻尋をこれ以上怒らせるのが怖くて謝った。

そんな弦を見て、麻尋も頭をさげる。

「わたしの方こそごめん。……でも今、恋愛とかしてる余裕ないんだ」

おそるおそる顔をあげると、委員長の顔をした麻尋が気まずそうにVネックセーターの袖を引っぱっていた。

「福森くん、居場所がないって言ってたよね？　わたしも同じ。家の中でね、居場所がないの」

意外な告白に、弦は間抜けな告白をした気まずさも忘れて、麻尋の顔を見つめてしまう。

「……わたしの両親、うまくいってないの。もうずっと昔から。うん。ほら、福森くんと同じクラスだった頃からね」

父親も母親も仕事を持ち、それぞれの交友関係の中でお互いパートナーに代わる異性を見つけて久しいのだと、麻尋はどこか他人の家の事情を語るように淡々と教えてくれた。

「わたしもいろいろ考えたよ。自分が悪いんじゃないか？　とかね。わたしがいい子になれば、お父さんもお母さんもまた家で笑ってくれるかな？　とかね。委員長になったのも、入るのが難しいって言われている私立の女子校を受験したのも全部……とは言わないけど、お父さんとお母さんのため、みたいなところは絶対ある。自分があの人達の『誇り』になればまた愛してもらえるかも、なんて浅はかで子供っぽい考え方だよね」

「浅はかじゃない。子供っぽくなんかない……ていうか、まだ子供なのは事実だし」

弦が絞り出すように言うと、麻尋はフッと力を抜いて白い歯を見せた。

「ありがと。だけど、わたしもう、子供でいるのはやめにする。体面を保つためだけにわたしのいる家に帰ってくるあの人達を解放して、自分も自由になるんだ。怖いけど、すごく怖いけど、家の外に、家族以外の居場所を作ろうと思う」

そのための自活かと弦は納得する。今のこの国で高校生が即戦力として働ける仕事として『アイドル』を選ぶのはそう間違っていない気がした。もちろん、「売れれば」という仮定が常につきまとう厳しい選択ではあるだろうけど、そもそも高校生が自活することが難しいのだから仕方ない。

「ずっと考えてきたことだけど、今日決心がついたのは福森くんのおかげ。福森くんが秋葉原に連れて来てくれたから、自活への道が少しだけ具体的になった。ありがとう」

麻尋はそう言ってくれた。そして、通学バッグから定期入れを取り出し、胸の前で小さく手を振った。

「じゃあ、わたし行くね」

弦はもう止める言葉が見つからない。「うあ、ん」とうめき声にも似た返事をして、中途半端に手を挙げた。

ふと視線をおろし、遠ざかる麻尋の定期入れがラブレターの封筒や便せんに使われていたのと同じキティちゃんの柄であることに気づく。黒板を爪で引っ搔いてしまった時のように、弦の気持ちがザワッと波立った。

俺は井藤さんのために何もできないのか？

地下鉄の階段をおりていく麻尋の背中を弦がせつなく見送っていると、「あっ」と低い声がして何かあたたかいものがバシャッと弦の頭にかかった。一瞬遅れてだしのにおいがプンと鼻をくすぐる。頭から小さくカットされたちくわや大根やこんにゃくがボトボトと落ちてきて、地面に散らばった。

おそるおそる横を向くと、膝をついてポカンと口をあけている二十代後半くらいの男と目が合う。男の傍らにはほとんど中身の残っていないおでん缶が転がっていた。

どうやら男がつまずくか何かして体勢を崩し、そのはずみで持っていたおでん缶をぶちまけてしまったらしい。そして空中にまきちらかされたおでんの具や汁をまともに頭からかぶってしまったのが、弦というわけだ。

ネルシャツの襟首から入り、背筋をつたってしたたり落ちていくだしの感触に鳥肌を立てながら、弦は必死で地下鉄の階段に目をやる。麻尋の姿はとっくに見えなくなっていた。

この状況をどうしたらいいかわからず呆然としている弦の前に、男が立つ。ポケットのたくさんついたミリタリー風ベストを着た彼はベストのポケットというポケットすべてにアニメのかわいい女の子が描かれた缶バッジをジャラジャラとつけていた。

「すみません。大丈夫ですか？」

「あ、はい」

本当は明らかに大丈夫じゃなかったけれど、弦はうなずいておく。男のベストについたたくさんの缶バッジを見ていたら、怒る気がなくなったのだ。

「よかった。……あ、これ、どうぞ」

男はジーンズの尻ポケットから缶バッジと同じアニメの女の子が描かれたポケットティッシュを取り出すと、弦の手に押しつけ、「今からイベントがあるんで」と頭をさげて走り去っていった。

イベントという言葉に、弦は顔をあげる。頭からおでん缶の汁をしたたらせながら、あわててスマホで時間を確認し、ひいっと息を呑んだ。

七時三分。弦が現実にあれやこれやとふりまわされている間に、オンラインゲーム『ババルニア・オデッセイ』内ではeike.hの送別会をかねた石の庭のダンジョン攻略が始まってしまっていた。

ネットカフェに飛びこんでただちにゲームを始めるか？　いや、無理だ。ものの五秒であきらめる。今さらログインしてもパーティーには加われないし、ダンジョンのモンスター達に有効で、eike.hの役に立てそうな魔剣アンデッドバーストはまだ手に入っていないし、おでんくさい頭でネットカフェに入る勇気もなかったからだ。

ああ、と弦は空を見上げてため息をついた。昼間、気を滅入らせるほどどたれこめた雲は夜になっても消えず、星は一つも見えなかった。

ゲームオーバー。とうとうネットでも居場所をなくしたな。

ため息は体から力を奪っていく。手も足も全身がだるかった。今日はいろいろ柄でもないことをやりすぎたんだと、弦はあらためて思った。

おでんくさい頭のまま電車に一時間近くゆられて帰ってきた弦は、身も心も疲れきって海狭間駅にたどり着いた。カメレオンのように壁と同化しているなくしもの係の引き戸を横に滑らせると、悪臭が鼻をついて思わずのけぞる。アンモニア臭と魚の腐ったようなにおいが入り混じったひどさだ。

「あ、福森さん。お待ちしておりました」

カウンターの向こうから透明感のある声がやわらかく響く。その声の主は、魚屋のようなゴム製のエプロンとゴム手袋、ゴム長靴といういでたちで、デッキブラシでゴシゴシと床掃除している赤い髪の青年だ。守保というそのなくしもの係は、とても誰かを「お待ちして」いたようには思えなかった。

「あの……」

弦は鼻と口を手でおおったまま言いよどむ。そんな弦を見て、赤い髪のなくしもの係はフニャッとした笑顔で頭をさげた。

「ごめんなさい。ペンギンが粗相すると、臭いがどうしても残ってしまってね」

糞尿の後始末をしているらしい。これでは、なくしもの係というよりいきもの係じゃないか。弦は鼻をつまんだまま尋ねた。

「ペンギンはトイレを覚えたりしないんですか？」

「無理ですねえ。基本的に野生動物だから。気ままなものです」

弦は反射的に飼い猫のイビキを思い浮かべる。特に賢い猫ではないが、トイレを失敗したことは一度もない。よく猫のおしっこは強烈な臭いがすると聞くけれど、トイレ砂やペットシーツが消臭してくれるので、猫を飼っていて糞尿のことで頭を悩ませた経験はなかった。

「愛玩動物ではないんですね」

「ですね」

弦と守保がなんとなくうなずき合っていると、自分のことが話題にのぼっていると察したのか、当のペンギンがカウンターの下をくぐってひょこっと顔を出した。小首をかしげ、真っ黒な目で弦を見つめてくる。静電気のせいか寝グセなのか、つやつやとした毛が頭のてっぺんだけ逆立っていた。かわいい。かなりかわいい。愛玩動物でなくても愛玩したくなる。

弦は手を伸ばして、逆立った毛をそっとなでつけてやる。ペンギンはオレンジ色のくちばしをさげて、気持ちよさそうに目をつぶった。

弦がペンギンと戯れているうちに、守保はてきぱきと水拭きを終わらせ、最後の仕上げとして消臭剤をまいた。

そして、鼻を鳴らす。

「……あれ？　まだにおいが残っているなあ。これは……おでんのにおい？」

「あ。それは、俺です」

弦は気まずく手を挙げ、おでん缶を頭からかぶってしまったことを告白した。

守保の唇がフニャッと波線を描き、口角が上がる。長めの前髪をゆらして、「よかったら」と言いながらエプロンと手袋を取った。

「いっしょに銭湯へ行きます？」

「は？」

「あ、今日の仕事が終わったんで、今から銭湯に行こうと思っていたところなんです。空いている電車ですぐですから。お時間が許すなら、福森さんもさっぱりして帰られたら？　無料クーポンがありますし、タオルなんかは一式借りられますよ」

「あ、はぁ、じゃ……」

弦がうなずいたのを確認し、守保は長靴から革靴に履き替える。名札のついたグレーのジャケットを脱ぐと、自分の荷物であるデイパックの中から私服のウィンドブレーカーを引っ張り出してはおった。そして弦とペンギンの元までやって来て、ペンギンの頭にそっと手を置く。

「ちょっと留守番を頼むよ」

ペンギンはうなずきこそしなかったが、体を左右にゆらして道をあけた……ように弦には見えた。

ふじみ湯という銭湯は、支線が複数の本線と交わる油盥駅で東川浪線に乗り換えた先にあった。守保は「すぐ」と言ったが、乗車時間は二十分近くかかったように思う。

立派な門構えから玉砂利を敷き詰めた道がつづく外観に、スーパー銭湯初体験の弦はまず圧倒された。中に入って食事処やリラクゼーション設備やネットカフェや小さなコンビニまで併設されていることを知ると、「まさにスーパーですね」とちょっと興奮してしまう。

働いているスタッフの年齢層は高く、弦の両親と同じくらいか年上ばかりだ。守保はかなりの常連客のようで、受付を済まして脱衣所へ行くまでに、スタッフさらには常連らしき年配の客から次々と声をかけられていた。

弦は脱衣所でおでんくさい洋服を脱ぎ、浴室につながる磨《す》りガラスの扉を横に滑らせる。白い湯煙が体を包み、お湯の流れる音が響いてきた。たちまち体の緊張がほぐれていくのがわかる。弦は特に風呂好きってわけではないが、これが日本人のＤＮＡというやつだろうか？

守保と隣り合って洗い場に座る。自分より年上であるはずの守保の方がずっと少年のような体つきをしていることに軽くへこみつつ、弦はおでんまみれになった頭を念入りに洗った。

ひと通り体をきれいにして、浴槽へと移る。スーパー銭湯らしく、風呂の種類がたくさんあった。時間がずれているのか、元々空いている銭湯なのか、どの風呂も無人だ。弦は嬉しくなって、全部入ってみようと意気ごむ。

井藤さんの前ではずっこけてばかりだったし、eike.hさんのイベントには参加できなかったし、と、さんざんだった一日の垢を洗い流してやるんだ。

超音波を生み出す泡風呂や体中のツボを刺激するジェット噴流の風呂や美肌になるという乳白色の湯を次々と試している弦を横目に、守保は真っ黒に濁った天然温泉の大風呂にのんびり浸かっている。

やがて、すべての風呂を試しおわった弦がふうふう言いながら大風呂にやって来ると、守保はゆっくり顔を向けた。首から下が黒い湯に隠れてしまっているため、生首に見えなくもない。

「福森さんは銭湯がお好きなんですね」

「別に。初めてだから珍しくて、つい……」

弦が気まずく黒い湯を掻き回すと、守保は声をあげて笑った。

「僕は好きです。特にふじみ湯が好きです。コレが見られるから」と言って、正面の壁面を指さす。

いろいろな風呂を試すのに夢中だった弦は今まで気づかなかったが、そこにはいわゆるペンキ絵と呼ばれる巨大な富士山が描かれていた。ここまでは昔ながらの銭湯でよく見かける絵柄だが、ふじみ湯のペンキ絵は富士山の周りをさらにエッフェル塔、自由の女神像、ピラミッド、万里の長城、ビッグ・ベン、マーライオン、アンコールワット、モアイ像、ピサの斜塔、などなど世界の有名な観光名所が取り囲んでいる。

「シュールだなあ」

弦の素直な感想にフニャッと笑った後、守保はアヒルのような口の形のまま聞いてきた。

「福森さん、なくしものはお返ししますか？　それとも、お預かりしておきますか？」

「え……」

そういえば海狭間駅まで戻ってきておきながら、肝心のなくしものをまだ返してもらっていなかったことに、弦はやっと気がつく。「あー」とうめいて、黒い湯をちゃぽんとはねさせた。

「預かるって？　いつか廃棄するってことですよね？」

「ケース・バイ・ケースです。当駅や本部の倉庫での永久保管も可能ではあります」

守保の言葉が意外で、弦の心はゆれた。麻尋と再会し、間抜けな告白をした挙げ句、無力さを痛感するだけで終わった今、彼女が昔くれたラブレターに代表されるリア充時代にすがっても仕方ない気がする。少なくとも、もうお守りとして持ち歩くことはしないとはっきり言えた。

だからって家に置いておいて家族に見られると嫌だし、捨てるのも忍びないし、とあれこれ考えた末に、「じゃあ、預かっといてください」とお願いすることにした。

「永久に？」

長い前髪の先に水滴をつけたまま、守保がまばたきを速める。弦は力なく首を振った。

「わかりません。永久に俺が居場所を見つけられなかったら、そうなるかも」

「居場所？」

「はい」

ぽつりぽつりと落とした単語が反響して消えてゆく。弦と守保は並んで壁のペンキ絵を眺めた。カコーンと洗い場の方から桶を転がす音が響いてくる。白い湯煙で視界が悪く、ほとんど人影を確認できないが、客はちゃんといるようだ。

少ししてから、守保が言った。

「福森さんの居場所は、今はふじみ湯ですね」

「居場所ってそういうことじゃなくて」と言いかけた弦に「はい」と人懐こい笑顔でうなずき、守保はペンキ絵を指さす。

「僕、これ全部、生で見てきました。フランス、アメリカ、エジプト、中国、イギリス、シンガポール……僕、どの国にも行ったことがあるんです」

「はあ」

何だ？　自慢か？　弦は戸惑いながら曖昧にうなずく。守保は気持ちよさそうに目をつぶってつづけた。

「この銭湯に来るようになった最初の頃は、富士山すら見たことがなかったんですけどね」

「え。このあたりで暮らしてたら、冬場の天気のいい日なんかは見えません、富士山？　ちっさくだけど」

「見えますね。でもあの頃、僕が見られたのは、白い天井くらいだったんです。つらかったなあ。僕の居場所はここじゃないはずって、ずっと思っていました」

赤い髪をポリポリと掻いてのんびり言う守保に悲愴感はない。「つらい」という言葉が全然つらく聞こえない。けれど、嘘にも思えなかった。弦が言葉を探しあぐねてペンキ絵をぼんやり眺めていると、守保自身が「とにかく」と言葉を継ぐ。

「ここに来て初めてこの絵を見た時、自由に動けるようになったら絶対に、絵に描かれたものを全部自分の目で見てきてやろうって思いました。世界中をまわれば、きっとどこかにグッとくる自分の居場所があると考えたんですよね」

「違ったんですか？」

おそるおそる尋ねた弦に「残念ながら」と本当に残念そうにうなずき、守保は湯の中から両手を出すとパッパッと振ってみせた。手から飛んだ飛沫《しぶき》が弦の鼻先にかかる。

「結局、僕が一番ホッとしたのは、世界をまわった最後、このふじみ湯に帰ってきてお風呂に浸かった時でした」

「それって……ただ単にお風呂に入って一息ついただけじゃなくて？」

「そうかもしれません。まあ、何でもいいんです」

守保はあっさりそう言うと、飛沫をぬぐっている弦の横で立ち上がった。しっかりあたたまったせいで、白い肌が薄桃色に染まっている。

「自分の今いる場所が居場所だって思う方が気楽だし、心の中でつながっている誰かのことを大切に思えたら、その瞬間から一人じゃなくなりますもん」

「今いる場所。つながっている誰か」

弦は鼻の頭に汗を浮かべてつぶやいた。守保もふしを付けて「今いる場所。つながっている誰か」と合わせ、腰にタオルを巻きながら「そろそろ出ませんか？」と弦を誘う。

脱衣所へ向かう守保の薄桃色の背中に、弦はあわてて声をかけた。

「あのっ。俺のなくしもの……やっぱり返してもらっていいですか？」

守保はふりむくと、唇をアヒルの口のようにつき出し、「もちろん」と言って笑った。

弦は脱衣所で守保と別れ、髪の毛がまだ半乾きのまま併設されたコンビニへ行き、買い物を済ますと、銭湯内のネットカフェに入った。

コックピットのような狭いブースにこもり、守保から返してもらった封筒――守保は弦のなくしものを「すぐ返せるように」と受領書などの手続き書類ともども銭湯まで持ってきてくれていた――をＰＣ机の上に広げる。

そして弦は一度大きく深呼吸し、幾筋にも折り目のついたキティちゃんの古い封筒を慎重にひらき、キティちゃんを象った便せんの一番下に小学生の麻尋の字で書かれた住所をたしかめた。麻尋は同じ家にずっと住んでいると言っていたから、宛先はこれでいいはずだ。弦はコンビニで買ってきた無地の便せんと封筒を取り出すと、おもむろに背を丸めて書き綴っていく。

これからアイドルになる麻尋へのファンレターを。

これから自分の足で歩き、居場所を作ろうとしている女の子へのファンレターを。

今の弦が麻尋にできることは何もないのかもしれない。何の力にもなれない。だから、せめてファンレターを書くのだ。自分とつながってくれた麻尋に感謝と敬意をこめて書くのだ。

「一人じゃない」と伝えたくて、感じたくて、書くのだ。

メールではなく手書きで、ラブレターではなくファンレターを書いていくうちに、弦の心は落ち着いていった。何もできず、ファンレターを書く。そこが今の自分の場所なのだと認めてしまえば焦りもなくなる。

封筒の表に郵便番号つづいて住所そして最後に『井藤麻尋様』と書き、弦はペンを置いた。これでよし。あとは切手を貼って、麻尋が実家を出てしまう前に届くように投函するだけだ。

麻尋への手紙を書き終わると、今度はPCの電源を入れる。そして氷雨に教えてもらった彼のフリーメールアドレス宛に、スマホで撮ったるるたんとのツーショット写真データを送った。氷雨のために撮ってくれたるるたん一人だけの写真も説明を加えて添付しておく。少し迷った後、海狭間駅で撮ったペンギンと、それから飼い猫イビキの写真も送ることにした。猫が好きな氷雨なら、たぶんこのペンギンも好きになるはずだという根拠のない確信と共に。

メールの本文にはバースデーイベントの様子や、るるたんの印象、それにるるたんが氷雨のチョイスした夜の工場の写真集をどれだけ喜んでくれたかを簡単に記した後、思いきって自分の本名と携帯番号を書く。その上で、自分もあのライブハウスに贔屓《ひいき》の地下アイドルができそうなことを伝え、よかったら今度いっしょにライブやイベントに行ってくれないかと誘っておいた。

ネットの世界にすら、もう自分の居場所はないのかもしれない。だからこそ、何かのきっかけでつながれた誰かを——たとえその人が自分を見ていなくても、たとえその人が目の前におらず、顔も名前も性別すら知らなかったとしても——大切に思えるなら自分から手を伸ばしてみようと決めたのだ。eike.h と同じような別れ方はしたくなかった。

氷雨からメールの返事が来たら嬉しい。いっしょにライブやイベントへ出かけられたらもっと嬉しい。だけど、ネット上で会話を交わせるだけでもありがたいし、アイテムのやりとりだけで終わる関係だったとしてもそれはそれで納得しよう。弦は自然とそう思えている自分に気づいた。

「ここからだ。まずはここから」

自分に言い聞かせるようにつぶやき、弦はメールの送信ボタンの上でマウスをクリックした。

ネットにも現実にも、今、弦の居場所はない。それは同時に、ネットでも現実でも、これから自分で居場所を作っていけるということなのだ。たぶん、と弦は守保の鉄道会社職員らしからぬ赤い髪とふじみ湯の壁に描かれたシュールなペンキ絵を思い出してうなずいた。

弦がネットカフェを出ると、エントランスのすぐ脇に設けられたベンチコーナーで守保がフルーツ牛乳を飲んでいた。

「まだ帰ってなかったんですか？」

弦は驚いて尋ねる。守保はフルーツ牛乳を最後まで飲みきってからフニャッと笑った。

「うん。お食事処で夕飯を食べていたら、こんな時間になりました。でも、ちょうどよかった。午後十時以降、十八歳未満は保護者といっしょにいなきゃいけないんですよ」

「もう十時過ぎてたのか……」

弦はスマホで時刻を確認し、守保に視線を戻した。

「あなたが俺の保護者？」

「便宜上、なくしもの係と福森さんの保護者役を兼ねることはやぶさかではありません」

守保はふざけているのか生真面目なのかわからない飄々とした口ぶりで言った後、腕時計を見て、「あ、ちょうど六分後に下り電車があります。急いで出ましょう」と急《せ》きたてる。

弦は言われるがままデイパックを背負って駅へと駆け出した。


息を切らして乗り込んだ車内も空いていた。

ロングシートの一番はじに座った弦は、ちょうど真横にある銀色の手すりにビニール傘がかけてあることに気づく。弦の隣に座っていた守保もほとんど同時に見つけたようだ。キョロキョロと車内を見回している弦に、「持ち主はもう降りてしまったようですね」とささやいた。

弦はビニール傘を手に取り、表から裏から眺め回し、名前が書いていないことをたしかめると、元の手すりにかけようとした。

守保があわてたように腰を浮かす。

「何してるんですか、福森さん？　なくしもの係に届けてくださいよ」

「え。でも、ビニール傘だよ？　それもけっこう使い古した感じの。こういうのはもう廃棄処分でも……」

「傘は歩きません。ペンギンのように自分で勝手に電車に乗ったりしないってことは、誰かの持ち物だった可能性が高いです。というか百パーセントそうでしょう。つまり、この傘は誰かのなくしものになります」

守保の力説に、弦は「はあ」とうなずくしかない。

守保は古くて汚いだけで何の変哲もないビニール傘を大事そうに両手で抱え、「僕が責任を持って、なくしもの係に持って帰ります」と言ってロングシートに座り直した。

車窓の前方に臨海コンビナートの光が映りはじめた。守保はそれを食い入るように眺めながらつぶやく。

「降水確率はけっこう高かったのに、結局一日もちましたもんね、お天気。帰りの電車で傘をお忘れになった人も多いでしょう」

守保はなくしものを通じて誰かとつながっているのかもしれない。ビニール傘にまわされた守保の長い指を見つめ、弦はそんなことをぼんやり思った。

二人とも油盥駅で電車を降りる。電車に乗っている時間は行きよりもずっと短く感じた。華見岡駅へ帰る弦と海狭間駅に戻るという守保は、この駅で別々の路線に乗り換えねばならない。ホームのはじで、弦は守保に「お世話になりました」とあらためて頭をさげる。

守保は赤い髪を秋風になびかせながら「やめてくださいよー」と困ったように笑っていたが、弦がいつまで経っても頭をあげないでいると、肩をつかんで無理やり上体を起こした。細い体のわりに、力はけっこう強い。

「もう何もなくさないようにお願いしますよ、福森さん？」

「はい……。もう守保さんに世話にならずに済むよう、俺、気をつけます。えっと……」

名残惜しく言葉を探している弦に、守保は「それでは」と手を振る。押し出されるように向きを変えて歩き出した弦の背中に、やさしく透きとおった声がかかった。

「あ、そうだ。誰かのなくしものを拾ったら、またいつでも海狭間駅に来てください。あの駅のなくしもの係に、僕はいますから」

守保の言葉は弦に「ここにも居場所があるよ」と精一杯伝えてくれているようだった。弦は背中を向けたまま拳を高く突き上げる。
どこかで、レベルアップのファンファーレが鳴った気がした。

第三章

健やかなるときも、嘘をつくときも

昼下がりの電車に揺られながら、平千繪《たいらちえ》は何度もトートバッグの中を掻き回した。

千繪は整頓が苦手だ。机の上や引き出し、クローゼットなどと同様に、トートバッグの中もまたやみくもにつっこまれた物であふれている。財布、スマホ、タオルハンカチ、ポケットティッシュ、リップクリーム、眼鏡ケース、生理用ナプキン、チョコレート、ガム、携帯ゲーム機、スケジュール帳、ペンケース……いつ入れたかも記憶にないそれらがむきだしのまま山となり、バッグを重くしていた。そして、さっきからその山を崩して懸命に探しているのに、肝心のものはやっぱり見当たらないのだった。

あの乗り換えの時に落としちゃったんだな。あるいは、置き忘れたか。

千繪は肩をすぼめて、たまたま手に触れた美術館チケットの半券を引っぱりだす。半年前の日付がスタンプされたそれをしばらく眺めた後、またバッグの中に放りこんだ。

足元から出ているヒーターの温風が熱すぎる。足を組み替えていると、視線を感じた。顔をあげ、ついでにずり下がった眼鏡を押し上げる。斜め向かいのシートに腰かけた小さな男の子が体ごと千繪の方を向いていた。三両しかない電車はひどく空いており、車両に乗っているのも千繪とこの男の子の家族だけだ。千繪は男の子と思いきり目が合ってしまう。おおかた車窓を延々と流れる工業地帯と海の景色に飽き、車内の人間——つまり千繪——を観察することにしたのだろう。キラキラした大きな黒目で見つめられ、千繪は気まずさを覚えた。

同行の母親は何をしているのかと視線を投げてみれば、男の子の隣に座ってはいるものの、抱っこひもで密着させた赤ん坊といっしょに眠りこけていた。少し疲れているが、服装も化粧も若々しく、二十四歳の千繪とさほど年は離れていないように見える。

男の子は千繪と目が合ったことに気づくと、いきなりシートから降りてトコトコと近づいてきた。

「ペンギン、見た？」

「え？」

「ペンギン、もう見た？　電車にいるの。乗ってるの」

電車に乗るペンギン？……うわ。何それ、かわいい。絵本か何かで読んだのかな？

男の子の言葉から浮かんだシーンに千繪が思わずにやけると、男の子は身を乗り出す。

「見た？」

残念ながら見てないよ。お姉さんもペンギン見たいな。いつか見られるといいね。

大人として及第点がとれそうな答えをいくつも思いつきながら、しかし、千繪の口から最終的に出たのは次の一言だった。

「見たよ」

男の子の期待に応えたくなってしまったのだ。こんなにキラキラした目が翳《かげ》るのを見たくなかった。まずいなあと焦りつつも、口が止まらない。

「ちょうど、そこに座ってた」

千繪がスッと手を挙げて男の子がさっきまで座っていたロングシートを指さすと、男の子の顔が上気した。

「本当？」

おもむろに自分の座っていたシートに駆け戻り、顔を押しつけるようにして座面のにおいを嗅ぎはじめた男の子の動きで、ようやく母親が目をあける。気怠《けだる》げに声をかけた。

「お兄ちゃん……何してんの？」

「ペンギンだよ！　やっぱりこの電車、ペンギン鉄道なんだよ！」

悲鳴に近い歓声をあげる男の子の言葉が理解できたとは到底思えない顔つきのまま、母親は鷹揚にうなずく。

「へえ。そうなんだ」

そして電車が速度を落としてホームに滑りこむと、「よいしょ」と声をかけて立ち上がった。

「降りるよ」

その言葉で男の子はようやくシートから身を起こす。すでに扉に向かっている母親をあわてて追いかけ、自分から手をつないだ。

そして突然ふりかえると、母親とつないでいない方の手を千繪に振ってくる。どうしていいかわからず中途半端に手を挙げた千繪に向かって、男の子は誇らしげに叫んだ。

「今からパパの工場、見学するの」

へえ。そうなんだ。すごいね。いいね。気をつけてね。いってらっしゃい。男の子の母親のような鷹揚な返事が、千繪にはできない。

嘘ならいくらでもつけるのに。

しゃっくりを待つような顔でぎこちなくうなずく千繪を不思議そうに見た後、男の子は元気よくジャンプしてホームに降り立ち、そのまま二度とふりかえることなく歩いていってしまった。

ふたたび電車が動き出し、車両に一人きりになった千繪はホッと息を吐く。師走《しわす》の町のせわしなさとは切り離された空間で思いきり伸びをしたその時、視界の片隅でキラリと光るものがあった。

さっきまで男の子達の座っていたシートに何かが落ちている。あの子、大事なオモチャでも落としていったんじゃないの？　千繪はガタゴトとゆれる電車の中を泳ぐように歩いて確認しにいく。

座面と背もたれの間に、ハートの中でお母さんと赤ちゃんが安らかな顔で抱き合っているイラストの描かれたチェーンホルダーが挟まっていた。

見覚えのあるマーク。千繪は拾い上げる。電車やバスの中で、バッグにこれをぶらさげている女性を何度も見かけたことがある。たしか、妊婦であることを周囲に知らせて理解と協力を得るために作られたマークのはずだ。

「これ……あの子のお母さんのかな」

三人目がお腹の中にいたんだ？　千繪は男の子の母親の姿を思い浮かべてみたが、お腹が大きい印象はなかった。そういう時期にこそむしろ効果を発揮するマークなのだから、彼女の落とし物である可能性は高そうだ。

次の停車駅が自動音声でアナウンスされる。千繪が降りる予定の終点、海狭間駅だった。

千繪はあわててマタニティマークのチェーンホルダーをダッフルコートのポケットにつっこむと、自分のシートに置きっぱなしにしてきたトートバッグを取りに走って戻った。

基本的に――あの男の子の家族や千繪のような例外もいるが――臨海工業地帯で働く人々しか利用しない電車が走る支線の終点・海狭間駅は、千繪がだいたい思い描いた通りの駅だった。

海がすぐそばまで迫っているホームは狭く、短い。ホームからつながる階段をおりると、小さな改札があった。改札脇にある窓口は無人で、カウンターの上に方眼紙で作られた箱が置かれている。ここまでの切符はその箱の中に入れるのだろう。ＩＣカードを読み取れる改札だけ妙に新しく、ピカピカと浮き上がっていた。

海狭間駅周辺一帯はフジサキ電機という企業の敷地になっていて、この駅もそこで働く社員のために作られたと改札外の案内板に書かれていた。実際、昔は社員以外この改札を通れなかったそうだ。今は改札を出た先に臨海公園が作られ、ぶらりとやって来た者から工場マニア、駅マニア、それに千繪のようにこの駅にある遺失物保管所に用のある者も気軽に降りられるようになっている。とはいえ、さっきの電車で降りたのは千繪一人だった。周辺が工場だらけでめぼしい娯楽施設もなく、通勤時間帯を除いて一時間に一、二本という運行本数の支線を利用する者は、やはり多くはないのだろう。

改札を抜けて待合室のようなスペースに出ると、千繪は周りを見回した。ベンチが置かれ、飲み物とスナックの自販機が並び、大きな時計がかけられ、時刻表もあり、と駅の待合室に必要なものは一通りそろっているのに、山小屋にでも迷いこんだ気分になるのは、床も壁も天井も板張りになっているせいか？　ぐるりと巡りかけていた千繪の視線はせわしないまばたきと共に、もう一度出口に一番近いベンチに戻った。

ベンチの上にありえないものを発見したからだ。千繪の想像の斜め上をいっていた。いや、誰だってたぶん、ソレが駅にいる姿は思い描けないだろう。

「ペンギン……」

オレンジ色のくちばし、丸い頭、どうあがいても空は飛べなそうな翼もとい手、意外と分厚くてごつい足、黒と白のツートンカラーの毛がみっしり生えそろった胴体は、ぽってりと愛らしい曲線を描いている。

「ペンギン鉄道」という男の子の言葉がよみがえってくる。あの子が言っていた話は本当だったのか。ペンギンが真っ黒な瞳で自分を見ているのがわかる。射すくめられた千繪が視線を外せないでいると、ペンギンはクククッと小首をかしげた。かしげすぎたのか、丸い体ごとゆらりと傾く。ペンギンはあわてたようにフリッパーと呼ばれる手を浮かせ、パタパタとはばたいた。何だ、こいつ。かわいい。かわいすぎる。千繪は思わず腰が抜けたようにその場でへなへなとしゃがみこんでしまう。

背中の方でカラカラと引き戸のひらく音がした。戸なんてあったっけ？　とふりかえってみると、壁だとばかり思っていた部分が横に滑って、空間がぽっかり口をあけていた。

その保護色の引き戸に寄りかかるように、一人の青年が立つ。赤い髪が目を引いた。

赤い髪の青年は千繪には気づかず、ベンチに立つペンギンを愛おしそうに眺めていた。鉄道会社の制服らしきモスグリーンのズボンの上にはグレーのジャケットをはおっている。その色合いもシルエットも冗談のように野暮ったく、パンクな赤い髪とのアンバランスさが目立った。彼が遺失物保管所の職員だろうと千繪は見当をつける。

千繪がよろよろ立ち上がると、青年は「わっ」と声を出して驚いた。幽霊でも見たような反応だ。青年の赤い髪が逆立っているのを眺めながら、千繪は「遺失物係はこちらでよろしいですか？」と尋ねた。

その問いで職務を思い出したのか、赤い髪の青年はあわてて姿勢を正し「はい」とうなずく。ジャケットにつけた名札を示すように胸をそらした。『守保』というその漢字をどう読むのかわからず、千繪は眼鏡に手をやり、ことさら目を細める。

「すみません。目が悪くて……」

「守るに保つと書いて、『もりやす』と読みます。大和北旅客鉄道波浜線遺失物保管所の守保です」

「や、やまときたりょ……かく？　きゃく？」

「難しい名前ですよね。第一、言いづらい。だから僕はわかりやすく『なくしもの係』と呼んでいます」

守保はそう言うと、口角を持ち上げてフニャッと笑った。童顔が際立つその笑顔はおだやかな声とあいまって、構えていた千繪の心をほぐす。長い前髪の向こうから千繪をじっと見つめる黒目がちな目は小動物のようだ。もしくは、ペンギン。

「それで、今日はどうされました？」

なんだかお医者さんみたいな質問だな、と思いつつ、千繪は素直に口をひらく。

「どうって……なくしものをしたんですけど。あ、一昨日《おととい》のことなんですが」

「一昨日というと……十一月二十九日か。少し間が空いちゃいましたね」

心なしか守保の口調が重くなった気がして、千繪はあわてて言った。

「はい。友達からチケットをもらった展覧会がその日で終了しちゃうので、上野まで出かけたんです。だから、てっきり美術館でなくしたと思っていて、昨日はそっちばかり問い合わせていました。もしかしたら電車の中かも、と今日やっと思い当たって、それでこちらに何度か電話したんですがつながらなくて、直接来ちゃいました」

一昨日の外出でなくしたことと電話をかけたこと以外は、真っ赤な嘘だった。さっき電車の中で美術館のチケットの半券を見ていたことを思い出したとたん、すらすらと口から出てきたのだ。いつも他人の顔色をうかがってその場をしのぐ嘘をついてしまう癖が千繪にはあった。

守保は何も気づいていないように、のんびりと手を挙げる。

「なかなか電話に出られなくてすみません。では、どうぞこちらへ」

守保に促されるまま、千繪は引き戸の向こう側の空間におそるおそる足を踏み入れた。入ってみると、なんのことはない。長いカウンターと大小様々なロッカーが並んでいて、いかにも遺失物が保管されていそうなオフィスの様相を呈している。壁も天井も床も白くて、山小屋の要素は一切なかった。天井からつるされた緑色のプレートが、あいた戸から吹きこむ寒風をくらってぶらぶらゆれている。目をこらすと、プレートには『なくしもの係』と書いてあった。手作りらしい。奥の壁に取り付けられた銀色の大きな扉は何だろう？　巨大な冷蔵庫か？　まさか。

千繪が部屋のあちこちに視線を走らせている間に、守保は両手に息を吹きかけてこすりながらカウンターの向こう側にまわる。そこから千繪と向き合うと、「寒くないですか？」と尋ねた。

「え。あ、そういえばちょっと」

「申し訳ありません。私一人の時はペンギンの適温に合わせているもので」

駅のなくしもの係での会話にしては明らかに異質な単語が混じってきて、千繪は思わず呟きこむ。

「ペンギン？　アレはやっぱりペンギンだったんだ」

「はい。ここで暮らしています」

守保は奥の壁にある銀色の扉を指さした。ペンギンの住み処《か》の入口らしい。巨大な冷蔵庫という千繪の見立ては当たらずといえども遠からずだったようだ。

「暖房つけましょうか？」

「大丈夫です」

あのかわいいペンギンの快適な生活のためと言われたら、我慢するしかないではないか。

守保は嬉しそうに笑って「ありがとうございます」と頭をさげた後、後ろにあるＰＣ机の上から黒い表紙の大判ノートを持ってきた。

ノートをカウンターでひらきながら、千繪の顔を覗きこむようにして小首をかしげる。赤い髪がさらさらと音を立ててゆれた。

「お名前よろしいでしょうか？」

「平です」

「タイラさん、と。十一月二十九日になくされたものは何ですか？」

「えーと、『文博堂《ぶんぱくどう》』の包装紙につつまれた、これくらいのものなんですけど」

言いながら、千繪が胸の前で両手の人さし指を使って長方形を描くと、守保は目を細めて身を乗り出す。

「『文博堂』って、美宿駅《みしゆく》前にある大きな文房具屋さんですよね？」

「あ、はい」

『文博堂』がどういう店なのかつづけて説明しようとしていた千繪は、やや面食らって口をつぐんだ。この地方では有名な文房具専門店だから知っていても別におかしくはないのだが、千繪はパンクバンドでも組んでいそうなこの赤い髪の青年が文房具をあれこれ選んでいる姿がどうしても想像できなかった。

動きの止まった千繪を促すように、守保はジャケットの胸ポケットからボールペンを取り出す。

「それで、包装紙の中身は？」

「……そこまで申告するんですか？」

「聞いておいた方が間違いがなくて確実なんですが、プライバシーにかかわることですし、無理にとは言いません」

守保は千繪の強ばった顔を見つめ、フニャッと口角を上げた。唇が突き出され、アヒルの口のような形になる。そこから透明感のある、やわらかい声が発せられた。

「では、今は中身を聞かないことにしますね。なくしものは『文博堂』の包装紙につつまれている、と」

黒い表紙の大判ノートに、千繪がなくしものをした日時や乗車した路線、車両の位置などと共に、なくしものの内容を書きこむと、守保はノートを閉じてＰＣ机に向かう。届いたなくしものはＰＣ上で管理されているらしい。守保は中腰のままマウスをいじっていたが、

「あー」と息の漏れるような声をあげ、眉のさがった顔を千繪に向けた。

「残念ながら、『文博堂』の包装紙につつまれたものは、まだ届いていないようです」

「そうですか。わかりました」

どうも、と頭をさげて背を向ける千繪に追いすがるように、守保は言う。

「なくしものってずいぶん後になってから届いたりもするので、あきらめないで定期的に確認してみてくださいね。お名前となくしものをおっしゃっていただけたら、電話でも対応しますんで。……あ、まあ、なかなか電話はつながりにくいんですが」

ずいぶん親切だな、と千繪は思う。一礼してオフィスを出て帰りの電車に乗りこんだ後も、

「あきらめないで」という守保の言葉が耳に残った。

一週間が経った。千繪は守保の言葉を忘れたわけではないが、なんとなく億劫でなくしもの係への連絡はしていなかった。

そもそも、そのなくしものは千繪にとってどうしても必要なものではなかったのだ。

友人との約束まで時間を潰すために入った『文博堂』で、えらく上品な店員に「何をお探しでいらっしゃいますか？」と声をかけられ逃げるに逃げられず、口から出まかせの嘘を並べた結果、買うはめになった品だった。

「だから、アレがなくなったままでも特に困らないんだよね、わたしは」

千繪は独り言をつぶやきながらPCの電源を入れる。

朝ごはんと弁当を作って夫の道朗《みちろう》を会社へ送り出し、最小限の家事を済ませた後、千繪はたいてい自分のPCでかわいい動物や笑えるネタの動画を眺めて一日を過ごす。

つい二ヶ月ほど前までは、オンラインゲームの『バベルニア・オデッセイ』で一日中遊んでいた。

「ゲームって、時間をドブに捨てている気がしない？」

たまたま会社から早く帰ってきた日に、PCにかじりついている妻を見た道朗は、怒るでも呆れるでもなくただただ不思議そうに尋ねたものだ。ふだんまったくゲームをしない道朗にそう言われてしまうと、千繪は腹を立てるより先に恥ずかしくなった。

この一件でなんとなくゲームをやる気が失せ、中学生の頃から十年近く遊んできた『バベルニア・オデッセイ』も退会してしまった。いっしょに遊んできた顔も知らないプレイヤー達にやめることを伝えると、最古参プレイヤーだった千繪の引退を惜しむ声があがり、やめる理由をしつこく聞かれたので、つい「働きだしたので、ネットゲームで遊ぶ時間が取れない」と嘘をついてしまった。本当の理由を正直に告げるより、みんなが気持ちよく納得してくれる気がしたのだ。

『返事をする豆柴』の動画をぼんやり眺めながら、千繪はまた独り言を言う。

「まあ、ゲームも動画鑑賞も時間をドブに捨てていることに変わりはないけどね。ていうか、暇潰しって結局そういうことだよね」

仕事もせず、子供もおらず、面倒くさがりの千繪には、毎日潰しきれないほどの暇があったのだ。

この日もいつものように動画を見たり、PCの前で船を漕いだりしているうちに、気づけば夕方になっていた。昼ごはんは面倒なので食べずに済ませていたため、さすがに空腹を感じる。そろそろ夕ごはんを作っておかねば、道朗が帰ってきてしまう。

千繪はPCをスリープ状態にすると、黒のダウンコートを着て外に出た。暖房を効かせた室内とのあまりの温度差に一瞬曇りかけた眼鏡をセーターの袖で拭くと、自転車にまたがって買い物に出かける。

全国を網羅する大手スーパー本社の人事部に勤める道朗の帰りは二十二時を過ぎることが常なので、十八時過ぎのタイムセールを待って出かけても、夕ごはん作りには十分間に合う……はずだった。

「何で？」

スーパーまであと数メートルというところまで来た時、前から歩いてくる見慣れた人影に、千繪は首をかしげた。男性にしては低めの背を思いきり前に倒して小刻みに足を運ぶ男。地面ばかり見ているからさっきから何人もの買い物客とぶつかりそうになっているのに全然気にしない男。

「平さん」

千繪に呼びかけられてようやく顔をあげる男。他でもない夫の道朗だった。

夜道で自転車にまたがったまま自分を見ている千繪と目が合い、道朗は「いっ」と息をのむ。千繪の眼鏡よりずっと強い度の入った眼鏡を上げ下げし、一度大きく深呼吸してから口をひらいた。

「千繪ちゃん、何してんのっ？」

「買い物……夕方の六時過ぎると、特売シールが貼られるから……」

道朗の咎めるような口調はてっきり買い物――ひいては夕ごはんの支度――の遅いことが原因なのかと思ったが、どうやら違ったようだ。

千繪の言い訳を最後まで聞かずに、道朗は天を仰いで叫ぶ。

「知ってる！　『平日十八時からは家計お助けウキウキセール』だろ？　ここ、ウチのスーパーだから」

「あ、そうか」

道朗はぼんやりうなずく千繪のそばに寄ると、おもむろに自転車から引きずりおろした。並んで立つと、夫婦の目線の高さがそろう。

「何？　何？　いきなり何？」

「『何？』それは僕が聞きたい。なんでこの大事な時期に自転車なんか乗ってんの？」

ハリネズミのように硬い道朗の髪の毛先が千繪に向いた。

「妊婦さんが自転車に乗るのはなるべく避けた方がいいんだよ。知らないの？」

「ニンプ？」

千繪が首をかしげたことに、道朗はますますカチンときたようだ。ずり落ちた眼鏡を高速で押し上げ、ダッフルコートのポケットから何かを取り出す。

「とぼけるなって」

ほら、と突き出された掌にはマタニティマークのチェーンホルダーがあった。

「今朝、千繪ちゃんのダッフルコートを借りて出勤したんだ」

「うん。そのコートね。見ればわかる」

千繪は驚かない。道朗の体格はほとんど千繪と変わりなく、千繪がユニセックスな服装を好むこともあって、夫婦で兼用する洋服がたくさんあったのだ。

「そしたらポケットにこれが」

「ん……」

「驚いたよ。僕は驚きすぎて、会議一つすっ飛ばして帰ってきちゃったよ」

道朗は白い息を吐いて、コートの上から千繪の腹をそっとなでた。

「ありがとう、千繪ちゃん。やっと僕ら、親になれるんだね。家族が作れるんだ」

「ああ、えーと……」

まいったな、という気持ちが滲み出た千繪の表情に、道朗は初めて動きを止める。

「千繪ちゃん……妊娠したんだよね？　違うの？」

わたしは妊娠なんかしてないよ。それは電車の中で拾ったものです。早とちりだなあ。誤解させちゃってごめんなさい。

次に言うべき言葉はすらすら浮かんでいたのに、道朗の顔を見たら言えなくなった。結婚する前から、「将来は子供を二人作って、松潮《まつしお》ニュータウンに一戸建てを購入したい」という地に足のつきすぎた目標を語っていた道朗をがっかりさせたくないという気持ちが募り、後先考えずに口が動いてしまった。

「実はそう。妊娠したんだ。よっ、お父さん！」

道朗は眼鏡の奥で目をしばたたかせ、フウと息を吐く。細かく肩が震え、千繪は道朗がこのまま泣き出すのではないかと危ぶんだが、じきに震えはおさまり、明るい笑顔を見せた。

「そう。僕、お父さんだよ。千繪ちゃんはお母さんだ」

道朗は千繪から自転車のハンドルを奪うと、「帰ろう」と押して歩き出した。

「あ、でも買い物がまだ……」

「今日は高い寿司でもとろうよ。お祝いで。パーッと」

寿司は千繪の好物だ。妊娠のお祝いと言われなければ、どれだけ嬉しかったことだろう。

浮かない顔の千繪を見て、道朗は眉をさげる。

「ひょっとして、もうはじまってんの？　あの、気持ち悪くなるやつ」

「……つわり？」

「そう、それ」

千繪がだまって首を横に振ると、道朗は「よかったあ」と大げさに肩をすくめ、コートのポケットからスマホを取り出した。路上で注文をはじめる。

「特上にぎり二人前でお願いします。ええ、あの、特上って一番最高って意味ですよね？特上の上はないんですよね？」

『頭痛が痛い』と同じ系統のおかしな日本語になっていることにも気づかず、道朗は得意そうに千繪をふりかえった。ウィンクしたつもりなのだろうが、両目をつぶってしまっている。千繪にはわかった。真面目な夫なりに今、懸命におどけているのだと。道朗と知り合って四年、結婚して二年が経つが、こんなに嬉しそうな道朗を見たのは初めてだった。


千繪は高校を出た後、友達に誘われるままコンピュータの専門学校に入り、なりゆきでWebデザインを学んだ。興味のないわりに勉強はがんばった方だと思うが、やる気や適性まで捏造《ねつぞう》できず、就職活動で見事につまずいた。いわゆる就職浪人となってからは家事手伝いとは名ばかりのニートをしつつ、テレビを見たりゲームをしたり漫画を読んだりして山積みの暇を潰した。

七歳上の道朗と出会ったのはそんな時期だ。場所はアルバイト先のスーパーで、向こうは店長候補の正社員、こちらは急病で倒れた友人のピンチヒッターとしてのアルバイトと、立場がずいぶん違っていた。ほとんど会話もなかったはずだが、三日間のピンチヒッターを終えて帰る時、従業員出入口の脇にいた道朗に声をかけられた。

「君、学生だっけ？」

「いえ。専門卒業して就職浪人です」

「就職活動は？」

「あ……えーと……今はまだ」

言葉に詰まった千繪の表情ですべてを悟ったのか、道朗は「今度、バイトの面接においでよ」と誘ってくれた。

「正社員じゃなくて悪いけど、家にいるよりマシだろう？」

道朗に言われるとそんな気がしてきて、千繪は「はい」と素直にうなずいた。

そしてその言葉通り、千繪はスーパーで二年間アルバイトに励み、店長に昇進した道朗が一年も経たないうちに本社の人事部に栄転したのを機に結婚し、「家を守ってくれたらいいよ」という道朗の言葉に甘えて専業主婦とは名ばかりのニートにまた戻ったのだ。

道朗がどういうつもりで自分をアルバイトに誘ってくれたのか、いまだにわからないが、結婚を申しこんでくれたのは義務感からだろうと睨んでいる。もともと道朗は仕事でもプライベートでも目標をしっかり立てて、理想を着実に実現していく人だった。家庭に関してももちろん理想の形があり、その形を叶えられる妻を選ぼうと思っていたに違いない。それなのに真面目な道朗は、二年もだらだらとアルバイトをつづけ、一向に就職活動を始めない千繪の将来に責任を感じ、引き受けてくれたのだ。

自転車を押しながら跳ねるように歩いていく道朗の背中を眺めていると、道朗が目指す理想の家庭には子供が不可欠なんだと今さらながら気づかされる。

やっぱり、まずい嘘をついちゃったよね。

千繪は凍てつく夜空を見上げてため息をついた。

星は見えなかった。

千繪のお腹の中に赤ちゃんがいると思いこんでからというもの、道朗は変わった。

お祝いの特上寿司を食べた翌日、道朗は前日同様いつもよりずいぶん早い時間に大きな花束を抱えて帰ってきたものだ。

「……何その花束？　平さん、会社辞めたの？」

「バカなことを。これは千繪ちゃんに。僕が買ってきたんだ」

「どうして？」

「どうしてって……妊娠のお祝いだよ。花があれば、気分も明るくなるだろう？」

道朗が心外そうに小鼻をふくらませる。お祝いアゲインか。千繪はずっしり重い花束を受け取りながら、喜びより戸惑いが先に立った。付き合って結婚し今に至るまで、道朗から花を贈られたことは一度もない。プレゼントすら数えるほどだ。なぜなら、道朗は記念日のほとんどを素で忘れているから。たとえ覚えている記念日があったとしても、その日に花を買うなんて発想がそもそもないから。夫はそういう人だったはずなのに、一体どうしちゃったんだろう？

千繪はだまって花束をラッピングしたセロファンやリボンを取る。家に花瓶がないので、一番大きなビールジョッキを出してきて、そこに挿しておいた。やたら大きな花弁を持つ色とりどりの花が「どうよ？」と咲きほこるさまに圧倒され、ちょっと引いてしまう。千繪は花のことをよく知らないが、もう少し小さくてささやかな花の方が好きだと思った。

背格好も服装も眼鏡をかけていることも、そしてどことなく顔立ちも似ている道朗と千繪だが、趣味嗜好や価値観はまったく異なっている。たいてい千繪が道朗に合わせているので、道朗は気づかず千繪もふだんは忘れているその事実が花束から浮き彫りになってくるようで、千繪は気分が明るくなるどころか、逆に沈んだ。

花束はさすがにその日だけのサプライズだったが、道朗の帰宅時間が早いというサプライズはその後も毎日つづき、やがて驚きでも何でもないただの日常となった。

早くなった道朗の帰宅時間に合わせて、千繪の暇などあっさり吹き飛ぶ。夕ごはんを食卓に並べる時間から逆算して、食事作り、買い物、掃除、終わらせておくべき家事もろもろを考えると、いつも昼を過ぎたあたりから喉に何かが引っかかったように落ち着かなくなった。帰宅した道朗に夕ごはんを出しながら、明日もまたくり返すだろう家事の綱渡りを思って暗《あん》澹《たん》たる気持ちになるのだ。うすうすわかっていたことだが、自分が主婦として今までいかに機能していなかったかを、あらためて痛感させられた。

いっしょにいる時間が長くなり、千繪の無能さが目についたのだろう。日を追うごとに道朗の顔から笑みが消え、気づくとため息をついている時が多くなってきた。そんな場面を千繪に見られるたび、道朗はさっと表情を取り繕い、「僕に手伝えることはない？」と聞いてくれるのだった。

家事ばかりは嘘で調子を合わせることもできず、千繪は道朗の理想の妻の基準からこぼれていく自分を感じる。夫婦を隔てる壁が案外高く、分厚いことも知った。

食卓につくと、道朗はテレビのリモコンを持ち、なんのためらいもなくニュース番組にチャンネルを合わせる。たとえすでにテレビがついていて何か別の番組が映っていたとしても、千繪に「変えていい？」と尋ねる一言はなかった。道朗は別に亭主関白な男ではない。悪気はないのだ。ただ単純に、「なぜテレビがついていたか？」「千繪がテレビを見ていたからではないか？」「今ついている番組こそ、千繪が見たい番組なんじゃないか？」と考えていく思考回路がきれいさっぱり抜け落ちている。この思考回路を、人は『思いやり』や『気遣い』と呼ぶのかもしれない。そう思えば残念な夫だが、家事もできずまともな社会人にもなれずおまけに嘘つきな妻はもっと残念な人間だと心得ているので、千繪は何も言わなかった。ただ、だまって何の興味もないニュースを眺め、あまりおいしいと感じない自分の手料理を食べた。

夕ごはんが終わり、後片付けをしたり風呂に入ったりしていると、わりとすぐに日付が変わる。すると、ソファで読書をしていた道朗が「そろそろ寝よう」と断固とした口調で千繪を誘った。それでも千繪がＰＣの前から動かないと、「もう一人の体じゃないんだよ」と噛んで含めるように諭された。

そしてふとんに入ると、道朗は儀式のように毎日「赤ちゃんは順調？」と早口で聞いてくる。その声には合格発表を待つ受験生のような切迫した響きがあり、千繪は誰もいない腹に手をやって「順調みたい」と答えるしかなかった。

そんな毎日をつづけていたら、千繪は体調を崩した。ある朝、パジャマのまま道朗を送り出したとたん、体がだるくなり、関節も痛くなってきたのだ。午前中だけちょっと休もうと思ってベッドで横になったはずだが、気づくと部屋にはもう冬の早い西日が射しこんでいた。

まずい、と起き上がると意外なくらい頭も体もすっきりしている。どうやら大事には至らず、熱は下がったようだ。

今から買い物に行く時間と気力はない。冷蔵庫に残っているもので何か作れるほど器用でもない。千繪はパジャマのままキッチンの真ん中で呆然と固まった。どうしよう？

「ただいま」

いつも通りの時間に帰ってきた道朗は、ノーメイクにパジャマ姿で髪をひっつめた千繪の顔を見て、眼鏡を押し上げた。

「どうしたの？」

「うん、ちょっと。体調が」

「赤ちゃんは無事？」

千繪の説明を最後まで聞かずに質問をかぶせてくる。眼鏡の奥の目が真剣すぎて三角に吊り上がっていた。

「う、うん。たぶん」

道朗は耐えきれずといったようにコートも脱がずに千繪に駆け寄ると、手を額に置いた。

「熱はないね」

「大丈夫だよ」

「『たぶん』だろう？　病院には行った？　行ってないよね？」

　早口にたたみかけられるので、千繪は嘘をつく暇もなくうなずいてしまう。さざ波が立つように道朗の表情が変わったが、そこに流れた感情がなんなのか、千繪にはうまく読み取れなかった。

「明日、病院へ行こう。僕も付き合う」

　道朗の強い口調に、千繪は頭から血がザーッとおりてくる気がする。震え声で尋ねた。

「病院って内科？」

「産婦人科だよ。赤ん坊が無事かどうか調べてもらわないと。千繪ちゃんが診てもらってる産院はどこ？」

　道朗から当然のように尋ねられ、千繪はたじろぐ。生まれてから今まで、産婦人科を受診したことは一度もなかった。けれど今、妊婦にしては不自然なその事実を正直に答えるわけにはいかない。千繪は短く息を吸い、口をひらいた。

「建て替え中」

「は？」

「老朽化した建物と設備を一新するために、休診しちゃったの」

「マジか！　それマズイだろ。もっと早く言ってよ、千繪ちゃん。別の産院を探さなきゃ」

眼鏡のブリッジを押し上げ、深刻な顔つきになる道朗を見て、千繪の胸は痛む。雪玉のように転がり、膨れあがっていく嘘を、もうどうしていいかわからなかった。

「あの」と言いよどんだ千繪の声には気づかず、道朗の視線は食卓に移る。とたんに目をしばたたいて、眼鏡の縁に手を添えた。

「今日の夕ごはん、ないの？」

千繪はぼんやりうなずく。ああ、また平さんをがっかりさせちゃったな、と思った。倒れたボトルから水がどんどん流れ出て地面にしみこんでいってしまうのをただ見ているような気分だった。


次の日、道朗は早起きして本当に有休をとってしまった。師走で忙しい時期じゃないの？と心配する千繪に、「スーパーは一年中忙しいもんだよ」と妙に自慢げに胸をはって「大丈夫」をくり返す。

二人でトーストを焼いただけの朝ごはんを食べた後、道朗は近所の助産院から都内にある有名病院まで「千繪ちゃんのお産のために良さそうな」候補先をいくつか挙げてくれた。

「よく知ってるね」

「パソコンで調べた」

メールもネットの閲覧もスマホで済ませる道朗が家のPCをわざわざ立ち上げたのは、半年ぶりくらいだろう。早起きした理由はそれか。千繪は頬の筋肉がひきつるのを感じつつ、やっとのことで「どうも」とうなずく。もう逃げられない。

さんざん迷った末、千繪は候補の中から産婦人科の専門医である隣の駅のクリニックを選んだ。決め手は規模的にも立地的にも「一番融通が利きそう」という点だった。医者に嘘をついてくれとは言わないが、道朗の目をくらませられるに越したことはない。

なんせ本当は妊娠していないのだから。

千繪はパーカにジーンズというういつもの格好に着替えて、大きい上に物がたくさん入っていて重いトートバッグに保険証を放りこむと、肩までの髪を手早くひとつにまとめ、申し訳程度に化粧をした。そしてダッフルコートを着込むと、道朗と並んで駅まで歩き、電車に乗って隣駅で降り、駅からバスで七分という立地のクリニックに辿り着くまでずっと、どうやってこの局面を切り抜ければいいかばかり考えていた。眼鏡のつるがいつもよりきつく締め付けてくる気がして、何度も位置を調整する。

「心ここにあらずだね」

突然、隣を歩いていた道朗に指摘されたけれど、そう言う道朗自身、道中ほとんど口をきかなかったように思う。彼なりに緊張していたのだろうか。千繪は口をひらくと余計なことを言ってしまいそうなので、首をすくめてやり過ごしておく。

淡いピンク色に彩色されたレンガを用いた円筒形のクリニックは、クリスマス用のイルミネーションで庭や壁を飾りつけた家が多数見られる住宅街の中にひっそり埋もれていた。『さかき産婦人科クリニック』と書かれた透明プレートも小さく、建物の脇に繁った低木に隠されていたので、千繪と道朗は最寄りのバス停で降りた後、路地から路地へ十五分以上もさまよってしまった。

太陽が雲に隠れた寒い日にもかかわらず、すっかり汗ばんできた頃、ようやくクリニックのプレートに気づいて扉をあける。建物の中は暖房がよく効いており、千繪の鼻の頭にたちまち汗が噴き出した。この暑さと、待合室に満ちるミルクのような花のような甘やかな香りと、水音や小鳥のさえずりなどで構成された環境音楽につつまれ、千繪は「ジャングルみたいだ」と思う。もがくようにダッフルコートを脱ぎながらクリーム色の壁とレモンイエローのソファを見回し、ソファに深く腰かけて待つ妊婦達の大小さまざまな腹の形をこっそり観察した。

「新患さん？」と受付から声がかかる。不意を突かれた千繪は「はい」と待合室中に響く声で返事をしてしまい、頬を熱くした。あたふたとコートを手にかけると、ついてこようとする道朗を力ずくで押し戻して、一人で受付に進み出た。

千繪と目が合った瞬間、受付に座る同い年くらいの女性の口があんぐりひらく。明らかに、千繪の顔を見て驚いていた。あれ？　まさか知り合い？　千繪が不安でまばたきを早めると、受付の女性は我に返ったように真顔に戻り、事務的な口調で尋ねてくる。

「本日は産科ですか？　婦人科ですか？」

「け、け、けんしんをお願いします」

「産科の健診ですか？　婦人科の検診でしょうか？」

辛抱強く小首をかしげる受付の女性にだけ聞こえる小さな声で千繪は「婦人科」と答えた。妊娠や出産とは無関係の女性でも産婦人科の診察台にあがれる手段を、行きの電車内で調べておいたのだ。

受付の女性は千繪の答えに納得したように軽くうなずくと、ボールペンと青い診察用紙を出してくれる。

「ではこちらの用紙にお名前、ご住所、お電話番号、生年月日、問診事項をご記入の上、提出してください。保険証は今お預かりしちゃいますね」

そのてきぱきとした仕事ぶりが、千繪にはまぶしい。働くって尊いことだなと思う。千繪は受付脇で立ったまま記入を済ませ、道朗の元へ戻った。

女性ばかりの待合室の端に立っていた道朗は、居心地悪そうに眼鏡を押し上げながら何か言おうとしたが、周りの妊婦達の視線が集まってきていることに気づいて口をつぐむ。千繪はその隙に、診察室には自分一人で入ると告げた。ここまでついてきたのだから当然「僕も入りたい」と言われるに決まっていると見越しての宣言だったが、道朗はむしろホッとしたようにうなずいた。

「わかった。じゃあ、僕はここで待ってるね。千繪ちゃん、不安なことはしっかり先生に尋ねて、解消してきなよ」

　道朗の淡泊な返事に、千繪は少し拍子抜けする。ジャングルのような待合室は静かで、時折、どこからか赤ちゃんの小さな泣き声がした。部屋数は少ないが入院もできると道朗が言っていたから、きっとこの建物のどこかで生まれたばかりの赤ちゃんが泣いているのだろう。弱々しいのに存在感のある泣き声が聞こえるたび、待合室の妊婦達の表情がやわらかくなるのがわかった。一方で、千繪と道朗はビクリと肩を震わし、ぎこちなくあたりを見回すのだった。

　赤ちゃんの泣き声があと一回聞こえたら、道朗に何もかも打ち明けて謝ろう。千繪がそう決めて運を天にまかせたとたん、名前が呼ばれた。

「はい」とふたたび大声をあげてしまったが、もう気にしない。千繪は扉をあけて、中待合と呼ばれるベンチの置かれた廊下に立ち、この気詰まりな時間が早く過ぎることを願った。

五つほど並んだ白いドアの左端から、もう一度名前を呼ばれる。ノックしてから入ると、白衣を着た『千繪』がいた。

いや、もちろん別人だ。白衣についた名札の苗字も違う。それでも髪型、顔の造り、体型、かけている眼鏡の色と形まで、瓜二つといっていいレベルのそっくりさんだった。先ほど受付の女性が驚いていた理由がやっとわかる。

「あら」と医者の『千繪』も眼鏡の奥の目をしばたたいた。

「似てますね、先生とわたし」

千繪は機先を制しながら、声は似てないなと思う。女医の方が艶があって聞き取りやすく、魅力的な声である気がした。

「本当ね。びっくりしちゃった。世の中には自分と似た人間が三人いるっていうけど、まさか患者さんでいるとは思わなかったわ」

女医は千繪が書き込んだ青い診察用紙に目を走らせ、「私の方がずいぶんお姉さんだけど」と笑う。生年月日を確認したらしい。

「今日は検診でいらしたのよね。婦人科は初めて？」

「はい」

「そう。まだ二十四歳だもんね。失礼だけど、現在までに性交渉の経験はありますか？」

「あ、既婚なので」

よほど意外な答えだったのか、ペンを走らせる女医の手が一瞬止まった。千繪はたまらず「一応」と付け足してしまう。女医はガサガサと音をさせて診察用紙を顔のすぐ近くまで持っていくと、大きくうなずいた。

「本当だ。ちゃんと既婚に○がしてあったわ。ごめんなさい。雰囲気的にてっきり」

相手のいない独身者だと思っていたらしい。けっこうな失言である。そしてその失言は千繪と瓜二つの自分に跳ね返っていくことに気づいているのだろうか？

千繪の視線から言いたいことが伝わったらしく、女医は肩をすぼめた。

「自分だって結婚して、子供を二人も産んでるのにね。失礼しました」

へえ、と千繪は心の中で感嘆の声をあげる。この世界に、医者という資格の必要なフルタイムの仕事に就き、子供も産んで育てている『自分』（とそっくりな女性）がいる事実をお伽噺《とぎばなし》のように感じたのだ。

会話がくだけすぎたと思ったのか、女医は咳払いして話を戻した。

「既婚者だったらこれから妊娠や出産の可能性も高いだろうし、定期的な検診をおすすめするわ」

「妊娠」という言葉を聞いて思わず固まる千繪には気づかず、女医はなんでもないことのように確認してくる。

「えーと、最近の生理はいつでした？　妊娠の可能性はないよね？」

「ないです」

即答した千繪が生理日を教えると、女医はうなずき、千繪にいったん部屋を出て隣の部屋の診察台にあがるよう厳《おごそ》かに言い渡した。

この時点で、千繪は内診とは文字通りもっともデリケートな内側を見られる診察だということをまだ知らなかった。産婦人科の診察台がああも恐ろしく、恥ずかしさが一周まわって忌まわしくなってくるほどの代物だということもまったく知らず、想像すらしていなかったのだ。

小さな個室に入ったとたん、カーテンの向こう側から誰ともわからぬ声が「ドアに鍵をかけて、下着を脱いでください」という難易度の高い要求を突きつけてきた。脇を見ると、小さなワゴンが置いてある。ワゴンの上は蓋付きのダストボックスとティッシュがあるだけで、広々としたスペースが残っていた。このスペースに脱いだ服をのせろということか。千繪はのろのろとジーンズのボタンに手をかけ、「これはとんでもないところにきた」と思った。

時間をかけてジーンズと下着を脱ぎ、パーカの裾からはみ出た部分を懸命に手で隠しながら、銀色の椅子に腰かける。歯医者や美容院で座るのと似た感じの電動椅子だったが、足をのせるステップが左右に大きく距離をあけて作られていた。落ち着かないことこの上ない。座面には使い捨てらしき紙のシートが敷いてあり、むきだしの尻でのると冷たかった。千繪は不安な気持ちであたりを見回す。看護師達が行き交っている足音や話し声はするものの、目の前におりた中途半端な長さの白いカーテンのせいで、みんなの足元しかわからない。視線を横にずらすと、椅子の脇に取り付けられたモニターが見えた。画面は黒いままだ。映画でも流しておいてくれたら少しは気がまぎれるのにな、と千繪は残念に思った。

「準備できました」と声をかけると、カーテンの向こうの何者かが「はーい」と気のない返事をする。何かを操作している気配が伝わると同時に、座席がウィーンと音を立てて小さく振動を始めた。

「ひゃっ」と思わずあがった千繪の悲鳴は次の瞬間、「うあぁ」という絶叫に変わった。

もともと離してのせていた左右の足のステップが、背もたれが傾くと同時に持ち上がり、今まで以上に距離をひらきはじめたのだ。千繪の脚はMの字に膝を折った形のまま、否応なくカーテンの向こう側へとせり出していく。

予想を超えた展開に千繪が口をぱくぱくさせていると、サンダルの小気味よい足音がして、あの女医の声が響いてきた。

「楽にしていてくださいねー」

できるか！　と心の中で叫んだが、口から出たのは「ふはぁい」というため息のような返事だ。

「うん。もうちょっと足ひらいて。そうそう、力まずに。はい、いいですよ。ちょっと冷やっとします。驚かないでね」

そんなことを言われても、自分でも滅多に覗いたりしない部分にスライムのような感触のものを塗りたくられて驚かないわけにはいかない。千繪は「ひゃふぅ」とふたたび変な息を漏らし歯を食いしばる。腹の上で揺れるカーテンを睨んだ。

このカーテンの向こうで、一体何が行われているんだ？

検診だ、と返されたらそれまでだが、千繪は「聞いてないよ」とつぶやく。カーテンを長く見つめすぎたのか、布の繊維の一本一本が立ち上がってくる。さらに見つづけていると、目の裏に赤や紫の染みが現れ、頭の後ろが痺れてきた。頭痛の一歩手前だと感じて、千繪は軽く目をつぶる。ところが、たしかに目をつぶったはずなのに、視界にはまだカーテンがある。何で？　と首をかしげたとたん、千繪の視線はカーテンを通り抜け、くるりとひっくり返り、カーテンからM字形になって突き出る両足とその間にあるものをとらえていた。

これって、わたしの足か？　だったら、それを見ているわたしは、誰？　女医？　ああ、わたしって女医だったっけ？

千繪は混乱した頭で懸命に思い出そうとする。医者という職業を目指して、いくつもの試験を突破して、仕事にしたこと。誰かを好きになって、向こうにも自分を好きになってもらって、ちゃんと結婚して、その結果として子供にも恵まれたこと。

わたしはそんなふうに自分で自分の人生を選び取ってきたんだっけ？　だとしたら、なんて納得のいく生き方だろう。千繪は有頂天になった。

試験を受ける自分。難関と言われる学校へ進む自分。好きな男性に告白する自分。愛される自分。白衣を着て歩く自分。命の誕生の瞬間を見守り、励ます自分。人に感謝される仕事に誇りを持つ自分。ぼんやりと浮かぶ自分の姿はどれもかっこよく、自信が持てた。しっかり生きている気がした。

「クァラララ、クァラララララ」

とつぜん奇妙な音が轟き、夢見心地の千繪をゆさぶる。鳴き声のようだが、聞いたことのない不思議な響きだ。千繪は音の出所を探して、目の前に投げ出された足とその間にひらいた暗い穴を見つめた。

しばらく待っていると、穴からひょっこりペンギンが顔を覗かせた。オレンジ色のくちばしに真っ黒な瞳、そして頭にはカチューシャのような白い模様が入っている。千繪はすぐに海狭間駅で見かけた子だと思い当たった。「知り合いのペンギン」というのもおかしな言葉だが、そう形容したくなる親しみを感じる。

ペンギンは両足をそろえてピョンと穴から飛び出してくると、千繪の前をヨチヨチ横切っていく。かわいい、と相好を崩しかけ、千繪は思い出した。

あれ？　待てよ。女医のわたしはどこでペンギンを見たんだ？　ペンギンを見たことがあるわたしは……わたしは……誰だったっけ？

遠くからサンダルの足音が近づいてくる。声もしている。誰の声だっけな？

「平さん？　平千繪さん！　大丈夫ですか？」

ふと気づくと、腹の上のカーテンがひらき、女医が顔を覗かせていた。

千繪はぼんやり視線をさまよわせる。ペンギンも足もすでに視界から消えていた。代わりにカーテン、自分と瓜二つの女医の顔、上半身だけ服を着たままの自分の体、無機質な診察台などが次々と目に入り、現実に戻される。

そうだった。わたしはわたし。この女医と顔が似ているだけの、ただの患者だ。

女医が顎をしゃくるようにして、電動椅子の左上についたモニターを指す。

「そこのモニター。見えます？」

いつのまにかモニター画面が明るくなり、レントゲン写真のような粗い映像が映っていた。

「はい」

千繪はようやく返事をする。喉がカラカラに渇いていた。あまりの未知なる体験に意識が飛び、白昼夢に近いものを見ていたらしい。

千繪の焦点が合い、視線がモニターに注がれたのを確認すると、女医の顔が引っ込み、カーテンが閉まる。そしてふたたび女医の声だけが響いてきた。

「この黒い部分、見えますか？」

言葉に合わせて体の中の違和感が移動する。どうやら、そこに入ったモノがとらえた映像がモニターに出ているらしい。

「これ、平さんの右の卵巣です。ちなみに、こっちの黒いのが左の卵巣」

はっきり言って、不鮮明でよくわからない。しかし、女医が卵巣と言っているのだからたぶんそうなのだろうと納得し、千繪は「はい」と答えた。

「それでね、ここの下の長い管みたいなところ、子宮頸管《しきゅうけいかん》っていうんだけど、このすぐ近くにポリープができてますね」

「ポリープ？　それって、まずい病気でしょうか？」

「少し出血しやすくなりますが、日常生活に支障はありません」

「ただ」と女医の声が少し低くなる。

「妊娠中は悪影響を及ぼす場合もあるの。近々妊娠を考えていらっしゃるなら、この機会に切除しておいた方がいいかもね」

「切除って……手術ですか？」

「手術といえば手術だけど、要はその場で切るだけ。簡単よ。入院の必要はありません。それで流産の可能性がなくなるなら切っちゃおうよ、というのが私個人の見解なんだけど」

女医はそう言った後、少し間を空けて、おだやかな調子で付け足した。

「もちろん平さんが今すぐの妊娠を考えていないなら、経過を見ていてもかまわないわ。その場合はぜひ定期検診にいらしてください」

千繪は声も出せず、相手に見えていないのを承知でコクコクとうなずいた。今日この場で切るなんて選択はとてもできそうにない。動揺が動悸となって現れた心臓をそっとおさえる。

妊娠して赤ちゃんを産むことを、千繪は心のどこかで当たり前のように考えていたふしがある。だからこそ、あんな嘘がつけたのだと思う。

でも全然違った。それは奇跡の一つなんだ。千繪は無意識のうちに両手で腹を守るように抱えていた。

「はい。検査終了です。台からおりて、服を着てください」

女医のこの言葉で千繪はやっと診察台から解放されたが、自分にとって妊娠や出産が定期的な検診や手術の上にのみ成り立つ頼りない未来だと知った衝撃は、船酔いのように後を引いた。

クリニックを出ると、もうお昼をとっくに過ぎていた。

千繪は「食欲がない」と打ち明けたが、道朗が「それでも食べなきゃ」と言い張り、結局、駅ビルに入っているカフェレストランに強引に押しこまれる。

刷毛《はけ》の跡が目立つ白い壁の店内にはゴスペル調のクリスマスメドレーが控えめなボリュームで流れ、ヨーロッパのアンティーク家具に似せた色調のテーブルセットが並んでいた。テーブルの上にはランチョンマット代わりの仏字新聞と埃をかぶったデイジーの造花を挿した小さなガラスコップが置いてある。

千繪と道朗は体重を移動させるたびガタガタ揺れる木の椅子に向かい合わせで座った。道朗はメニューをひらくなり「ハンバーグセットにしよう」と即決する。さらにパラパラとメニューをめくり、千繪を見た。

「千繪ちゃんはサラダボウルセットとかいいんじゃない？　軽めだし、栄養も摂れるし」

「え？　あ、うん」

「食欲なくても食べてほしいな。千繪ちゃんはもう一人の体じゃないんだから」

「……わかった」

「よし、決まりだ」

道朗は千繪が見ていたメニューを取り上げると、ちょうど通りがかったウェイトレスに返し、ついでに注文も済ませてしまう。

ウェイトレスが小脇に抱えて去っていくメニューを見送りながら、千繪は道朗と付き合いはじめてから今まで、自分ではほとんど何も選んでいないことに気づいた。食事のメニューも、部屋の家具も、引っ越し先も、結婚するかどうかすら、道朗が決めてくれた。千繪はただうなずき、調子を合わせ、ついてきただけだ。

道朗が「赤ちゃんが欲しい」って言うなら、作ればいいか。嘘を現実にして、しれっと赤ちゃんを産んでしまおう。そういう人生もたぶん悪くない。道朗が示してくれた道を歩けばいいんだ。千繪は道朗が自分の嘘を信じてしまった日から、うっすらそう考えていたことに今、気づいた。

だから、今日の検診でポリープが発見された時、不意を突かれて動揺したのだ、と思い当たる。

自分とよく似た女医の顔が浮かんだ。彼女と自分の人生はまるで違うのだろう。千繪は診察台の上で意識が飛んでいる間に感じた女医として生きる充実感を思い出し、それが白昼夢や妄想の類だと知りつつも羨ましく思った。

わたしもあんなふうに自分の力で生きることは可能なんだろうか？　という自問には「今さら無理でしょ」と鼻で笑う自分の声とは別に「あきらめないで」という透明感のある男性の声が返ってくる。

この声って、あの人の声だよね。あの日、たしかに言ってくれたもんね、「あきらめないで」って。千繪はこんなささやかなやりとりを自分が忘れていなかったことに驚く。実はけっこう心の拠り所にしていたのかもしれない。

「千繪ちゃん」と呼ばれて顔をあげると、道朗がハリネズミのような髪を触りながら首をひねっていた。眼鏡の奥の目がせわしなく動いている。

「具合悪いの？　病院で何か悪いこと言われた？」

千繪は言葉に詰まる。最後のチャンスだ、と思った。妊娠は嘘だと告白して、謝るなら今しかない。

「あのね」

ごめんなさい。わたし、妊娠していなかった。それでも、平さんはわたしを……。

つづけたい言葉を頭で組み立てているうちに、口が勝手に動き出す。

「クイズです」

「は？」

道朗が驚いている。そりゃ驚くわ。わたしもびっくりだ。何を言い出しているんだ、わたしは？

「次の三つのうちで、真実が一つだけあります。それは何でしょう？
その一、平日十八時からの家計お助けワクワクセールは三割引が基本だ。
その二、わたしは妊娠している。
その三、駅に住むペンギンがいる」

千繪が三つの内容を言い終わると同時に、二人の料理が運ばれてきた。鉄板の上でパチパチとはねるソースをよけながら、道朗はさっそくハンバーグにナイフを入れる。

「ね、平さん、答えてよ。真実はどれでしょう？」
「なんだよ、それ。そんなくだらないクイズを考えてたのか。こっちは具合でも悪いのかって本気で心配したのに」

道朗は眉を寄せて不機嫌そうだ。ほどよいサイズに切ったハンバーグを口の中に放りこみ、その熱さにはふほふ息を漏らしながら、面倒臭そうに言った。

「だいたいそれ、クイズになってないでしょ。答えは『その二、わたしは妊娠している』に決まってるんだし」
「その一のどこが不正解？」

「割引率が違う。二割引だろ？」

「さすが！」

「自分の会社のことだからわかるよ。それに、間違いは他にもある」

「え？」

「弊社の平日セールの呼称は『ワクワクセール』じゃなくて『ウキウキセール』ですからね。何度言っても、千繪ちゃんは覚えないけど」

「……ごめん」

ほとんどドレッシングの味がしないサラダをもしゃもしゃ食べながら、千繪は草を食《は》むウサギにでもなった気がする。

道朗は三口でたいらげてしまったハンバーグのあった場所を名残惜しそうに見やり、付け合わせのポテトをフォークで刺した。

「その三の駅に住んでいるペンギンは、どうせアニメか何かでしょ」

わたしは一体何をしたいのか？　と考えながら、千繪はサラダをもしゃもしゃ食みつづける。自分で次の一歩を決めるのは、本当に怖い。

千繪のボウルが空になったのを見た道朗が伝票をつかんだ。

「じゃ、帰ろうか」

次の一歩はこちらへどうぞ、とまた目の前に敷石が置かれた気がする。その石さえ踏んで歩いていけば、波風も立たず、千繪は守られ、道朗は満足してくれるだろう。

席を立ってレジに歩き出す道朗の背中を追って、千繪も立ち上がる。下腹部にまだ違和感が残っていた。とっさに腹を守るように両手でおさえてしまう。

その姿勢のままそろりそろりとレジの前までやって来た千繪を見て、道朗は怪訝そうに眼鏡を押し上げた。

「どうしたの？　ペンギンみたいな歩き方しちゃって」

千繪の脳裏に穴の中から飛び出してくるペンギンのイメージが浮かぶ。イメージの中のペンギンはよちよちと歩き、小首をかしげて、真っ黒な目で千繪を見ていた。

そこの敷石に飛ぶの？　誰かの置いた敷石をまた選ぶの？　と聞かれているようだ。千繪は焦って口をひらいた。

「わたし、忘れものしちゃった」

「え？　席に？　それとも病院？」

「電車の中に」

一万円札からのお釣りに気をとられている道朗に、千繪は話しつづける。

「わたしはなくしものを探しに行かなくちゃ。平さん、ついてきてくれる？」

「今日これから？」

レシートまでしっかり財布にしまってから、道朗は眉をひそめる。

「うん。今日。これから。時間あるでしょう？」

「まあ、有休取ったからね」

道朗はしぶしぶうなずき、不審げに千繪を見た。千繪は道朗と視線を合わせないまま店を出て、駅ビルのエスカレーターを階段のようにおりていく。

目の前に置かれた敷石をわざわざ持ち上げ、あさっての方角に投げ飛ばしてしまった気がして、千繪はただただ心細く、落ち着かなかった。


二十日ぶりに降り立った海狭間駅は、相変わらず人影がなかった。ホームのすぐ下に広がる鉛色の海から吹きつけてくる風は冷たく、痛い。千繪は助けを求めるように雲との切れ目がない薄いクリーム色の空を見上げたが、太陽が顔を出す気配はなかった。

「本当にこんな駅になくしもの係があるの？」

道朗が眼鏡を押し上げ、疑わしそうに尋ねる。支線に乗り換えるのに吹きさらしの駅で二十分待ち、三両しかないのに空席だらけという電車にゆられてきたのだ。とてつもなく辺鄙《へんぴ》な場所に来たと思われても仕方ないだろう。千繪はコクンとうなずき、遠くにコンビナート、近くに海というマニアックな景色を堪能できるホームを先に立って歩き出した。

ホームから階段をおりて、改札を抜け、待合室に出る。白熱灯のやわらかい光が満ちる空間は、天井も壁も床も板張りという山小屋のような造りで、駅と呼ぶにはいささか違和感があったが、道朗は気に入ったようだ。興味深そうに眼鏡のつるを持ち、壁に顔を近づける。

「天然の木材だね。オークかな？」

「うん？　ああ、そうだねえ」

千繪は上の空で応じつつ、「ちょっとごめん」と道朗の立つすぐ脇の壁をノックする。

「千繪ちゃん、何やってんの？」

これはね、と千繪が説明する前に、壁の内側から「はい」と声が聞こえた。同時に道朗の目の前の壁が引き戸のように横に滑って、なくしもの係のオフィスが現れる。

千繪が道朗をこっそりうかがうと、驚きで声も出ない様子だ。

一方、戸をあけてくれたなくしもの係職員の守保は前と変わらずのんびりとした雰囲気をまとっていた。散髪にいったのか、前髪が短くなってつぶらな瞳がはっきり見える。髪の赤さも少し増していた。

守保は千繪と道朗を招き入れ、自分はカウンターの向こうにまわりながら、おだやかに言った。

「あきらめないで来てくださったんですね、平さん」

守保が自分の名前まで覚えていてくれたことに千繪は驚く。もう一人の平である道朗が怪訝そうに小声で尋ねてきた。

「どういうこと、千繪ちゃん？」

「ちょっと前に、同じなくしものを探しに来たんだ。その時は見つからなかったんだけど」

千繪が答えている間に、守保はPC机の引き出しから鍵束を取り出し、小首をかしげる。

「探しておられたのは、『文博堂』の包装紙につつまれたもの、で間違いありませんか？」

千繪がうなずくのを待って、守保は部屋の半分を埋めている大小様々なロッカーのうち、横に長いタイプの前に立って扉をあける。そしてそこから取り出したものを大事そうに抱えて、またカウンターに戻ってきた。

「ちょうど昨日届いたばかりで、ご連絡さしあげようと思っていたんです。どうぞご確認ください」

本当に出てきたんだ。千繪は信じられない思いでカウンターの上にのったものに手を伸ばす。

大きさといい、手触りといい、なくしたものに違いないと千繪は告げたが、「中身を一応たしかめていただけますか？」と守保に言われ、しぶしぶテープをはがし、包装紙が破れないよう気をつけながら隙間から覗きこんだ。

「何なんだ、それ？」という道朗の問いは流して、守保に答える。

「間違いありません。わたしの買ったものです」

「なくしものはお返ししますか？　それとも、お預かりしておきますか？」

千繪は「返してください」と即答する。なくしものをわざわざ探しにきておきながら「預かっておいてほしい」なんて言う乗客はいるのか？　と疑問に思った。

守保は赤い髪をサラリとゆらしてうなずくと、書類棚から出した一枚の紙をカウンターに置き、制服の胸ポケットにささっていたボールペンをそっと添えた。

「では、こちらの受領証に記入と捺印をお願いします」

千繪は必要事項を書き終え、トートバッグの中に放り込んであったペンケースからスタンプタイプの簡易印鑑を出して押す。そしてはたと動きを止めた。

「どうしました？」

「あの、そういえば、ここに届けなくてはいけないものもあったので」

さっきから隣で道朗が口を挟みたがっている気配が伝わってきていたが、千繪は頑なに守保の顔だけを見つめて言った。嘘をつかずに言い切ることに必死だった。

守保は千繪の顔を見返し、小さな歯を見せて無邪気に微笑む。

「なくしものを拾ってくださったんですか？　ありがとうございます」

その笑顔に励まされ、千繪はダッフルコートのポケットに入れっぱなしにしていたマタニティマークのチェーンホルダーを取り出し、カウンターの上に置いた。

「以前ここにうかがった十二月一日に電車の中で拾いました。誰かのなくしものです。届け出が遅くなってすみません」

ぺこりと頭をさげた千繪に、道朗が横から詰め寄る。

「えっ。千繪ちゃん、どういうこと？　このマタニティマーク、千繪ちゃんのじゃないの？」

どうしよう？　言わなきゃ。ちゃんと言わなきゃ。嫌われても、ちゃんと。

下を向いたままの千繪の額に冷たい汗が噴き出した時、「クルルルル、クァー」と大きな鳴き声がして、カウンターの下をくぐって出てきたものがいた。

「ペンギン？」

道朗が悲鳴のような声をあげる。「何で駅に？」とつぶやいたきり、後は言葉にならなかった。

ペンギンはそんな道朗の前を素通りし、分厚い足でリノリウムの床をペタペタと踏みしめながら、千繪の元へと体を左右に振って歩いてくる。よろめくたび、フリッパーをふわりと浮かせてバランスをとった。

目の前まで来たペンギンにオレンジ色のくちばしの先で腹を指され、千繪は背筋を正す。

言うんだ、今。

「平さん、わかった？」

「え？」

「わたしのクイズの正解は、その三の『駅に住むペンギンがいる』でした」

「は？」

「その二の『わたしは妊娠している』は不正解。真実じゃないです」

千繪は道朗の顔が見られないまま、早口で告げる。肩からずり落ちかけていたトートバッグもついでにかけ直した。

「わたしのお腹に赤ちゃんはいません。ごめんなさい。平さんがすごく嬉しそうだったから『妊娠は勘違いだよ』って言えなかった。嘘をついて、本当にごめんなさい」

道朗は身じろぎ一つしなかった。長い沈黙の後、「そっか」と小さくつぶやき、何か言おうとしたがつづかず、まただまってしまう。

「あ」と声をあげたのは、守保だった。ふわりと人為的に生じた風につられて千繪が顔をあげると、道朗がきびすを返している途中だった。

「平さん！」

千繪の声に背中を震わせ、道朗は走り出す。まるで不法投棄を見咎められた人みたい、と思ったら、千繪は動けなくなった。捨てられたのは自分だ、と思い当たったからだ。ただ呆然と見送るしかできなかった。

守保は何も言わない。いきなり夫婦のいざこざを目の前にしたというのに、特に動じた様子はなく、好奇心にまかせて千繪に何かを尋ねたり愛想笑いしたりする素振りも見せなかった。完全に気配を消してしまった守保と、どうしていいかわからず立ち尽くす千繪の周りを、ペンギンがよちよち歩き回る。ペタペタという足音が時計の針音のように規則正しく響いて、部屋に満ちてくる悲愴感をいい意味で壊してくれていた。

どれくらい経ったのか、生臭いにおいがして、千繪はとっさに鼻をおさえる。においの元を探して顔を向けると、カウンターの向こうで、守保がいつのまにか制服の上からゴム製のエプロンとゴム手袋をつけ、小魚を入れたバケツを持って立っていた。鉄道会社職員より魚屋に近い身なりだ。

「すみません。ペンギンのごはんの時間で……」

守保が言い終わらぬうちに、ペンギンがフリッパーを広げ、ペタペタと近寄っていった。くちばしを上に向けてひらき、せがむように鳴き出す。

守保は落ち着いて小魚の尾を持つと、ペンギンのあけた口の中にポトンと落とした。なめらかな黒い喉がゴクンと膨らみ、また縮む。ペンギンはきょとんとした顔のまま、次の魚をせがんだ。

そのくり返しであっという間に、バケツの中の小魚がなくなってしまう。

「はい、おしまい」

守保は空になったバケツをペンギンに見せて、フニャッと笑った。そして思い出したように千繪を見る。

「あ、ちょっと待っててくださいね」

ペンギンと赤い髪の鉄道会社職員が紡ぐゆるすぎる空気に、千繪の余分な力が抜けていく。おかげで、ようやくちゃんと息を吐き出せた気がした。

エプロンや手袋を取ってふたたび鉄道会社職員らしき身なりに戻った守保が、マタニティマークのチェーンホルダーを一番小さなロッカーにしまう。

その足でPCに向かうと、千繪に拾った日時や車両の位置などを聞きながら、キーボードをたたいた。やがて顔をあげ、ニコリと笑う。小さな歯が見えると、顔つきがさらに幼くなった。

「平さんのお届けもの、ちゃんと登録しておきましたよ。なくした人が早く取りに来てくれるといいですね」

千繪はあの日出会った男の子と母親を思い出し、「そうですね」とうなずく。守保はロッカーの鍵束をＰＣ机の引き出しに戻しながら、千繪をふりかえった。

「で、平さん。もう一つのなくしものは、どうされます？」

「もう一つ？」

「はい。ついさっき、なくされたものです」

言いながら、守保の視線は千繪の後ろにすっと流れた。ふりかえらずとも、千繪はそこに引き戸があることを知っている。千繪は守保の言う「なくしもの」がなんであるかを悟った。

「やっぱり、なくしたんでしょうか、わたし？」

千繪の細く頼りない声を包むように、守保の透明感のある声がつづく。

「なくされましたね」

「どうすればいいんですか？」

「どうしましょうかね」

そう言って首をすくめた守保は、千繪の目を見てゆっくり話した。

「なくしものを探すお客様に協力することも、なくしもの係の業務の一つです。ただ、なくしものを探すのか探さなくていいのか決めるのは、やはりお客様ご自身かと」

「そう……ですよね」

千繪は腹の上でギュッと拳をにぎりしめる。

わたしに決められるだろうか？　不安が押し寄せてくる。いつも、何も、決めてこなかった。選択肢の前に立つことすら避けてきた。誰かがほどよい未来を手渡してくれるのを、いつもぼんやり待っていた。

なんでわたしは選べないんだろう？

心にチクリと刺さる棘《とげ》を感じ、千繪はあえぐように天井を見上げる。その途中で視界に入った守保の赤い髪の鮮やかさに目を奪われた。

千繪の視線を感じたのか、カウンターの上で黒い表紙の大判ノートをひらいて何か書きこんでいた守保が、照れくさそうに髪をいじる。

「髪、きれいな色ですね」

「ありがとうございます。でもあの、地毛じゃないです。染めてます……」

そんなことはわかっている。千繪は一気に脱力し、たまらず噴き出した。このなくしもの係はどうしてこんなにも絶妙なおかしみをくれるのか。

千繪はカウンターに肘をついて、守保に話しかけた。

「でも、その髪色、よく会社が許してくれましたね」

「あ、どうだろう？　許してくれてるのかなあ？」

守保はフニャッとアヒル口で笑い、くだけた口調で頼りないことを言い出す。若いのに支線の終点しかも無人駅でなくしもの係なんてやらされているのは、ひょっとしたらリストラ一歩手前の措置なのかもしれない、と千繪は急に心配になった。他人の心配をしている場合ではないのに。

守保はボールペンを持つ手を止め、なんでもないことのように言った。

「私は十代の頃、髪のない時期が何年かあって、カツラを愛用していたんですよ」

え？　髪？　唐突かつ意外すぎる話題に、うまく反応できない千繪を置いて、守保は淡々と話しつづける。

「でも私の頭の形は独特らしく、あんまり似合うカツラがなくてね。いろいろ試して唯一しっくりきたのが、赤い髪のカツラで。あ、しっくりというのは色じゃなくて頭の形的にですよ。赤い髪には最初すごく抵抗がありました」

守保は親指で唇をこするようになでて、「ふふ」と笑った。

「何かおかしいですか？」と千繪は思わず聞いてしまう。

「はい。おかしいです。だって私、ずっと不満に思ってたんですよ。なんで赤い髪のカツラしかなかったのかなあって。こんなの目立つし、似合わないし、本当に嫌だなって」

十代の頃を思い出したのか、守保は遠い目をした。顔つきが幼いので大学を出たばかりくらいに思っていたが、実は千繪より年上なのかもしれない。千繪はつるんとした守保の顔を見て、何歳なのか当てようとしたが、やはり大学生くらいにしか見えなかった。

ペンギンが千繪のそばに歩いて来た。ぐいぐいと体を押しつけてきた挙げ句、カウンターと千繪の足の間にスペースを見つけ、すっぽりおさまって目をつぶる。

そんなペンギンを愛しそうに見下ろしていた守保がぽつりと言った。

「だけどある日、気づいちゃったんですよね。赤い髪のカツラを選んだのは、他の誰でもない自分じゃないかって」

「自分……」

「そうなんですよ」と守保の口調が熱くなると同時にその薄い唇はとがった。

「赤がどうしても嫌なら、他のカツラを選べばいいのに、私は赤い髪のカツラを選んだ。頭の形に合うのがそれしかなかったから、なんて言い訳ですよ。赤い髪が本当に嫌だったら、少しくらい頭の形に合わなくても他のカツラにすればよかったんですから。私が選んだんです、間違いなく。赤い髪のカツラがいいって、自分で決めたんです」

「流されているようで、実は自分が決めていた……」

「そう。その証拠にほら、私は今でも地毛を染めて赤い髪にしてます。結局、好きだったんですよね」

守保はフニャッと笑い、カウンター越しに前かがみになる。根元まで染まったきれいな赤い髪が千繪からもよく見えた。

守保が元の体勢に戻るのを待って、千繪はカウンターに置かれたままになっていた『文博堂』の包装紙をそっとなでた。

「これ、ありがとうございました」

「いえいえ」

「あと、もう一つのなくしものなんですが……」

「どうしますか？」と守保の顔が真剣になる。千繪も負けずに真面目な顔になって言った。

「探したいです」

嘘ではない。誰かに遠慮したり、恐れたり、すり寄ったりしたわけでもない。正真正銘、千繪自身の本音だった。その言葉を聞くと、守保は赤い髪をゆらして「協力します」とニッコリ笑う。

「平さんのご主人が向かった方向からすると、おそらく外に出たのでしょう」

「外……」

「ご安心ください。海狭間は、フジサキ電機という企業の敷地内にある特殊な駅なんです。

だから、フジサキ電機の社員以外は改札を出た後、自由に出歩ける場所は一つしかない」

千繪は改札外の案内板に書かれていた海狭間駅の歴史を思い出してうなずいた。

「臨海公園ですね？」

「正解。急ぎましょう」

颯爽《さっそう》と出ていこうとした守保の後ろで、ペンギンが甲高い声で鳴いた。同時にビャッと勢いのいい音がして、さっきの魚の生臭さとはまた違う強烈なにおいが漂ってくる。

「あ……」

守保は眉を下げ、なんとも情けない顔で千繪を見た。

「どうしたんです？」とふりかえって、千繪も状況を察する。

「……ああ、やっちゃいました？」

「はい。食事と排泄《はいせつ》は切っても切り離せない関係ですから。ペンギンはトイレを覚えない生き物なので、仕方ないです」

守保は淡々と言い、リノリウムの床に散らばった白っぽい排泄物を処理すべく、バケツとデッキブラシをてきぱき用意しはじめた。

「というわけで、すみません。平さん、お先に行ってください」

千繪は心細くなったが、ふたたびゴム製のエプロンとゴム手袋をつけてデッキブラシで必死に床をこすりはじめた守保と、そんな守保を小首をかしげて見守っているペンギンの黒々とした背中を見ていたら、「わたしがしっかりしなきゃ」という気分になった。

仕方ないです。自分の人生ですから、自分で進まなきゃなりません。

千繪は心の中で守保の口調を真似してつぶやき、一人で引き戸を滑らし外に出た。


駅を出ると、すぐ正面に大きな工場があった。ここが鉄道の駅を一つ用意させてしまうほどの大企業フジサキ電機か、と千繪が立ち止まって眺めていると、通用門の前で直立していた男性警備員がウェッホンとわざとらしい咳払いをした。

ずいぶん目立つ警備員だ。千繪は思わずまじまじと見てしまう。まず背が高い。そして頭が大きい。顔や頭囲が大きいわけではなく、モジャモジャパーマが必要以上にボリュームを出しているのだ。強面の顔には警備員の制服より、ジャケットの襟が大きく、ズボンの裾が広がったレトロなスーツの方が似合いそうだった。

規則で喋ることを禁止されているのか、よほど無口なのか、モジャモジャ警備員は口を真一文字に結んだまま、顎をあげた。その顎で指し示された方向を見つつ、千繪は尋ねてみる。

「三十代前半くらいの男性が公園に行きましたか？」

コクコクとうなずく仕草だけ妙にかわいい。

「公園はこっちですね？」

コクコク。男は顎をめいっぱいあげてみせた。「そう、そっち」と言っているように。

「ありがとう」と千繪は会釈して、公園へ急ぐ。

フジサキ電機の社員でもないのにわざわざ海狭間駅の改札を出たがる人々のために作られた公園は、広い遊歩道といった方がイメージしやすい場所だった。広さはない代わりに長さがある。競技場で使われているような赤いゴム製の道は歩きやすい。遊歩道の両脇にはきれいに整えられた薔薇や椿の低木が立ち並び、道の途中には冬にもかかわらず色とりどりの花を咲かせている花畑があった。さらに適度な距離を空けて木のベンチ、スツールや鉄棒といった健康器具、子供向けの木製アスレチックなども置かれ、のんびり腰を落ち着けることも遊ぶこともできるようになっていた。

一時間に一、二本しかない電車の発着を待つことにとことん特化した公園だな、と千繪は感心しながらどんどん歩を進め、突き当たりまで来てしまう。

ちょうど海に面した陸地の突端となっているその場所は、周りを白い柵に囲まれ、芝が植えられ、入口には白いアーチまでついて、ガーデンウェディングができそうな広場だった。

ぐるりと見回すと、白い柵にもたれて、こちらに背中を向けている道朗の姿が目に飛びこんでくる。

千繪はなんとなく足音を忍ばせて近づいた。大きな声で呼びかけて驚かせてしまうのがためらわれたのだ。結果、ほぼ真後ろに来てから「やあ」と肩をたたくことになった。

道朗はビシイッと雷に打たれたように背筋を反らした後、おそるおそるふりむく。

「千繪ちゃんか……。脅かさないでよ」

「あ、ごめんなさい」

千繪は謝りながら、道朗が泣いてもおらず、暗くもならず、怒ってもいなかったことに、ホッとする。とりあえずの免罪符を得た気になって道朗と並ぶと、同じように白い柵にもたれて海を見た。

何から話せばいいだろう？　ちゃんと説明できるだろうか？　千繪が考えていると、道朗が柵から身を起こす気配がする。おそらく道朗はその責任感から自分が話をリードしようとしているのだろう。千繪にまた楽な道を通らせてくれようとしているのだ。それじゃいけない。千繪はあわてて口をひらいた。

「わたし、平さんに謝りにきたんだ」

道朗が体を向けて何か言いかけたが、千繪が「ごめん」と遮ると、途方に暮れたように肩をすくめる。

「その『ごめん』って何の『ごめん』？　千繪ちゃんが僕に嘘をついたこと？」

千繪がだまってうなずくと、道朗は「ハハハ」と乾いた笑いを漏らした。

「なら、僕も謝らなきゃ。僕も千繪ちゃんに嘘をついてた」

千繪は一瞬、道朗が何を言っているのかわからず、まばたきがゆっくりになる。はからずも二人してまったく同じタイミングで眼鏡を押し上げてしまった。

眼鏡の奥の道朗の目はかつてないほど暗い。その目で千繪の平らな腹を虚ろに見やり、疲れた表情を見せた。

「僕、本当は……どうしても……赤ちゃんが欲しいと思えなかった。ごめん」

「え」

「自分の子供はかわいいに決まってる。子供を育ててやっと一人前の大人になれる。夫婦と子供がいてこそ家族だ。それが家庭ってものだ。あたたかい家庭があってこそ人生に意味が出る……僕はずっとそんなふうに思ってきたから、妊娠が可能な既婚者はすべからく子供を作るべきだと考えてた。というより、やむをえない事情もないのに子供を持たない夫婦の気が知れなかった」

道朗は拳を唇に押しつけるようにしてしばらく考えていたが、思いきったように一息で言う。

「なのに、僕はどうだ？　千繪ちゃんから『妊娠した』と聞かされ、『やった』と喜んだのは最初の二日くらい。すぐに苦しくなった。自分が父親になること。千繪ちゃんが母親になること。家に赤ちゃんの声が響くこと。何もかもが信じられなくて、何もかもが……嫌だった。そんなふうに思ってしまう自分が信じられなくて、許せなかった」

千繪は目をつぶる。「千繪ちゃんはもう一人の体じゃないんだから」と事あるごとに言っていた道朗の目の中にあったのは、恐怖だったのか。甲斐甲斐しく千繪の手助けをしてくれたのは、罪悪感からだったのか。

「千繪ちゃん？」

道朗にギョッとされて、千繪は自分が涙を流していることに気づく。涙は千繪の感情を置いてきぼりにしたまま、次々とこぼれていった。

わたしは悲しいのか？　悔しいのか？　何で？

その答えを見つけるためには、自分自身につきつづけてきた嘘を見破ることから始めなければならなかった。

千繪は涙をぬぐい、静かに尋ねる。

「それは……わたしの赤ちゃんだからじゃない？　もし、理想の奥さんとの間にできた子供なら、平さんはもっとすんなり父親になれたんじゃないかな？」

「理想の奥さんって……」と道朗は絶句し、眼鏡の奥の目をせわしなく動かした。この人は変わらない。いつだって表情に出る。嘘のつけない人なのだ、と千繪はせつなく思う。

「ごめん。ちょっと考えさせて」

道朗は力なく白い柵から離れた。だらりと腕をさげ、黄色くなった冬の芝を爪先で蹴って、そのままアーチの方へと歩き出す。その丸まった背中に、千繪はあわてて声をかけた。

「待って、平さん」

千繪は心に張り巡らせていた嘘という名のバリケードが壊れていくのを感じる。

ああ、そうだ。わたしはずっと自分の心に嘘をついていた。

道朗が千繪との結婚を後悔しつつ、その責任感の強さから夫婦をつづけてくれていることに、本当はずっと前から気づいていたのだ。そしてそのことに深く傷ついていた。だから自分の心に嘘をついた。わたしだって別に好きじゃない。夫のことなんて全然愛していない。何度も何度も自分に言い聞かせた。夫婦になってからも、道朗のことをアルバイト時代と同じく「平さん」とよそよそしく呼んでいたのもわざとだ。心が傾くのを自分でセーブしていた。恋愛も結婚もわたしが選んだことじゃない、わたしは何も選べないから道朗についていくのだと、自分に言い聞かせてきた。不得意な家事を不得意なままにしていたのは、もともとものぐさな人間だってこともあるけど、別れを告げられた時の原因にしたかったのかもしれない。「女性として魅力がない」と言われるより「家事が下手だから」と言われる方がマシだと思った。

いつ別れを告げられてもいいように、準備をしているつもりだった。

でも違う、と千繪は激しく首を振る。嘘をついて、こんなことになって、ようやくわかるのが間抜けすぎて泣けてくる。

わたしは平さんのことが好きだ。いつ別れてもいいなんて思えない。

この気持ちが真実だ。でなければ今、道朗の背中を見送るのがどうしてこんなにせつないのか？　説明がつかない。

「行かないでよ、平さん」

千繪は追いかけようとして転ぶ。べしゃりと芝に膝をつき、ぶざまに四つん這いになった。ダッフルコートに黄ばんだ芝がくっつく。

道朗は一瞬止まりかけたが、また歩きはじめる。

「平さん」と千繪は立ち上がれないまま叫んだ。喉の奥がじんと痺れて熱い。

「わたしはあなたを選んだよ。自分で選んだ。平さんといっしょに歩きたいと思ったから、結婚したの。ついてきたの。平さんの言う通りにしてきたのも、嘘をついてまで平さんを喜ばせようとしたのも、好きだから。嫌われたくなかったから。わたしは選べないんじゃない。平さんといっしょにいたいから選ばなかったんだ。何かを選んで、平さんに『やっぱり違う』

って思われるのが怖かったから。『選ばない』ことを選んできた。愚かでバカだと思うけど、それしかやり方がわからなかった」

行かないで、と男性に向かって泣く日が来るなんて夢にも思わなかった。自分はそういうキャラじゃないし、自分と道朗はそういう関係ではないと思いこんできた。

「平さん、わたしは今、二人の赤ちゃんが欲しいとも欲しくないとも思っていない。わたしはただ、平さんとの関係をもっと育みたいと思ってる。もっといっぱい話して、本当の気持ちをたくさん話して、その結果、二人の子供が生まれたらすてきだし、子供のいない家族を作るのもすてきだと思う。どうしてもやっていけないなら別々の人生を歩むのもいい。二人で納得できたら、それがきっと二人の理想になる。だから、少しだけ、時間をちょうだい。今は……」

あなたに、ここにいてほしい。

口が裂けても言えないセリフのような言葉が、心の中で渦巻いていた。千繪はみるみる熱くなってくる頰を芝まみれの手でおさえ、ついでに眼鏡の位置を直す。

レンズ越しに眺める道朗は白いアーチをくぐろうとしていた。

もうダメか、と千繪が四つん這いのまま頭をさげた時、「あ、すみません」と透明感のある声がする。間が抜けているのか、癒しなのか、微妙なテンポで声はつづく。

「平さん、お忘れものです」

アーチの下、道朗の進行方向をふさぐように守保が立っていた。冷たい海風に身をすくませる守保の周りを、ペンギンがフリッパーを上下させてバランスをとりながらペタペタ歩き回っている。

守保が「これ」と高々と掲げた『文博堂』の包装紙を見て、千繪は「あーっ」と頭を抱えた。せっかく保管ロッカーから出してきてもらい、受領証まで書いたそれを、またカウンターに置き忘れていたことに気づいたのだ。

何やってんだ、わたし。

自分に腹を立てたついでに、足腰に力がこもる。千繪は四つん這いの姿勢からゆらりと立ち上がり、重いトートバッグを左の肩にかけ直して、アーチの方に向かって歩き出した。

守保とペンギンが邪魔でアーチから出るに出られず立ち尽くしていた道朗に並ぶと、千繪は守保から受け取ったなくしものを道朗に見せる。そして、ためらいもなく『文博堂』の包装紙を破って中身を取り出した。

「平さん、見て。これが、わたしのなくしもの」

「……履歴書じゃないか。千繪ちゃん、またアルバイトしたいの？」

怪訝そうに眼鏡を押し上げる道朗に、千繪は「違うよ」と首を横に振る。

「ちゃんと仕事がしたいんだ。正社員として就職したいの。無理かもしれないけど、がんばってみようと思ったんだ」

『文博堂』の店員から「何をお探しでいらっしゃいますか？」と尋ねられ、「あ、履歴書を」と答えた。とっさに出た嘘だと思っていた。だけど、ひょっとしたら違うかもしれない。心のどこかで自分に本当に必要なものだと思っていたからこそ、二度もなくしもの係を訪ねたのだと考える方が自然じゃないか？

「わたしが正社員として自立できたら、平さんに扶養義務がなくなるでしょう？　私に対する責任感から自由になって、そこから改めて考えてみてほしいんだ。わたしとの関係……この先も夫婦でいたいかどうか」

道朗は複雑な顔で口ごもり、うつむき加減になる。千繪は笑いかけた。

「あとね、単純に自分で選んだ会社に入ってみたいって気持ちもあるんだよ。きちんと責任を持って働いてみたいなって。子供の頃から何をしたいかわからないままぼんやり生きてきたわたしにそう思わせてくれたのは、平さん、あなただよ。あなたみたいな社会人に、わたしもなってみたいと思ったんだ。生まれて初めて『なりたいもの』ができたんだ」

ペンギンと目が合う。その真っ黒な瞳を見ていたら、前のめりになりすぎている自分に気づき、千繪は短い深呼吸をした。落ち着け。落ち着け。ちゃんと全部、正直に話すんだ。

「今までのわたしは、平さんの子供だった。平さん、大変だったと思う。一生懸命、守ってくれてありがとう」

「千繪ちゃん」

見つめ合う千繪と道朗の横で「ヘクチン」とかわいいくしゃみが聞こえた。二人の視線が飛んでくると、守保は首をすくめて赤い髪をもぞもぞ掻く。

「すみません。あの、ここ、寒くないですか？　この寒さを喜ぶのはペンギンくらいですよ。よかったら、なくしもの係まで戻りません？」

「それとも」と守保はわざわざ腕時計を目の高さまで持ち上げて眺める。

「あと五分で海狭間駅から電車が出るんですけど、それに乗って帰られます？　お二人の家に」

「五分！」

千繪と道朗の声がそろい、二人して同時に自分のスマホを取り出し、時間を確認する。顔をあげたのは、道朗が先だった。

「千繪ちゃん。履歴書の書き方わかるの？」

「え。う、うん。就活生の時に何回か書いたし、あ、まあ、書類選考で全滅だったけど」

千繪が新品の履歴書を不安そうに抱くと、道朗がその背中を押す。

「じゃあ、早く家に帰って書こう。書き上がったら、僕もいっしょに見直すよ」

「いいの？」

「就活がんばるんだろ？　使えるものは何でも使わなきゃ。人事部の夫も使いたおせよ」

「ありがとう。……じゃあ、面接の練習もお願いできる？」

「もちろん。ただし、まずは書類選考を突破しなきゃ。新卒採用を逃した遅れを取り戻すのは厳しいよ」

「がんばる」

「よし」と道朗は小さくうなずく。海風でごわつき、ますますハリネズミっぽくなった髪を手でおさえながら、守保に会釈した。

「駅員さん。僕達、帰ります」

守保はフニャッとやわらかい笑いを漏らして道をあけると、腕時計の盤面を道朗に向けた。

「急いで。あと三分」

「まずい」

道朗に促され、千繪も駆け足で白いアーチをくぐる。しばらく夢中で走ってから、あわててふりむいた。

海風に押されて斜めに傾《かし》いで立っている守保と、その横でオレンジ色のくちばしを天に向けて気持ちよさそうに目をつぶっているペンギンが見える。千繪が「ありがとうございました」と頭をさげると、守保は「もう、なくしものをしませんように」と答えて手を振ってくれた。二人の奥に白いアーチと芝の広場が広がり、白い柵の向こうには海が見えた。生憎の曇天だったが、海はぺかぺかと輝いている。その景色は、嘘から解放された千繪の目に、初めて色がついた世界のように映った。

思わず見惚《みと》れていた千繪の腕を、道朗がつかんで引っぱる。

「急いで、千繪ちゃん。電車が出るまで、あと二分切ったよ。これ逃したら、また一時間近く待ちぼうけだ。間違いなく、僕らは凍え死ぬぞ！」

「たしかに」

二人で手を取り合って、公園という名の長い遊歩道を走りつづける。その赤い道は、千繪がぼんやり踏み越えてしまったバージンロードからつづくマリッジロードなのかもしれない。淡々とつづいているように見えて、いつ終わりが来てもおかしくない、たよりない道。千繪は息があがって、何度も「もうダメ」と言いそうになっては耐えた。止まったら最後、二度と同じ道には戻れない気がしたのだ。

ようやく海狭間駅が見える。同時に視界に入ってくるフジサキ電機の通用門前では、モジャモジャパーマの警備員がさっきと同じ姿勢のまま立っていた。千繪が走りながら会釈すると、重そうな頭をゆらして微かにうなずいてくれる。

待合室を走り抜け、無人の改札を通って、道朗は「あと一分」と叫ぶ。そして改札でもたついた千繪をふりかえって待とうとした瞬間、足をとられて盛大に転んだ。

「平さん！　大丈夫？」

「平気。平気」

そうは言いつつ足首をひねったようで、道朗は痛そうに顔をしかめる。千繪は道朗に追いつくと、しゃがみこんで肩を貸した。

「この状態で『平気』だなんて……嘘はダメだよ、平さん」

「千繪ちゃん……どの口で言ってんの？」

「あ、ごめん。でもとにかく、行こう。せーのっ」

「うわ。無理無理。女性が男性を持ち上げるなんて無理だよ」

「やめて。わたし達、身長も体重もほとんど変わらないじゃない」

行くよ、と声をかけて、千繪は道朗と肩を組んだまま立ち上がる。実際、道朗は嫌になるほど軽かった。千繪はイチニ、イチニ、と声をかけながら、二人三脚の要領で進み、ホームへの階段をのぼっていく。

ホームから発車ベル代わりの『SWEET MEMORIES』のメロディが聞こえてきた。

「間に合わないかな」と道朗が情けない声を出す。

「大丈夫」と千繪が答える。

その言葉が嘘になりませんようにと祈りつつ、千繪は階段を踏みしめた。道朗を励ませば励ますほど、不思議な自信に満ちてくる。

大丈夫。わたし達は絶対に間に合う。わたし達はまだ手遅れじゃない。やりなおせる。

「あきらめないで」

千繪は自分の肩にかかった道朗の重みを受け止め、胸をはった。

第四章

スウィート
メモリーズ

怒髪天《どはってん》を衝《つ》くとはこのことだな、と潤平《じゅんぺい》は思った。電車のシートに座った膝頭が細かく震えている。貧乏ゆすりが止まらないのだ。

「あなた」

隣に座った鈴江《すずえ》がたしなめるようにささやく。どうせ「みっともない」とか思っているのだろう。

潤平は唾を飛ばしながら言い返した。

「うるさい。貧乏ゆすりくらいなんだ？　どうせこの車両には俺達しかおらん。誰の迷惑にもなっていないだろうが」

「それはそうだけど、そんなにイライラしないでほしいのよ」

鈴江は泣き笑いのような顔になる。上品にまとめた頭には白いものが目立った。

知らぬ間にずいぶん老いたな。潤平はふと気の毒になる。俺の母親に見えるというのはさすがに言い過ぎだが、これでは並んでも夫婦とは思われないだろう。

母親をこんなに老けさせて、ソウヘイのやつめ、まったくけしからん。

潤平は血がのぼったのかズキズキしはじめた頭をおさえ、上体をひねって窓の外を眺めた。

春の白い太陽を受けてキラキラ輝く海面と、その海面に臨むコンビナートがどこまでもつづいている。三両編成のオレンジ色の電車に乗り換えてから、ずっとこの景色だ。

「あんなに煙を吐き出しおって」

潤平は八つ当たり気味にコンビナートの高い煙突をくさした。

「工場というのはまったく無粋なものだな。問題になっとらんのか？　公害とか」

「今はいろいろ規制が厳しいですから、大丈夫でしょう。それにあなた……」

鈴江はコンビナートに目を向けて何か言いたそうに姿勢を正したが、結局何も言わなかった。すっと息を吐いて、視線を車内に戻してしまう。

潤平がさらなる怒りの矛先を探して視線をさまよわせていると、自動の音声アナウンスが終点の駅名を告げた。

「よし、海狭間だ。ソウヘイのいる駅はここだ。降りるぞ」

「あなた、落ち着いてくださいね。いきなり怒鳴りこむなんてことは」

「俺は落ち着いている！」

潤平はまったく落ち着いていない剣幕で鈴江を怒鳴りつけると、革靴を踏み鳴らしてドアに向かった。

海狭間駅は運行するたった三両の電車にふさわしい短いホームだった。夕方の海風は少し冷たく感じたが、スプリングコートもいらないくらいあたたかだった昼下がりの余韻がまだそこら中に満ちている。

「春なのねえ」と鈴江が髪をおさえ、感に堪えない調子でつぶやく。鈴江は四季のまっとうな移ろいに必要以上に反応するところがあった。潤平は妻のそういうところが嫌いではない。しかし、息子ソウヘイへの怒りで膨れあがった心に余裕はなかった。

「そりゃ春だろう。四月も半ばを過ぎて、桜もとっくに散った。これで冬だったら驚きだ」

「あら。ふふふ」

「笑うな、バカ。別に冗談を言ったわけではない」

「そうなの？　ごめんなさい」

申し訳なさそうに肩をすぼめる鈴江に、潤平はため息をついてみせた。本当は妻のこういう素直なところも嫌いではないのだが。

ホームの端からつづく階段をおりると、小さな改札があった。

「何から何までちっぽけな駅だな」

「ここは支線の無人駅ですから。利用される方の人数に合わせてあるのよ」

「そんなことはわかってる。ナントカって企業のための駅だろう？」

「フジサキ電機。業務用厨房関連機器業界でのシェアは、昭和の時代からずっとナンバーワンの座を譲ったことがないのよ」

やけに得意げに胸をそらせる鈴江を無視して、潤平はせかせかと改札を抜けようとしたが、目の前でゲートが閉まり、警報音が鳴り出した。改札前はいつも鈴江に持たせることにしている潤平のICカードがうまく読み取ってもらえなかったようだ。

「すみません」と条件反射のように謝ってから、鈴江はおっとり首をかしげる。

「おかしいわねえ」

「おかしいのは、おまえのやり方だろう！　ちゃんとやれ」

人任せの自分を棚にあげて、潤平が大きな声をあげると、改札の先に作られたロッジ風の待合室の出口からモジャモジャモジャパーマの男が顔を覗かせた。そのまま踊り出しかねないファンキーな頭だが、服装はいたって地味な紺色の制服だ。ここの職員だろうと思い、潤平は手をひらひらと振った。

「おお、ちょうどよかった。来てくれ。自動改札がちっとも自動じゃない」

モジャモジャパーマの男は面食らったように目を見ひらき、潤平を見つめる。それから鈴江のことも見たようだ。ふりかえらなくても、潤平の背後で鈴江がぺこりと頭を下げている気配が伝わってきた。

「早く来てくれ」と潤平が早々に痺《しび》れを切らして叫ぶと、モジャモジャパーマの男は我に返ったように首を横に振り、後ずさる。

「無理です。自分はフジサキ電機の警備員なので」

「なんだ？　鉄道会社の職員じゃないのか？」

「申し訳ありません。職務中なので私はこれで失礼します」

モジャモジャパーマはキレのいい敬礼をすると、髪型のせいで三倍は大きくなっていそうな頭をゆらして去っていく。礼儀正しいのかふざけているのか、判断がつきかねた。

潤平がモジャモジャパーマの警備員と話している間も耳障りな警報音は鳴りつづけ、ゲートは開かない。

「まだか？」

潤平がふりむくと、鈴江は必死に潤平のＩＣカードをかざしていた。

「困ったわあ」と全然困っていないように聞こえる言い方をする。潤平は「貸せ」と鈴江からＩＣカードを奪い取り、幼い日に遊んだメンコよろしく読み取り機に何度もたたきつけた。

「ダメだ。どうなっとるんだ、この機械は？」

潤平のかんしゃくが爆発しそうになった時、待合室の方から「今、行きますねー」と軽やかな声がかかった。その透明感のある喋り方は、パンパンに張りつめた空気を一瞬で抜いてしまう、やわらかな針のようだ。

やがて飄々と現れた赤い髪の青年を見て、潤平はうなった。赤い髪の青年もまた潤平の姿を目に留め、長い前髪をゆらすようにしてまばたきする。

「あなた」と声を押し殺した鈴江に袖をつかまれたが、振り払う。一気に血が逆流し、髪の毛が逆立つように思えた。怒髪天を衝くふたたび。潤平は拳を握って青年に飛びかかろうとしたが、閉じたままのゲートに引っかかる。

「ソウヘイ！　この……親不孝者が！」

改札のゲートに阻まれたまま怒鳴りちらす潤平を前に、赤い髪の青年は寂しそうに肩をすぼめて立っていた。


今日は頭痛で目が覚めた。枕元のアラーム時計を手に取ってみると、とっくに昼を過ぎている。潤平はあわてて起き上がった、深く眠っていたような気もするが、頭の芯に鈍い痛みが残っている。昨夜飲み過ぎたか、寝過ぎたか、考えながらベッドをおりて部屋を出たところで、廊下の突き当たりにあるドアがふと気になった。

ソウヘイのやつ、まだ寝てるのか？

息子のソウヘイの生活リズムは大学に入ってから乱れっぱなしだ。夜は遅くまで家に帰ってこないし、朝はいつまでも寝ている。たまに早起きだと思ったら、前夜から寝ていないときたものだ。世の大学生とはそういう生き物なのかもしれないが、我が家の一人息子としてそれでは困るのだ。

俺がたたき起こしてやるぞ、と寝坊した自分のことは棚にあげ、潤平はそのまま廊下を進み、突き当たりのドアをノックした。

「おい、ソウヘイ。もう昼だぞ。起きんか」

しかし、なんの反応も返ってこない。潤平はしばらくドアに耳をつけて様子をうかがっていたが、あっさりキレた。

「こら！　いつまで寝てるんだ？」

怒鳴りながら力まかせにドアノブをひねる。勢いよくドアはあき、力みすぎた潤平はよろけてそのまま部屋につっこんだ。

ひんやりとした空気が潤平を包む。

ソウヘイの部屋に、本人の姿はなかった。

カーテンはあけられていたが、窓は閉まったままだ。そのわりに若い男特有の青臭いにおいはこもっていない。きれいにふとんがたたまれ、カバーのしわを伸ばして整えられたベッドが目に飛びこんでくる。ぐるりと見回すと、壁には水着姿の女の子のポスターが何枚か貼られ、オモチャに毛の生えたようなちゃちなダーツセットがぶらさがり、小学校から使ってきた勉強机の上には英和辞典と漫画雑誌が広げられたままになっていた。ベッドとは反対側の壁側に置かれた本棚には清涼飲料のオマケらしいフィギュアのボトルキャップがずらりと並んでいる。ちょっとしたコレクションのようで、本よりも確実に目立っていた。

そこは間違いなくソウヘイの部屋だったが、潤平は息子の痕跡がほとんど残っていないように感じてしまう。昨日今日だけの不在には思えない。

潤平は戸惑いながらクローゼットに手をかける。あけたとたん「何だ？」と声が出た。

クローゼットにかかっているソウヘイの洋服がほとんどなかったからだ。三箱まとめて積み上げてある衣装ケースの中も空っぽだった。

がらんとしたクローゼットを前に潤平はあえぐような息をする。

やはり自分の受けた印象は正しかった。ソウヘイはとっくに家を出ていったらしい。潤平は不安と焦りがじわじわと頭を締めつけてくるのを感じてこめかみをおさえ、脂汗を流した。

「鈴江！」

気づくと大声で妻の名前を呼んでいた。

鈴江はソウヘイの部屋の真ん中で仁王立ちしている夫を見て一瞬言葉を失ったようだが、すぐにうつむき加減になって襟足をなでつけ、「どうしました？」と尋ねてきた。

「どうもこうもあるか！　ソウヘイがいない」

「ええ」

「何を落ち着いている？　おまえは知っていたのか？」

「あなたも知っておられたでしょう？」

鈴江の丸い瞳にじっと見つめられ、潤平は言葉に詰まる。そういえば、あるいは、そうだったかもしれない。俺がうっかりしていただけか。寝ぼけたか。

「大学はどうしているんだ？」

潤平の問いに、鈴江の目が泳ぐ。潤平のこめかみにたちまち青い筋が浮き出てきた。

「行ってないのか？　まさか辞めたのか？」

「……あなたも知って」

「俺は知らなかった」

潤平は今度は自信を持って断言する。知っていたら、誰が許すものか。潤平がぎろりと渾身の睨みをきかせると、鈴江はしおしおと背中を向けた。潤平はその脇をすり抜けて部屋を出る。パジャマを脱ぎ捨てながら廊下を歩いて自分の寝室に戻った。

「早く支度しろ」

「え？　今日は午後に宅配便が届くのよ」

廊下から聞こえてくる鈴江ののんきな返事に、潤平はまた苛立った。

「バカ！　宅配便と息子、どっちが大事なんだ？　ソウヘイを連れ戻すのが我が家の最優先事項だ。家出した挙げ句、親にだまって大学を辞めるなど身勝手すぎる！　許されることじゃないだろうが」

潤平の落としたパジャマを拾いながら、鈴江があわてて追ってきた。

「でも、連れ戻すと言ったって、あの子がどこにいるか、あなたは知っているんですか？」

「心当たりはあるぞ」

言ってから、自分でも「え？」と首をかしげてしまう。

俺は息子の所在を知っているのか？

「前に偶然見かけたのだ」

ひとりでにつづいた自分の言葉に、自分で納得した。そうそう、そうだった。俺はあいつを見かけたのだ。

「海狭間という駅だ」

言いながら、駅の外観や息子の様子を具体的に思い浮かべようとしたが、頭の中を薄い膜が覆っているように何も見えてこない。やれやれ。まだ頭がうまく働かないようだ。休みとはいえ昼過ぎまで寝ているものじゃないな。

潤平は自分のクローゼットをあけながら、頭を振る。脇に控えていた鈴江が手を伸ばし、てきぱきと靴下や洋服を出してくれた。

そして潤平は鈴江に海狭間駅への行き方を調べさせ、家を出て、電車を乗り継ぎ一時間もかけてやって来た。鈴江は乗り換えで待たされるたび、潤平の機嫌をうかがい、何度も「タクシーを使わない？」と提案してきたが、当の潤平がことごとく却下した。たしかに待たされることは嫌いだったが、車に乗るのはそれ以上に大嫌いだったし、何よりコンビナートと海に挟まれた海狭間駅へは電車でしか行けないと駅員に聞いたからだ。

ソウヘイは自動改札のゲートをひらくと、ICカードの異常を戻して潤平に返し、潤平と鈴江を待合室の隣にある『なくしもの係』のオフィスに招き入れた。隣のオフィスといっても、待合室の壁が横にスライドしていきなり現れる、からくり屋敷のような部屋だ。

窓はないのに、どこからか風が流れ、どことなく空気が生臭い。潤平はことさら鼻を鳴らし、「くさいぞ」と言って、鈴江から小突かれた。

「ごめんなさい。ちゃんと掃除はしているんですが」

ソウヘイは首をすくめて申し訳なさそうに謝る。赤い髪がさらさらとゆれた。

「そんなチャラチャラした髪の色にしおって、世の中になんの不満があるんだ？」

「不満なんかないです」

「だろうな！　親の金でちんたら大学生やってられる気楽な身分から、さらに気楽なプータローになったんだからな。これで不満があったら、ブン殴ってやる」

肩を怒らせる潤平を鈴江が押しとどめ、「プータローじゃありませんよ」と口を挟む。

「ここで働いているんでしょう？　働いている人はプータローじゃないわ」

「ねえ？」と鈴江に同意を求められ、カウンターの向こうに立つソウヘイが困ったように笑った。フニャッと空気が漏れるような間の抜けた笑顔だ。愛嬌のある顔立ちだが、幼く見え、男としての威厳はまったく感じられない。

情けないやつだ。

潤平はへの字口のまま真正面からソウヘイをじっくり眺める。髪の色こそ赤だが、髪型はいたって普通で逆立っているわけではない。珍妙なメイクをしているわけでもない。服装にも乱れはなく、グレーのジャケットにモスグリーンのズボンという制服をきちんと着ていた。ダサイくらいのその几帳面な着こなしを見て、潤平は思い出す。そういえば今まで、ソウヘイに反抗された記憶がない。いい子だった。自慢の息子だった。なのに、ここにきてなぜ？

「大学をなぜ辞めた？」

ソウヘイは答えない。潤平はこめかみをおさえ、質問の方向を変える。

「ここでどんな仕事をしている？　駅員か？　よく大学中退者を雇ってくれたもんだな」

「僕は大和北旅客鉄道の職員です。波浜線遺失物保管所に勤めてます」

「イ、イシツブツ？　なんだって？」

声が大きくなる潤平に微笑み、ソウヘイは人さし指を上に向けた。天井からつるされた緑のプレートに『なくしもの係』と書いてある。

「要は、なくしものを扱う職場です。乗客や駅を利用したみなさんがなくしたり拾ったりしたものを預かり、返したり返さなかったりする仕事です」

「返さなかったらダメだろうが」

潤平が掌をカウンターに打ちつけても、ソウヘイはフニャッと笑ったまま何も言わない。潤平は唇を真一文字に結び、鼻から息を吐いてソウヘイから視線を外すと、彼の働くオフィスを見回した。

天井も壁も白いオフィスはその面積の半分以上を大小様々なロッカーに占められている。特にカウンターで仕切られた奥側がやけに狭く見えた。ロッカーの隙間に埋めこまれるように二つ並んだPC机の上には、それぞれ薄いPCがセッティングされ、軽い事務作業をできるスペースもあった。つきあたりの壁には駅のホームで見かけるような大きな時計がかかっており、その斜め下には銀色の大きな扉が見える。

冷蔵庫か？　あの大きさだったら、FR－150ZTタイプだが、そのわりには扉が二つだけだな。特注品かもしれん。

とりとめのない思考の中にとつぜん見慣れない英数字が飛び交い、潤平はおどろいて頭を振った。結婚してから家事も育児も鈴江に丸投げしてきた自分が、なぜ今さら冷蔵庫に興味を持つ？　潤平は呆れた。

どうしても気になる銀色の扉から無理やり視線を離して、ふたたびソウヘイを睨む。

「ここがおまえの戦場なんだな」

「オフィスです」

「仕事は面白いか？」

潤平のこの質問に、ソウヘイの顔がパッとかがやく。

「はい。好きです」

即答だった。潤平は不覚にも気圧《けお》されてしまい、口をパクパクさせる。ソウヘイに見られているのを知って、あわてて頬を引き締めた。父親は威厳がすべてだ。

まったく、我が息子ながら、こいつには脱力させられる。父親が怒鳴りこんできても、あわてず、騒がず、言い訳せず、フニャフニャ笑っていられる余裕はどこから来るんだ？　こいつと向き合っていると、怒っているのがバカらしくなってくるではないか。

潤平の気勢がそがれるのを待っていたように、ソウヘイは上体をひねって壁の時計を指さした。

「僕、あと一時間ほどであがれます。勤務が五時半までなんで。話はその後でもかまいませんか？」

コキッと音がしそうなほど小気味よく首をかしげるソウヘイに、思わずうなずいてしまってから、潤平はあわてて付け足した。

「俺はこんな仕事は認めんぞ」

「あら。なくしもの係の何がいけないの？」

うつむいて存在感を消していた鈴江がいきなり声をあげる。潤平は「そりゃそうだろ。ソウヘイには」と言いかけ、ふと口ごもる。

「もっと……似合いの、いや、ふさわしい、仕事が、ある……はずだ」

それはなんなのか？　潤平はとっさに思い浮かばず、言葉はうやむやのまま尻すぼみになった。しかし、ソウヘイと鈴江は、潤平から視線を外さない。二人が次の言葉を待っていることがわかり、潤平はことさら大きく舌打ちして、きびすを返した。

「ちょっとあなた、どちらへ？」

「うるさい。俺は待つのが嫌いなんだ。散歩でもしてくる」

「散歩といってもこの駅は……」

「おい！　ドアがあかないぞ」

潤平が戸に手をかけて必死に押しながら叫ぶと、ソウヘイがつかつかとカウンターからまわってきて戸をスッと横に滑らせた。しまった。そうだった。ここの戸は横にひらくのだ。潤平は顔が熱くなるのを感じつつ、への字口のまま「変なドアを作るな。まぎらわしい！」と八つ当たりして出ていく。

「いってらっしゃい。また後で」

背中にソウヘイのやわらかい声がかかったが、潤平は意地でもふりむかなかった。

なくしもの係のオフィスを出て、ロッジ風の待合室を抜けて外に出る。細い道路を挟んですぐ向かい側に大きな工場がそびえていた。ミントグリーンの平たい屋根が奥に向かっていくつも並んでいる。かなり大きな企業らしい。電車の窓から見えたコンビナートの一つだろう。

工場の方からふわりといい香りがしてきた。身をかがめてうかがうと、門の鉄格子の隙間から青い芝と色とりどりの花にあふれた花壇が見える。鈴江であればここで「工場にも春が来たわねえ」とかなんとか当たり前すぎてなんの面白みもない一言をやたら感慨深く漏らすのだろう、などと思いながら潤平は道を渡り、工場の通用門へと近づいていった。

門の前では、自動改札で見たモジャモジャパーマの男が手を後ろに組んで姿勢よく立っている。そういえばさっきナントカって会社の警備員だと言っていたな。潤平は門柱に埋め込まれたプレートに視線をめぐらせ、『フジサキ電機』という会社名を確認した。

モジャモジャパーマはためらいなく近づいてくる潤平を見て、あわてて敬礼した。礼儀正しいのかふざけているのか、やはり微妙なところだ。

「まだ仕事は終わらないのか？」

潤平が話しかけると、モジャモジャパーマは戸惑ったように左右を見回してから、小さな声で「はい」と答えた。

「どうした、その声？　風邪でも引いているのか？」

「いえ。あの一応、就業中の私語は規則に反しますので」

モジャモジャパーマは左右の人さし指を交差させてバッテンを作ると、口の前に持っていく。強面の中年男のくせに案外気の弱いやつだ、と潤平は愉快になった。

「名前は？」

「………………」

「きみの名前だ」

「門賀《もんが》、です」

「よし。では門賀君、俺をこの門の中に入れてくれんか？」

潤平としては見た目と性格にギャップのある中年男を退屈しのぎにからかったつもりだったが、門賀はすぐさま後ろに組んでいた手をほどき、頭をモサモサゆらしながら門をあけてくれる。

「いいのか？」と逆に潤平が焦ってしまった。

門賀は大きくうなずくと、ふたたび手を後ろに組んで背筋を伸ばす。警備員の仕事に戻ったようだ。部外者をあっさり入れる一方で、生真面目すぎるほど真面目に仕事をこなしている。何だ？　大真面目にふざけているのか？　そうなんだな？　よし。そっちがそうなら、こっちだって応じてやろう。

「悪いね」

潤平はなるべく平静を装うと、大手を振って社員専用の通用門からフジサキ電機の敷地に入りこんだ。

とりあえず道沿いに奥へと進んでみる。並んだ工場からはドリルの音も話し声もしなかった。時折、ガシャーンという謎の金属音がししおどしのように規則的に響いてくるだけだ。

潤平は時間を確認しようとして、腕に何も巻かれていないことに気づく。やれやれ、腕時計を忘れたか。まあいい。どうせ業務終了時にはサイレンだか音楽が鳴るだろう。そしたら、帰路につく工場員たちにまぎれて帰ればいい。

気を大きくした潤平はどんどん奥に進んだ。各工場へつづく道はどれもわざと蛇行し、その両脇をやわらかそうな芝が埋め尽くしている。西洋の屋敷や城にありそうな庭園の眺めだ。芝の広場にはそこここに花壇が作られていた。花壇の位置は蛇行する道を歩く者の視線の動きにちゃんと合わせてあるのがわかる。潤平はなんていい散歩道だろうと歩きながら感心した。

フジサキ電機の敷地は広く、尽きない眺めがある。潤平は一息ついて道を逸れ、芝の広場に植わった一本の若木の横に腰をおろした。潤平の背を少し越す程度の高さしかないこの若木は、植樹碑によると去年の春に植樹されたばかりで、『庭桜』という名の桜の木らしい。今年は花を咲かせることができたのだろうか？　潤平は緑の若葉が頼りなくなびく細い木をなでながら、そういえば今年は桜の花を一度も見なかったなと気づいた。

春という季節を代表するイベントである花見を、あの鈴江が夫婦の予定に入れないはずはないのだが、忙しかったのだろうか？

潤平は桜の若木の横であぐらを掻いたまま頭に手を回し、こめかみからつむじにかけて指で頭皮を揉んでいく。こうすると、少し頭が軽くなる。起きた時から驚きと怒りの高波が交互に押し寄せて、疲れてしまったのだ。「親不孝息子め」と潤平は言い捨て、深く息を吐いた。

頭皮マッサージを終えると、両手を後ろについて足を投げ出してみる。芝は昼間の太陽のおかげであたたまっていた。気持ちいい。つい顔がほころぶ潤平の頬をなでた風は、海のにおいがした。

今や潤平はすっかりくつろいでいた。ともすると、ここが工場の敷地であることを忘れそうになる。公園や丘でピクニックしているようで気持ちよかった。ソウヘイに対する怒りも少し落ち着いてきた気がする。

「工場の中でこんなにリラックスできるとはな。俺も安くあがる男だ」

潤平は自嘲気味につぶやき、ふと首をかしげた。このままずっとここにいて、風の中に海を感じ、たくさんの人間が働いている音をいつまでも聞いていたいと思っている自分に気づいてしまったのだ。その衝動とも呼ぶべき気持ちがどこからくるのか、潤平自身にもよくわからなかった。

「やれやれ。知らないうちに工場マニアにでもなったか？」

潤平は苦笑して整備された道に視線を戻すと、「むう」と変なうなり声を発したまま、しばらく息を吸うのも忘れてしまう。

蛇行する道を、えっちらおっちら体を左右に振って歩いてくる動物が見えたのだ。

白い腹に黒い背、真っ黒でつぶらな瞳、ぽってりとした曲線を描く体つき、前に突き出たくちばしや水掻きのついた足は鳥のようだが、空は飛べない。いちおう翼のような形をしているフリッパーだが、空ではなく水中で威力を発揮するように作られているのだ。そんな体のパーツ一つ一つが愛嬌と親しみを持って迫ってくる動物、ペンギン。

「本当にペンギンか？」

潤平は目を強くつぶってから見ひらくという動作を数回くり返した後、「本物だ」とうめいた。

その間にも、ペンギンは足を進め、どんどん潤平の近くにやって来る。間近で見るペンギンの姿からは、かわいらしさの他に威厳も感じられた。「タキシードを着たような」とはよく言ったものだ、と潤平は思う。

潤平の視線に気づいているのかいないのか、ペンギンは相変わらずえっちらおっちら歩きつづける。潤平は首をまわしてペンギンの背中を見送った後、空を眺め、花壇に視線を送り、鼻歌を歌った。そして、「いや、我慢できん」と叫んでおもむろに立ち上がった。

「何なんだ？　何で工場にペンギンがいる？　おかしくないか？」

潤平はもつれる足を運んで道に飛び出す。さいわい、まだあまり離れていないところに、左右にゆれるペンギンの黒い背中があった。みっしり生えそろった毛が角度によってつやつやと輝いて見える。ペンギンは時折立ち止まっては、暑そうに天を仰ぎ見ている。春の太陽はだいぶ傾いていたが、まだまぶしいようだ。

「愛らしい」

潤平は無意識につぶやいてしまった自分が恥ずかしくなり、「違う。違う。今のはナシだ」と両手で空を掻いた。その騒々しい気配に、ペンギンはチラリと後ろをふりかえったが、すぐにまた歩き出す。特に驚いたりあわてたりしている様子はなく、堂々というか飄々というか、実に憎めない態度だ、と潤平は頬をゆるめた。

ペンギンが逃げないことに気をよくして、潤平は後をついていってみることにした。思わぬ散歩になりそうだ。風に乗る花と海のかおりを深々と吸いこんで、潤平は自分が今、心の底からわくわくしていることに気づく。ずいぶん久しぶりに味わう感覚だった。

ペンギンはてきぱきとは言いがたい足取りながら着実に歩を進めてゆく。当たり前のように工場の通用門から出て、海狭間駅に向かった。潤平はフジサキ電機の警備員である門賀にペンギンと工場の関係について尋ねてみようと思っていたが、急ぎの用事でもあったのか、通用門の前に立っているはずの姿が見えない。

当てがはずれた潤平は「間の悪いやつめ」とひとしきり門賀をくさして、ペンギンを追いかけた。

ペンギンはロッジ風の待合室で一瞬止まって、そりかえるようにして壁を見上げた。視線の先には、一時間に一、二本しか走っていない支線・油盥線の時刻表が貼られている。

時刻表を確認しているのか？　まさか！

潤平がぎょっとしている中、ペンギンは姿勢を戻すと、ペタペタ足音を立てて自動改札をくぐり抜けた。ゲートは閉まらない。人間は止めるくせに、ペンギンはフリーパスか？　潤平は舌打ちしながらズボンのポケットを探る。さきほど鈴江から奪い取ったＩＣカードが入っていた。

「今度は閉まるなよ」

潤平は自動改札の読み取り機に言い聞かせるようにつぶやき、そっとＩＣカードをかざす。潤平の祈り半分脅し半分の願いが叶い、ゲートは閉まらず、ぶじ通ることができた。

この頃にはもう、ペンギンの歩みの先に何があるのか？　潤平は気になって仕方なくなっていた。

だから、ペンギンにつづいて階段をのぼり、ホームにオレンジ色の電車が停まっているのを見た時も、ペンギンが両足をそろえてピョンとジャンプしてその電車に乗りこむのを見た時も、特に迷ったりせず「ならば俺も」とつづいて電車に乗ってしまったのだと思う。

ドア付近に立ったまま海を眺めているペンギンを横目で見つつ、ロングシートの真ん中に腰をおろした瞬間、鈴江やソウヘイの顔がよぎったが、発車ベルの代わりにホームに流れた美しいメロディに気を取られて、すぐに忘れてしまった。

「なつかしい曲だな」

そんなひとりごとを言ってみたものの、潤平はその曲名も歌っていた人間も思い出せないのだった。


ペンギンは油盥駅で本線・波浜線と合流してわりと混んできた車内でも涼しい顔で自分のスペースを確保しつづけ、やがておおぜいの乗客といっしょに美宿《みしゅく》駅で降りた。波浜線は美宿駅以降、都心へとつながる路線に乗り入れるため、どこまで行くのか内心ひやひやしていた潤平はホッと息をつく。そして、人間に交じって改札口へと向かう流れの中にいるペンギンの後ろ姿を懸命に追いかけた。

電車内では、乗客が誰もペンギンに注目していなかったのが印象的だった。時の止まった世界で、自分だけが動いている気になる。潤平はこらえきれず、隣に座ってスマホをいじっていた中年サラリーマンに顔を寄せ、「ドア付近でペンギンが立っているように見えるんだが、俺の目がおかしいのかね」と話しかけてしまった。

中年サラリーマンはスマホから顔をあげ、胡散臭《うさん》そうに潤平を見つめる。さいわい、潤平の容姿や雰囲気はサラリーマンにとって身構えなくてはいけない対象ではなかったようだ。顔つきがやわらぎ、口調が丁寧になった。

「いいえ、おかしくないです。ペンギンは本物ですよ」

目をむく潤平をおかしそうに見返し、サラリーマンは尋ねる。

「もしかして、ペンギン鉄道に乗るのは初めてで？」

「ペンギン鉄道？」

「ええ。大和北旅客鉄道の路線ではこういう光景が日常茶飯事らしくて、いつからかそう呼ばれるようになったんですよね。僕自身、ペンギンと同車するのは今日で四度目かな？」

潤平は「そうだったのか」とうなずき、だまりこむ。地域に同化しているペンギンに感心しつつ、少し肩すかしも食らっていたのだ。ペンギンとの出会いをことさら特別に考えていた自分が恥ずかしく、面白くなかった。

海狭間駅と同じくフリーパスで美宿駅の改札を抜けたペンギンは、人通りの多い駅のコンコースをしっかりした足取りで歩いていく。電車内よりさらにおおぜいの人間が集まる大きな駅では、ペンギンに気づいて立ち止まったり、携帯やスマホでその姿を写している者もいたが、やはり大半の者は当たり前の顔で追い抜いたり、すれ違ったりしていた。ペンギンに目を留めた者の中にも不用意に触ったり追いかけたりする者はいなかった。

「さすがはペンギン鉄道の利用者達だな」

潤平は満足してうなずく。そして自分は好奇心をむきだしにしたまま、ペンギンの尾行をつづけるのだった。

コンコースを抜けたペンギンは西口から外に出る。駅の西側には地方デパートや映画館の入った巨大ショッピングモールやボウリング場などの商業施設が並び、地元で有名な文房具専門店『文博堂』の大きな看板が目立っていた。西口正面にはバスのロータリーがあったが、ペンギンはバスを利用しないようだ。並んでいる人々を横目に歩きつづける。

バスが行き交う幹線道路沿いの並木道を五分ほど進むと『みしゅく水族館』という看板が目に入った。まさか！　と思ったが、そのまさかだった。

ペンギンはえっちらおっちら体をゆらして、水族館に入っていったのだ。

「ここが家か？」

潤平は信じられない思いで、しばしその場に立ち尽くしてしまう。毎朝、ペンギンが人間のように電車に乗って工場へ出勤していく様子を想像すると、だんだんおかしくなってきた。潤平は笑いを嚙み殺すのに苦労しながら入場券売り場へ向かう。

窓口まで来て、財布を忘れてきたことに気づいた。スプリングコート、ズボン、ベストからシャツまで、ポケットというポケットをすべてまさぐったが、出てきたのはＩＣカード一枚きりだ。

「いかん。金がない」

潤平が無念さをにじませてつぶやくと、さんざん待たせてしまった窓口の若い女性が「大丈夫かもしれませんよ」ととびきりの笑顔で言ってくれた。えくぼができて、大変かわいらしい。

「しかし、財布が」

「ＩＣカードの電子マネーが使えるんです」

「なるほど」

潤平は重々しくうなずいたが、実は女性の言葉の意味がさっぱりわからなかった。わかっていないことを悟られないよう、女性にうながされるままＩＣカードを手渡す。

表情を変えるたびぺこっぺこっとえくぼのできる女性は、潤平のＩＣカードを小さな機械に通した後、また微笑んだ。ぺこっ。

「大丈夫です。残高でお支払いいただけます。どうなさいますか？」

「払おう」

なんの残高だ？　と問い詰めたい気持ちは山々だったが、潤平は咳払いと共にうなずく。せっかく追ってきたのだ。ここでもたついて、ペンギンを見失うわけにはいかない。水族館が家なら家でいい。くつろいでいる姿を見てみたい。

窓口の若い女性に勧められるままナイトパスとやらを購入した。午後五時からの入場は昼間よりも五百円ほど安くなるらしい。潤平はとっさに腕時計を見ようとして、腕に何も巻かれていないことを思い出す。

「すまない。今、何時かね？」

「午後五時四十五分ですね。午後六時からスタジアムの方でイルカ・アシカショーがございます。午後六時半からはふれあいパークの方で『きゃらめるアウト』の無料ライブがありますよ」

「きゃらめるアウト？　珍妙な名前の海洋生物がいたものだな」

潤平のつぶやきに、窓口の女性はころころと笑った。

「海洋生物ではありません。人間です。アイドルユニットみたいですよ」

「なぜ水族館に来て、アイドルを見なきゃならんのだ！」

人から笑われることの大嫌いな潤平は、気色ばんだ顔を隠そうともせず声を荒らげた。窓口の女性が口を「あ」の形にあけたまま眉をさげるのが見えたが、かまわずきびすを返し、水族館に向かう。

窓口で思いがけず時間を食ってしまったため、水族館の扉をくぐった時にはもうペンギンの姿は影も形もなかった。

潤平は焦ってあたりを見回しながら薄暗いトンネルのような通路を歩き、壁一面がすべてガラスとなっている巨大水槽のフロアに出る。水槽の中ではサメ、カメ、エイ、イワシの群れなどが思い思いのコースやスピードで泳いでいた。

その迫力ある眺めに、潤平はペンギンを探していることを忘れ、しばしポカンと口をあけて立ち尽くす。やがて、室内の暗さと水槽の大きさに目が慣れ、周りを見る余裕が出てくると、このフロアにペンギンはおらず、いるのは人間の若い男女ばかりだということに気がついた。

どうやら夜の水族館は定番のデートスポットらしい。フラッシュを焚かなければ撮影も可能なので、水槽の前には海洋生物を背にした女達がずらりと並び、一段高い見物スペースに陣取った男達は見栄えのいい生物が寄ってくるたびカシャカシャとシャッター音を響かせていた。

「くだらん」

潤平は鼻を鳴らし、たてつづけに頼まれた恋人達のツーショットのためにシャッターを押す係を「急いでいるから」と無下に断ってフロアを横切る。

「やれやれ。最近の若い男は女の機嫌をうかがってばかりだ。情けない」

　ぶつぶつ言いながら角を曲がると、海中トンネルとなったエスカレーターが現れ、またもや驚かされた。さっきの巨大水槽の中をエスカレーターで上がっていける構造になっているらしい。

　潤平はおそるおそるエスカレーターのステップに乗り、視線をめぐらせる。天井を仰いで優雅に泳いでいくエイの腹を見られた時には思わず「おおお」と声が漏れてしまった。

　あわてて口を押さえたが、上のステップから視線が飛んでくる。何なんだ？　少しくらい感情が昂ぶったっていいだろう？　潤平がむっつり顔をあげると、後ろ向きにステップに乗って、ふしぎそうな目で潤平を見下ろしている小学生くらいの男の子と目が合った。

　潤平の顔がよほど怖かったのだろう。男の子はあわてて進行方向に向き直ると、隣に立つ父親らしき男性の手をギュッとにぎる。

　ははは。意気地のないやつめ。

　潤平は笑いを噛み殺し、ふと真顔に戻ってまばたきを早めた。手をつなぐ父子の背中に見覚えがあるような気がしたからだ。

　はて。どこで見たんだったかな。潤平が首をひねって思い出そうとしている間に、海中トンネルは終わってしまった。

「あ。くそっ」

潤平は舌打ちすると、迷わず階段を使っておりて、巨大水槽のフロアを抜け、もう一度エスカレーターに乗ってみるのだった。何度乗っても海中トンネルは楽しく、潤平は周りの子供達の誰よりも目をかがやかせてしまう。

結局、計四回も海中トンネルをくぐり、やっとあたらしいフロアに進んだところで、スタジアムにてショーが始まるとの館内放送が入った。

窓口の女性が言っていたイルカ・アシカショーのことだろう。潤平は目を走らせ、ペンギンが周囲にいないことを確認すると、『スタジアム』と書かれた案内板に沿って進むことにする。ショーが見たくなったわけではないぞ、と自分で自分に言い訳した。


屋上にあるスタジアムの硬いベンチに腰かけると、潤平は自分がずいぶん疲れていたことに気付く。ふくらはぎから太股にかけてじんわり痺れ、革靴もだいぶきつく感じた。足が全体的にむくんでしまったらしい。おまけに腰も痛かった。

「歩きすぎたか」

潤平は腰を揉みながら、スタジアムを見回す。スタジアム全体は真っ二つに割れたすり鉢のような形をしており、階段状に設置された観客席の一番底に、深いプールとステージがあった。プールと一番下の観客席との間には通路が作られており、明らかにアシカサイズの表彰台がセットされている。天井は半分野ざらしで、プール側半分はテントがはってあった。テントの天井からはボールや輪っかが吊られている。ショーが始まったらこれらの位置をもう少し下げて、よく訓練されたイルカやアシカ達に芸をさせるのだろう。

じわじわと広がってきた腰の痛みに、潤平は目をつぶる。痛みは徐々に上半身へ這いのぼり、肩を越え、首と顔の側面を通って、ついに頭まで達してしまった気がする。起きた時からぼんやり感じていた頭痛が急にはっきりとその痛みの形を現しはじめた。

潤平は低くうなって、腰を揉んでいた手で左右のこめかみをおさえ、親指を力いっぱい押しこむ。別の痛みを加えなければとてもがまんできそうにない、とがった痛みが頭の中を走り抜けていった。

その時、客達の拍手と歓声が起こる。下のステージに二頭のアシカを伴った飼育員が現れたのだ。

「こんばんはーっ。みしゅく水族館へようこそっ」

マイクを通して反響する元気な声に、客達は盛り上がる。困ったことに、潤平がなんとか鎮めようとしている痛みもまた盛り上がってしまうのだった。潤平はたまらず、こめかみをおさえていた指を耳の中に突っこんだ。

平日の午後六時という時間帯のせいか、スタジアムの席はあまり埋まっていない。一列のベンチにつき客一組くらいでゆうゆう座れた。潤平も一人で一列を占領している。おかげで、体の変調を周りの客には気づかれずに済んでいた。

潤平にとって赤の他人に気遣われることは、弱いと見なされたことになるのだ。屈辱を覚えてしまう。できるだけ避けたかった。

結局、潤平は倒れてしまわぬようきつく目と耳を閉じてショーを乗り切るのに精一杯で、アシカがすべての輪を首にくぐらせた輪投げも、鼻先でボールを回すところも、前足をついて逆立ちし、尾ひれを振るユーモラスな挨拶も見逃してしまった。イルカにいたっては、その高いジャンプに客達があげる歓声しか聞いていない。

「それではみなさん、お気をつけて。館内にはまだまだ海の仲間達がたくさんいます。ぜひ見ていってくださいね」

元気な飼育員がマイクの電源を切るのを待って、潤平がおそるおそる目をあけてみると、すでに客達は席を立ち、スタジアムの出口に向かっているところだった。出口は一番上にあるため、客達は列を作ってベンチ脇の階段をのぼってゆく。

潤平はようやく痛みのやわらいできたこめかみから手を離し、あらためてアシカもイルカも飼育員もいなくなったステージとプールを見下ろした。

前の方から声を押し殺した会話が聞こえてくる。

「ねえ、平さん。ペンギンが歩いてる……」

「歩いてるね」

「……あの子、海狭間駅にいたペンギンじゃない？」

「まさか」

「でもすごく似てるよ。頭に白い筋が入っているところとか」

「千繪ちゃん……。あの白いカチューシャのような模様は、ジェンツーペンギンという種類全体の特徴だから。さっきペンギンコーナーで説明してあったでしょ？」

「その説明は読んだけど、でも、似てる気がするんだ」

潤平は「ペンギン」や「海狭間駅」という単語に耳をそばだててしまう。見下ろすと、二段ほど下のベンチに並んで腰かけたカップルが額を突き合わせるように喋っていた。二人の横顔は兄妹のようによく似ている。女性の視線をたどると、ペンギンはすぐに見つかった。プールと観客席の間の通路を、体を左右に揺らす例の歩き方で上手《かみて》から下手《しもて》へペタペタ進んでいる。

そのシルエットや歩き方、くちばしの色や頭に入った白いカチューシャみたいな模様は、女性の言う通り、潤平にも海狭間駅から来たペンギンに見えた。

「あいつだ」と小さくうめいてベンチから腰を浮かしかけた潤平だったが、同じタイミングで前のカップルが立ち上がったので座り直してしまう。

いい年をした男がペンギンの尻を必死で追いかける姿なんぞ、若い者にとても見せられない。

背格好も服装も似ていて性差をあまり感じさせないカップルは、たった一人でショーの終わったスタジアムのベンチに座りつづけている潤平に気づいて、一瞬不思議そうな目をしたが、すぐ視線を互いに戻した。

「千繪ちゃん、慣れない毎日で疲れてるんじゃない？」

「ええ？　大丈夫だよ。はじめての会社勤めはたしかに失敗も多いけど、新入社員だから仕方ないって開き直ってるところがあるし。ペンギンを見間違えるほど、心は弱ってないって」

そう言って笑い飛ばした女性を、男性は頼もしそうに見つめ、「じゃあ、寿司でも食べて帰ろうか」と提案する。

あとは二人で、回るのにするか、もうちょっと値の張る店に行くか、まず何を握ってもらうか等々、熱心に寿司談義をしながら階段をのぼっていってしまった。

「水族館帰りに寿司を食える神経がわからん」

潤平はぼやきつつ、「よっこらせ」と腰をあげる。そのままゆっくり階段をおりた。頭の痛みがいつまた襲ってくるかわからないため、思うように走れないのが残念だ。プール前の通路までおりて、ペンギンが消えた下手の方向に目をこらすと、観音開きの木製の扉があった。錠前の鍵が閉まっているようだが、ペンギンの姿はない。どこに消えたのだろう？

潤平は扉に近づくと、取っ手を持ち、ガタガタと音を立ててゆらしてみた。すると、ゆれが大きくなるにつれて左右の扉がずれていき、ペンギンどころか人も余裕で通れるすきまができる。

潤平はマジックのタネでも見つけたような気分で、「これだ」と鼻をふくらませる。

「ペンギンは扉に体当たりでもかまして、すきまを作って外に出たんだろう」

扉の向こうからは、おおぜいの男達の野太い声が聞こえてきた。

「何なんだ？」

潤平は少し迷ったが、誰の目もないことをたしかめると、思いきって扉を押しあけ、体をねじって通り抜けてしまう。頭痛のことはすでに忘れていた。つまり忘れられる程度の痛みに落ち着いていたということだ。

スタジアムの外に作られたスロープをおりていくと、そのまま外に出られた。

日が落ちて藍色になった空の下、円形広場の一角に簡易的なステージが作られていた。ライトが煌々《こうこう》と灯《とも》り、カラオケの伴奏にのって音量調整のできていない甲高い声がうわんうわんと反響している。

潤平はとっさにこめかみをおさえ、そこに痛みがないことを確認してから足を進めたが、『手づくりパン』というのぼりが視界の隅に入ったとたん、あっさり方向転換した。

『手づくりパン』に向かって歩きながら、ズボンの尻ポケットにつっこんだままだった水族館のパンフレットを取り出してマップを見てみる。それによると、潤平が今いる場所は、水族館の建物とアスレチック公園の境目に作られた石畳の円形広場『ふれあいパーク』らしい。ハロウィンの時に仮装行列が練り歩いたり、週末にフリーマーケットがひらかれたり、秋の夜長にジャズバンドが演奏したり、夏休みにヒーローショーが行われたりと、かなり多目的なふれあいに使われているようだ。いたるところにベンチやテーブルがあるので、イベントには参加せず、ただのんびりとくつろぐこともできるだろう。

そんな人々に向けてなのか、たくさんの屋台がふれあいパークの周りをぐるりと取り囲み、いいにおいをまき散らしていた。屋台にコンセプトや統一性はなく、ケバブ、焼きそば、からあげ、ホットドッグ、ワッフル、りんご飴、大判焼き、かき氷などの軽食やスナックが思いつものように売られている。

潤平はステージを背にしてふれあいパークを突っ切り、『手づくりパン』というのぼりを立てた移動販売車の元へするすると近づいた。ケバブやホットドッグの屋台の混雑とは裏腹に、並んでいる者が一人もいない。

「いらっしゃいませ」

トラックの脇で手持ちぶさたに立っていた女が頭をさげる。『手づくりパン』を印象づけるように真っ白なコック帽をかぶり、白い作業着に赤いスカーフを首に巻いてパン職人風だが、形だけだろう。

潤平は目だけで挨拶し、トラックの荷台にまわった。この荷台がガラス貼りのショーケースに改造され、何種類ものパンが整然と並んでいる。

今日の潤平は午後まで寝て、そのまま家を飛び出してきたものだから、まだ一度も食べ物を口にしていなかった。一度空腹を意識してしまうと、耐えがたい気分になってくる。

「あんパンはないか？」と潤平は女に声をかけた。

「ありますよ」

女はうなずいた拍子にずれたコック帽を片手でおさえながら、トングで上段のパンを取ってくれる。トレイにのったまるいパンを見て、潤平は「黒ゴマか」とつぶやいた。

「え？」

「あんこは粒あん？　こしあん？」

「ええと……たしか……粒、かな？」

自分で作っていないことが丸わかりの返事をしつつ、女は悪びれず笑う。

「お好みがはっきりしてるんですね」

「大好きなんだ、あんパンが。パンが好きなんじゃない。あんパンだからいい。わかるか？」

「わかります」

女は調子よくうなずき、あんパンを食べ歩き用の紙で手早く包んでくれた。

「会計は電子マネーで頼む。ＩＣカードの電子マネーだ。できるか？」

潤平は覚えたばかりの単語をここぞとばかりに使ってみる。「できますよ」と女がＩＣカードを受け取ってくれたので、気を大きくして喋りつづけた。

「あんこは粒あんで、本当は上に桜の塩漬けがのっかっているタイプが一番好きなんだが、まあ、黒ゴマでも許そう」

とことん上から目線で話す潤平は、女がこっそりため息をつき、肩をすくめたことに気づかない。潤平が見たのは快活に笑い、頭をさげる姿だけだ。

「ありがとうございました」という声に見送られ、潤平はふたたびライトに明るく照らされ、大音量を発している場所を目指す。歩きながらかぶりついたあんパンは、あんこの甘みがほどよく、生地もしっとりしていた。期待していなかった分、そのおいしさに驚かされる。こういううれしい驚きは大歓迎なんだがな、と潤平は満足した。あっという間に完食し、恥を忍んでもう一つ買いに戻ろうか迷っているうちに、本来目指していた場所へ着いてしまう。

その場所の空気に触れたとたん、潤平は頬を張られたように立ち尽くし、目をみひらいた。目の前に、今まで見たこともない光景があった。『圧倒』なんて生やさしい言葉では表現できない渦に飲みこまれそうになり、恐怖すら感じる。

ステージの上では、ショッキングピンクのセーラー服やネコの着ぐるみや血だらけの白衣や袴《はかま》がミニスカートのようになっている巫女《みこ》の装束やゴシックロリータと呼ばれるコルセット付きのワンピースなど、潤平に言わせれば「珍妙」以外の何物でもない格好をした五人の女の子達が飛んだり跳ねたりしていた。そんな彼女達をステージの下で見守る客の八割が男だ。少年も、ソウヘイくらいの青年も、すでに中年の域に入っている者もいたが、みんな一糸乱れぬ声援をステージ上の女の子達にたえず送りつづけ、曲に合わせて色とりどりのスティックライトをこれまた一糸乱れぬ動きで振り回していた。曲の合間には、神輿《みこし》を担ぐ要領で集団の中の一人を持ち上げたりしている。

真ん中で火でも起こせば、呪術の儀式だな。潤平は無意識に後ずさる足を止め、精一杯の強がりで鼻を鳴らした。

「気持ちの悪い集団だ」

その声は間の悪いことに、曲と曲の間に生じた一瞬の静寂を切り裂き、よく響いた。ステージの上からも下からも息を呑む気配が伝わってくる。やがてその空気は怒りをはらんで潤平に跳ね返ってきた。

「なんだよ、ジジイ。ディスってんじゃねーぞ」

「てか、マジ、ウケんだけど。ここ、『きゃらめるアウト』のライブ会場だし。ジジイ、ジコチューすぎね？」

「そうだ。そうだ。『きゃらめるアウト』を汚すな。ジジイ、おつっ！」

ステージの下にいた男達から次々と怒声があがり、潤平は気色ばむ。

「うるさい！　ちゃんとした日本語を使え！　意味がまるでわからんぞ」

「ジジイにはわからねーんだよ」

「人をジジイ呼ばわりするな。俺はまだ」と言いかけて、潤平は詰まった。

あれ？　俺は今、何歳だ？

潤平は混乱したまま、振り上げた拳の持っていき場をなくす。

そこへ、キーンとかき氷並みに頭に響く甘ったるい声がマイクにのって聞こえてきた。

「お待たせしました！　次の曲は、わたくしが『きゃらめるアウト』のユニットを組む前にソロで出した歌です」

その言葉が終わらぬうちに前奏が始まり、潤平に向いていた男達の怒りはたちまち霧散する。何事もなかったかのようにふたたびスティックライトを振り回し、前奏のリズムに合わせて奇妙なふしまわしで叫び出した。

「デイリー、ラブリー、ミラクルるるたん！　サラリー、カロリー、トラブルるるたん！

それでも魔女っ子やめられない！」

「な、何だ？　何だ？　どうした？」

潤平は度肝を抜かれて動揺する。ステージの上から甘ったるい声がひときわ大きく響いた。

「ホウキがなくても飛べるもん！　魔女っ子アイドル・るるたん、笑顔を探して今日もゆく！　ラブラブ、キュンキュン、ルルルル……みーんな元気になっちゃいなっ」

長い髪を頭の上で二つにしばり、極端に大きなピンクのリボンをつけた女の子がマイクを客席に向けてくるくる回した。黒いパフスリーブのワンピースはコルセットを一番上につけたようなふしぎなデザインだ。あの子が魔女っ子か？　マイクが魔法の杖というわけか？

何をやっているんだ、あの子は？　そしてこの連中は？　集団で魔法使いごっこ？　就学前の子供じゃあるまいし、バカなのか？

　戸惑いが極まって、ふたたび怒りはじめていた潤平の腕を誰かがつかんだ。

「今のうちに逃げたほうがいいですよ」

　ふりむくと、広い額にバンダナを巻いた背の高い男が無表情に立っている。夜目に浮かびあがる白い顔はのっぺりとしていた。スティックライトを持っているところをみると、この男もまたライブだか儀式だか魔法使いごっこだかわからないこのイベントに参加しているのだろう。さっきのことがあったので、潤平は思わず身構えた。そんな潤平を憐《あわ》れむように見おろし、白い顔の男は「怯《おび》えないでくださいよ」と平坦な声で言う。

「怯えてなどおらん」

「なら、いいんですけど」

「氷雨さん」と白い顔の男に呼びかけ、潤平との間に割りこんできたのは、学生服姿の少年だ。高校生くらいに見える。

「どうしたんです？　るるたんの歌、はじまってますよ」

　ステージの上の魔女っ子を指さしながら、少年は早口で告げた。そして潤平の顔を見ると、戸惑ったように眉をさげる。

「いいんだ。このままだとこの人、るるたんの歌が終わった時点でみんなから半殺しにされるよ。ライブでそんな騒ぎが起こったら、るるたんを悲しませてしまう。俺、ちょっと安全なところまで案内してくる」

氷雨と呼ばれた男は落ち着いて答えると、少年は不満そうに「でも」と唇をとがらせた。

「せっかく二人でライブに来られたのに」

「すぐ戻るから。それに次はマヒロンのソロ曲発表だろ。ゲンチャスはここでしっかり見といてやれよ」

氷雨がステージの端で魔女っ子に声援を送っているミニスカート袴の巫女に目をやると、ゲンチャスというあだ名の少年の頬がさっと上気した。

マヒロンと呼ばれたその少女は、遠目から見ても手足がすらっと長い高身長で、その場にいる少女達の中ではスタイルのよさで際立っている。まっすぐ伸びた黒髪は濡れたようにかがやき、整った目鼻立ちをより崇高に見せていた。美少女ってやつだな、と潤平はしたり顔で顎をさする。

「井藤さん……じゃなくてマヒロン、うまくやれるかな？」

心配そうにつぶやくゲンチャスに、氷雨は重々しくうなずいた。

「マヒロンにとっちゃ初野外だからな。お店デビューの時の次に緊張して当然だ。だがゲンチャスよ、アイドルがその緊張を吹き飛ばせるまで応援に応援を重ねるのが、くどいくらいに応援するのが、我々ファンの役目ぜよ」

「はい、了解です。氷雨さん！」

潤平はゲンチャスと氷雨の芝居がかった会話は上の空で流し、さっき出た「半殺し」という言葉を気にしてそわそわ視線をめぐらせた。

そんな潤平に気がつき、氷雨が力をこめて腕を引く。

「さあ、行きましょう」

「待て。待て。待て。これは一体何の騒ぎなんだ？」

腕をとられて歩き出しながら、潤平は精一杯威厳を取り繕う。

「『きゃらめるアウト』という地下アイドルユニットの無料ライブですよ。僕らは彼女達のファンで、純粋に彼女達のライブを楽しんでいただけだ。騒ぎにしたのは、あなたです」

氷雨の正論すぎる言葉に、潤平はうめくことしかできない。氷雨の顔を見上げると、ステージを照らすライトから遠ざかった白い顔に大きな影ができていた。

「自分が理解できないものや人間を、否定しないでほしい。否定されたら、された方もまたあなたを否定してしまう。交流がそこで途絶えてしまう」

潤平は影に覆われた氷雨の口が動くのをじっと見ていた。こめかみの奥からザプンザプンと波が寄せるようにまた痛みがぶり返してきている。

痛い、と思った。頭が痛い。しかし、それ以上に心が痛かった。なぜだ？

潤平は動揺して視線をさまよわせる。さっきあんパンを買った移動販売車が店じまいをはじめているのが見える。もう食欲は湧かなかった。

潤平はうつむき、地面に伸びた氷雨の長い影を眺める。ずいぶん背が高いな、この男は。

潤平は氷雨と同じくらい背の高い男を他にも知っている気がしたが、どうしても顔が浮かんでこない。

『僕はお父さんを否定したくないし、お父さんから否定されたくもない』

ふいに生々しい声が頭の中でよみがえり、潤平はハッと顔をあげる。ソウヘイ？

「……どうかしました？」

氷雨が白い顔を引きつらせてこちらを見ている。潤平の挙動を不審に思っているのがよくわかった。

「いや」と潤平は力なく頭を振り、首の付け根を揉みほぐす。

「すまなかった」

ついでのように漏れた自分の言葉に、自分で驚いてしまう。

なんだ今のは？　俺は誰に謝っている？

潤平は混乱の極みにあった。氷雨は呆気にとられたように黙りこみ、やがて足を止める。

いつのまにか二人はふれあいパークを離れ、ふたたび水族館の前まで来ていた。

氷雨はズボンのポケットから取り出したスマホで時刻を確認する。

「ライブはあと三十分もしないうちに終わります。『きゃらめるアウト』のファン達はそのまま握手会場に移動するでしょう。無駄な小競り合いを避けるならそれまでに帰るか、水族館の中で時間を潰して帰宅時間をずらしてください」

「わかった」

潤平がうなずくと、氷雨はかすかに頭をさげ、そのまま去っていこうとする。その一瞬、外灯の明かりで照らされ、スマホの待ち受け画面が見えた。ペンギンの写真だ。それも、頭にカチューシャのような一筋の白い模様があるペンギンのアップだった。潤平は弾かれたように氷雨の背中に声をかけた。

「俺はただ、ペンギンを探していただけなんだ」

氷雨は足を止め、ゆっくりふりかえる。そののっぺりした顔にはやはりほとんど表情がなかったが、戸惑っていることは伝わってきた。

「ペンギンなら……水族館にいるんじゃないですか？」

氷雨の当たり前すぎる助言に、潤平は一筋の光を見出す。

「そうだな。仲間の元に帰ったのかもしれない」

こめかみの奥の疼《うず》きは残っていたものの、元気な声が出た。潤平は氷雨に手を挙げると、自分からさっさときびすを返し、水族館に再入場した。

ペンギンコーナーは三階にあった。さっきは海中トンネルに夢中で、おまけにショーがはじまる館内放送が入ってあわてて移動したため、見逃したフロアだ。ペンギンのことを考えてか、節電対策なのか、やたらと照明が薄暗い。まばらに散らばった客同士の顔もよく見えないほどだ。

一方でガラスの向こう側は、煌々と明るい蛍光灯の光に照らされている。ペンギン達はその明るい世界で岩山にのぼったり、広くて深いプールに潜ったり、羽づくろいしたり、立ったまま首をかたむけくちばしを脇に挟んで眠ったりしていた。クァークァーと鳴いている声も聞こえてくる。どいつが鳴いているんだ？　潤平がガラスにくっつくようにして目をこらすと、岩山のはじっこでペンギンにエサを与えていた飼育員がガラス越しにペコリと会釈してきた。髪と髭《ひげ》の毛量がやけに多い山男のような風貌だ。ずいぶん愛想のいい飼育員だな、と潤平は面くらい、曖昧な会釈を返してからペンギン達に目を移した。頭にトサカのような飾り羽のついているやつ、体の小さいやつ、大きいやつ、黒目のまわりが白くなっていて常にびっくり顔のやつ、腹にぶち模様のあるやつ、そして潤平が追ってきたペンギンと同じく頭に白いカチューシャをしているような模様のあるやつと、何種類ものペンギンが確認できた。

「この中に混ざってしまったら、もうお手上げだな」

潤平はがっかりして、思わず独り言が出てしまう。館内に掛けられていた時計を見上げると、いつのまにか夜の七時を回っていた。

そろそろ潮時か、と潤平がガラスの前を離れようとした時、澄んだ声が響いた。

「かわいいねえ」

「うん、かわいいな」

横を見ると、ガラスの前に立って熱心にペンギンを見ている父子がいた。子供の顔には見覚えがある。海中トンネルで潤平を怖がった男の子だった。

館内が暗いため、二人は潤平が少し離れたところから自分達をうかがっていることには気づかず、会話をつづける。

「コウテイペンギン、フンボルトペンギン、アデリーペンギン、イワトビペンギン、コガタペンギン、それからえーと」

「ジェンツーペンギン？」

「そう！　僕はこいつが一番かわいいな」

「頭の白い模様がいいね」

父親がうなずくと、子供はもじもじしていたが、やがて決心したように「お父さん」と顔をあげた。

「僕、ペンギンが飼いたい」

その真摯《しんし》な訴えに、父親は頭を掻く。

「そんな簡単には飼えないよ」

「難しくてもいいよ。どうやったら飼える？」

「うーん。ペンギンは水族館にいるものだからな。お家《うち》じゃ無理だよ」

「えー。なんで？　なんで？　じゃあ、お家に水族館作ればいいよ」

「それは……すごいアイデアだね。お家に水族館か」

「ここの水族館の中に、僕達が引っ越してきてもいいよ」

潤平の頬がゆるむ。「まいったなあ」と弱りきっている父親を心の中で叱咤激励した。

ほら、しっかり答えろ。息子は本気だぞ。俺なら……いや俺は……こう……答え……た。

「『父さんがもっとえらくなったら水族館ごと買ってやる。だから、おまえもしっかり勉強してえらくなれ』」

この独り言は無意識で、しかもかなり大きな声だった。父子がハッと口をつぐむ。

しまった、と思った時にはもう遅かった。地面がぐらりとゆれた気がしたのは、めまいのせいだ。いかん、と踏んばろうとしたが力が出ない。潤平の体はそのまま糸の切れた操り人形のように地面に崩れ落ちた。

子供が父親の背に隠れて泣き出すのが、斜めになった視界に入ってくる。なんだ？　怖いのか、坊主？　悪かったなあ。小学生くらいに見えたが、本当はもっと小さいのかもしれん。俺は子供のことはよくわからんのだ。自分の息子のことすら、何もわからないままだ。

バタバタ走り回る足音と「大丈夫ですか？」だの「救急車！」だの切羽詰まった叫び声がしたが、あまりよく覚えていない。ただ「うるさいな」と思っていた。

もう俺はいいんだ。寝かせてくれ。終わりにさせてくれ。

霞んでくる視界の中で、水槽のガラスに映った自分の顔だけやけにはっきり見える。削《そ》げ落ちた頬の肉、しわの刻まれた目尻と口元、ずいぶん後退した額、薄くなった髪の毛、これらすべてが現在の自分の姿だとわかるまで、少し時間がかかった。

「はは。なんだ。俺はもうじゅうぶんにジジイだったんじゃないか。そうか……。アレからもうずいぶん経つんだな」

潤平はかすれた声でつぶやくと、「アレ」が何かはわからないまま、そっと目を閉じた。

どのくらい時間が経ったのだろう？　いきなりグイッと背中を押される感覚があり、潤平はうつぶせに伸びていた自分が横向きに寝かされたのを意識した。何をする？　と尋ねる前に、てきぱきとした声がふってくる。

「響子！　枕の代わりになるようなものを彼の肩の下に入れて。そう。平たいものでかまわない。頭の位置をあまり高くしないように」

「わ、わかった。私のバッグでいいかな」

潤平がぼんやり目をひらくと、きりりと上がった眉と賢そうな瞳が印象的な女が大きめのショルダーバッグを持ってしゃがみこむところだった。上質そうなそのバッグをためらいもせず潤平の頭の下に入れる。そんなことをしたらバッグの形《かた》が崩れるだろうに、と潤平は申し訳なく思った。他人に迷惑をかけている自分が腹立たしかった。さっさと起き上がりたいのに、体が動かない。一体どうしたというのだ、俺は？

「美知！　この人、目をひらいた！」

響子と呼ばれた賢そうな女が叫ぶと、響子とは全然違うタイプの女が隣に来た。潤平の顔の前で手を振りながら、「見えていますか？」とゆっくり尋ねる。潤平がうなずくと、やわらかそうな頬をゆるめて響子に言った。

「よかった。目もあけているし、意識もある」

そして今度は潤平に向かって、一語一語はっきりと区切って喋ってくれる。

「今、救急車を、呼んでいます。もうちょっとです」

救急車と聞いて、潤平は冷や汗が噴き出てくる。必死で首を横に振った。

「いや、だ。車には乗らん」

「でも、救急電車ってありませんから」

響子がおずおずと口を挟んでくる。そんな響子の膝にそっと手を置き、美知が首をかしげた。

「どうして車がいやなんです？」

どうして？　そんなの決まっているだろう？　潤平は口をひらこうとして戸惑う。理由がまるで思いつかなかったのだ。はて？　なぜ俺は車をいやがっているんだ？

美知はそもそも潤平から答えを聞き出すことが目的ではなかったのだろう。特に気にした様子もなく、あらたまった調子で尋ねてきた。

「シャツのボタン、ゆるめても、いいですか？」

バカな。そんなことは自分でやれる。潤平は自分でボタンを外そうとしたが、手はだらりとしたまま動かなかった。

唇を噛む潤平の顔を見た美知は、ふわりと微笑む。

「私は、立花美知《たちばなみち》、と言います。看護師の、資格を持っています。隣は、友人の、笹生響子《さそうきょうこ》。彼女は、看護師ではないけれど、頼れる友人、です」

隣で響子が戸惑いながら頭をさげ、小さな声で「がんばってください」と言った。

がんばる？　何を？

美知は「ごめんなさいね」と断ってから、てきぱきと潤平のシャツのボタンを三つほどあける。そして聞いてきた。

「あなたの、お名前を、教えていただけますか？」

「ふ……じ」

喉が焼けつくように熱く、潤平は何度も咳払いをして言い直す。

「藤崎潤平《ふじさきじゅんぺい》だ」

どこかでサイレンが鳴っていた。その音が不快で、潤平は顔をしかめる。熱いのはどうやら喉ではないらしい。熱の元を辿っていくと、頭だった。これは熱いんじゃない、痛いんだ、と潤平はようやく気づく。すると、その痛みがとつぜん重石《おもし》を加えたように耐え難いものに変化した。

潤平の体がはね上がり、ガクガクと震え出す。

「あ、藤崎さん！　藤崎潤平さん！」

「藤崎さん！　しっかり！」

美知が「けいれんだわ」と叫んで、舌を嚙まないように潤平の口の中に自分のハンカチを突っこんでくれたことは覚えている。しかし、潤平の意識は急速に遠のいていった。目をつぶった後も、美知と響子にかわるがわる呼びかけられているのはわかったが、二度と目をひらく気になれなかった。やがて、潤平の記憶が漏れ出してできた海の中に、彼女達の名前も顔も恩もちゃぽんと沈み、消えてしまう。

今までそうやって多くのものを忘れてきたように、潤平はまた忘れた。自分が忘れたということすら、忘れてしまった。

完全に意識を失った潤平の目尻から、涙が一粒こぼれた。


辺り一面真っ白だ。雪は今年もまた呆れるほど降りつづいた。そして暦の上では春が来たが、潤平の住む町はまだ当分雪で閉ざされたままだろう。町から白いものが消えるのは、ずっと先のことだ。短い夏。ほとんど知らぬ間に過ぎる秋。そしてまた冬が来る。長く重い冬が。雪国とはそういう所なのだ。

潤平はボストンバッグ一つさげて、長靴で雪を踏みしめ、駅に向かっていた。見送りはいない。家族の誰も潤平の進路を祝ってはくれなかった。

「わざわざネジを巻きに東京さ出るなんて、おまえはバカだ」
そう言って背を向けた父の背中は丸まっていた。先祖代々の畑を受け継ぎ、リンゴを作って一家を養ってきた男の混乱と悲しみがその背中をぱんぱんに膨れあがらせているように見えた。潤平は何も言えず、一礼して座敷を出る。誰もわかってはくれず、否定ばかりだ。ため息が落ちる。未来に向かう自分にとって、父も母も兄弟も親類もみんなが障害だった。みんなの住む故郷の町すべてが敵だった。

東京に着いたら、まず靴を買おう。めしを抜いてでも、上等の革靴を買ってやろう。潤平は白い息を吐きながら、そう決めた。雪と泥で汚れた古い長靴は、まるで自分の故郷の町のように暗く、重たく、垢抜けない。東京にはふさわしくない履き物だ、と思ったのだ。

夜行列車に乗った。新幹線はまだ存在していなかった。列車の窓から無数に瞬く星を見上げ、潤平は故郷と訣別した。二度と戻らない。戻る必要がない。自分にそう強く言い聞かせた。そうでもしなければ、東京の工場勤めなんてきっとすぐ逃げたくなるとわかっていたからだ。

弱虫にはなりたくない。負け犬なんてまっぴらだ。俺はえらくなる。うんとえらくなる。

潤平は高卒で働き出して、着実に技術を磨いた。田舎者とバカにされてもへこたれずひねず媚《こ》びず、笑って聞き流した。腰を低くして素直に教えを乞う田舎者をバカにする者はいても、憎む者はいないと考えてのことだ。家に帰ってくると、あたりめを肴《さかな》に水を飲み、もくもくと新聞と本を読んだ。休みの日は地下鉄で東京をめぐった。下手な江戸っ子より東京が好きで、東京の生きた情報を手に入れるべく努力した。ずっと笑っていたように思うし、実際、楽しかった思い出も多いが、二十代の終わりに奥歯が砕け、差し歯にしなければならなかったのも事実だ。知らず知らず歯を食いしばる機会も多かったのだろう。

やがて体の中からすっかり故郷の方言が抜けてしまったと気づいた頃には、潤平は誰にも負けない技術を持ち、誰も思いつかないアイデアを出す会社のエースへと成長していた。雑談に教養をにじませ、東京のおいしい店を誰よりも知っているデキる男は、社内の人気者となり、上にも下にも人脈が広がった。出世は同期の誰よりも早く、先輩を何人もごぼう抜きしたが、ふだんの努力の甲斐あって、潤平を妬《ねた》んで陰口を言う同僚は誰もいなかった。

家族から「ネジを巻く仕事」とバカにされていた小さな工場も日本の高度経済成長期の大波にのってどんどん大きくなり、すぐにリンゴ農家がどう逆立ちしても対抗できない額の利益を生むようになった。

人員の膨れあがった会社は潤平に賭けることにした。丸々一つの部門を社員ごと任せ、あたらしい会社を興すことを許したのだ。潤平はその小さな会社を大切に育て、バブルと共に親会社が倒れた後もしぶとく生き残り、十五年かけて業務用厨房関連機器という業界でのシエアナンバーワンの座を勝ち取った。

『フジサキ電機』というその会社名を、今、知らぬ者はいないだろう。

フジサキ電機の社員数が増え、工場の拡張に迫られて、本社ごと東京を離れ、臨海工業地帯の海狭間へと移転する頃には、潤平の中での東京礼讃もコンプレックスも消えていた。

雪の道は長い。まだまだつづく。しゃくしゃくと雪を踏みしめ、潤平は十八歳の少年から青年へ、やがて中年へと変わっていく自分を実感していた。

俺はがんばった。弱虫にも負け犬にもならなかった。えらくなった。会社の中で頭角を現し、順調に出世し、会社を興し、最後には社の一番えらい人間になったのだ。田舎から出てきた高卒の坊主が社長どころか会長になれた。最高だ。最高の人生だ。後悔はない。

そう何度も自分に言い聞かせるのに、一向に心が浮かない。なぜだ？

潤平は膝まで埋まった雪の中で立ち止まり、腰を伸ばして辺りを見回す。

「ここは、どこだ？」

今さら、捨てた故郷に帰ってきたというのか？　いや、違う。故郷とは雪の種類が違う。この雪は故郷の町のそれよりずっとサラサラして、軽かった。

「まるで羽が生えたような雪だな」

自分のつぶやきに自分で笑う。これじゃまるで鈴江のようだ。鈴江？　鈴江って……誰だ？

視線を落とした先の雪がオレンジ色の光に照らされている。潤平がゆっくり前を向くと、三角屋根の小さな家が見えた。オレンジ色の光は、童話の中から抜け出てきたようなその家の窓から漏れている。潤平はだるい足に鞭打って雪の中を掻き進んだ。三角屋根の家に近づくにつれ、いい香りがしてくる。あまく、香ばしく、素通りのできないにおい。

「パン屋か？」

潤平は背伸びをして、オレンジ色の灯りが漏れる部屋の中を覗きこんだ。そこは厨房らしく、大きなオーブンや銀色のトレイが何枚も重なったキッチンが見えた。背の高い男が部屋の中央に置かれた調理台の天板の上でけんめいにパン生地をこねている。

パン生地を全身で押すたび、細い二の腕に力こぶが盛り上がった。息づかいが聞こえてきそうな真剣な横顔だ。バンダナを巻いた頭から黒髪が幾筋か垂れている。髪の毛はずいぶん縮れていた。クセ毛なのだ。

そういえば、あいつが生まれた時、鈴江が申し訳なさそうに言っていた。

「赤ちゃんの髪の毛、ひどいクセ毛で量も多いの。わたしに似ちゃったわ」

たしかに鈴江も量が多く、クセ毛でまとめるのに苦労していた。しかし年を経るにつれ、クセはおさまり、毛量もほどよくなり、いい感じの白髪になってきている。だからあいつももう少し年を取れば……年を取る？　いや、取れない。だってあいつは……。

そこまで考えて、潤平はこめかみをおさえた。

思い出した。鈴江は、俺の妻だ。ということは妻が「赤ちゃん」と呼んだあいつは、俺の息子か？　ああ、そうだった。息子だ。俺の息子のソウヘイだ。

頭がズキズキと波打ってくる。奥深くに詰めこまれ、蓋をされた潤平の記憶が、血管を破って飛び出そうとしているようだった。

「藤崎……藤崎草平。あいつは俺の息子だ。なんでフジサキ電機会長の息子が……パンなんか作っているんだ？」

たくさん勉強してえらくなれ、と息子には言いつづけてきたはずだ。参考書、塾、広い勉強部屋、立派な学習机、自分が与えてもらえなかったものを、息子にはすべて与えた。いい学校に入って、大企業――できればフジサキ電機――に入って、出世してもらいたいと願っていたのだ。人生と仕事が連鎖して盛り上がっていくような体験を自分と同じように息子にも味わってほしかった。それこそが男の人生の醍醐味《だいごみ》だ、と潤平は信じて疑わなかったのだ。

それなのに、あいつはなぜこんな雪深いところで、俺が捨てた町とよく似た田舎で、ちんたらパン生地なんかこねていやがるのだ？　何してる、草平？

「おい、草平！」

カッとなって怒鳴りこもうとした潤平の目の前にあったのは、真っ白な雪の壁だった。

「……草平？」

あわててあたりを見回すも、三角屋根の家もオレンジ色の光も消えている。潤平の前には雪以外何もなかった。本当に何も。

潤平はかじかんだ両手をゆっくり持ち上げ、天を仰ぐ。震えが止まらない。涙が止まらない。

「草平、帰ってこい！」

叫んだとたん、それが無理な願いだと体が教えてくれた。頭で消したはずの記憶を、体が掘り起こした。

潤平は叫びつづける。思い出せたことと受け入れることはまた違う。全然違うのだ。

俺はとても認められない。何年経ったって認められない。

俺の一人息子が、藤崎草平が、もうこの世に生きていないなんてことは。

ふたたびひらいた潤平の目に飛び込んできたのは真っ白な雪、ではなく、真っ白な天井だった。

「んあ」

寝ぼけたような平和な声が出てしまう。次第にはっきりしてくる視界は、四方をカーテンで覆われ、四角く切り取られていた。頭の下の枕と背中にそったマットレスの感触から、自分がベッドに寝かされていることを知る。潤平は頭上のボトルからのびたチューブの先の針が自分の左手に刺さっているのを見て、思わずうめいた。

あわてて覗きこんできた鈴江の目に涙が浮かぶ。

「あなた？　気づいたのね」

「ここは？」

「潮台田《しおだいた》病院よ。あなたは救急車でみしゅく水族館からここまで運ばれてきたの。倒れた時、たまたま近くに看護師の女性とそのお友達がいらして、二人で応急処置をしてくださったそうよ。すごく、すごく、すごく幸運だったのよ、あなたは」

感極まったように言葉を切り、鈴江は鼻をかんだ。いつも能天気な鈴江がここまで取り乱していることから、潤平は自分の容態がかなり悪かったことを知る。鈴江にどういう言葉をかけたらよいかわからず、潤平は黙ってうなずいた。そして、鈴江の隣に立っている赤い髪の青年をじっと見つめる。

「水族館の方から奥様の携帯に電話が入って、駆けつけてきました。僕ら、突然駅から姿を消した藤崎さんの行方を探して、藤崎さんが足を向けそうな場所には先に連絡しておいたんですよ」

赤い髪の青年は静かにそう告げて、口角を上げて笑う。長い前髪の下から覗く黒目がちな目が印象的だ。息子と似ているところはどこにもないのに、草平だ、と思いこみたがる自分の心をどうにか抑えて、潤平は口をひらいた。

「あんたはたしか、海狭間駅の駅員だったな」

勤務明けらしい青年は鉄道会社の制服を脱ぎ、チノパンにデニムジャケットという私服に着替えていたが、潤平にはちゃんとわかった。痛みの引いた頭は冴えて、糸をたぐるように記憶がするすると出てくる。この赤い髪、覚えているぞ。潤平はピントを合わせるように目を細め、青年を見つめる。フジサキ電機に出勤していた頃は海狭間駅で何度も見かけ、言葉を交わしたこともある青年だ。

青年はくすぐったそうに目を伏せ、うなずいた。

「はい。守保蒼平《もりやすそうへい》です。大和北旅客鉄道の職員で、波浜線遺失物保管所に勤めています」

「俺は何回間違えた?」

「え?」

「あんたのことを息子の藤崎草平だって、何回間違えた?」

守保はフニャッと空気が抜けたように笑うと、頭を掻いた。

「えーと、何回だっけな？　もう覚えてないですねえ」

つまりそれくらい頻繁に間違えていたということか。潤平はこっそりため息をつく。道理で、「ソウヘイは海狭間駅にいる」と知っていたはずだ。やれやれ。

「申し訳なかった」と守保に言ってから、潤平は傍らの鈴江に目を移す。

「なあ。……俺の頭はどうなってしまったんだ？」

聞きながら、不覚にも声が震えてしまった。息子を別人と何度も間違え、息子を亡くした記憶をなくし、人生を賭けて働いてきた会社のことも忘れ、自分の年齢も現在の容貌もわからず、挙げ句、妻にも気づけなくなりかけた。とても正常とは思えない。何度も味わったこめかみの奥の激痛を思い出し、潤平はギュッと目をつぶった。そんな潤平にふとんをかけ直してくれながら、鈴江がさらりと言う。

「腫瘍ができているんです、良性の。記憶障害も意識の混濁や混乱も腫瘍のせいでしょうって、主治医の先生が言ってたわ」

「腫瘍……」

「良性ですからね。手術すれば取れるんです」

鈴江はもともと大きな目をさらにみひらき、小さい子供に言い聞かせるようにゆっくりと「手術すれば何も問題ないんですよ」とくり返した。

「手術はやらん」

ふとんをかぶったまま、潤平は小さく、しかし強い口調で告げる。鈴江が怯えたように顔をひきつらせたが、前言を撤回するつもりはなかった。

「もういいんだ、俺は。ずいぶん長く生きた。この世で俺にすべきことはもう何もない」

威厳を保とうとして、つい見栄を張り、かっこいいことを言ってしまう。本当は、息子の死という大きな挫折で、今の潤平には後悔しか残っていなかった。こんなに苦しいならいっそ早くあの世へ逝ってしまいたいと願う弱い気持ちがあったのは、たしかだ。

病室に重苦しい沈黙が満ちる。どこからかチッチッチッと時を刻む針の音がした。と、いきなり鈴江がきびすを返して病室から走り出ていく。潤平は「おい」と叫んだが、ベッドに寝かされた状態では妻の手をつかんで止めることもできなかった。

病室の中で赤の他人と二人きりになり、潤平は気まずく視線をそらす。しかしまたすぐ守保の赤い髪と唇がフニャッと曲がってアヒルのような口になった愛嬌のある顔を見てしまう。見ようによっては不謹慎なくらい、守保はくつろいでいた。

その不思議な安定感が気まずさを上回り、潤平の口から言葉がこぼれる。

「息子の草平は三十二歳で死んだんだ」

ある日突然、鈴江から電話口で聞かされた息子の訃報は、遠い国のニュースのように現実味がなかった。

「まあ、俺はあいつと親子の縁を切って以来十二年間も会っていなかったんだがな。しかし、『会わない』のと『会えない』のは違うだろう?」

潤平の弱々しい問いかけに守保はうなずき、ベッドの脇に立てかけてあった折りたたみ式のパイプ椅子をひらいて腰かける。話を聞いてくれるその姿勢に、迷いながら告白していた潤平の心は軽くなった。

「草平は子供の頃から勉強もスポーツも人並み以上にできるやつだった。スポーツの大会でもらった賞状やトロフィーが家にはたくさんあったし、大学だって難関と言われている国立にストレートで入った。俺に似ず性格のいいやつで、友達も多かったと鈴江からは聞いている。親の贔屓目なしに、優秀な人材だったと思う」

ノックと同時に「失礼します」と中年の女性看護師が入ってきたので、潤平は言葉を切る。

看護師は潤平の点滴の残量をたしかめてから、針を抜いた。

「はい、終了です。気分がよくなり次第、お帰りくださって結構ですよ」

看護師のあっけらかんとした言葉を聞いて、潤平は気色ばむ。

「帰っていいって……脳腫瘍ができているんだろう、俺は?」

「ええ。でも藤崎さん、腫瘍の摘出手術はされないんですよね? だったらこのように対症療法とお薬でなだめるしかないので」

看護師は三白眼の目で潤平を睨み、「手術をしないなら、お帰りください」とくり返した。その言い方や表情を見れば、彼女とするこのやりとりが初めてではない気がしてくる。潤平の勘が正しければ、きっと彼女は鈴江同様これまでに何度も潤平に手術を勧め、断られてきたのだろう。症状を心配する気持ちと、それゆえ潤平の頑なさに呆れる気持ちで、うんざりしているのだ。

てきぱきと点滴を片づけ、大股で病室を出ていく看護師を見るともなく見送ってから、潤平は思わずため息を漏らす。

「……ええと、俺はどこまで話した？」

「ご子息が優秀な人材であったと」

「そうそう。そうだ」と潤平はうなずき、唇を舐める。全部話し終わるまでは絶対に帰ってやるものか、とむきになっていた。そのささくれだった気持ちが、かつて草平に対して抱いた怒りを甦らせる。

「なのに、あいつときたら、突然大学を辞めてパン職人になると言い出しやがった」

「やりたいことを見つけたんですね」

「違う！　年上の女に騙されたんだ。骨抜きにされて、まったく情けない！」

『パン屋をひらきたいんだ』

　父親に対して口答えすらもしたことのなかった草平が、今すぐ大学を中退してパン職人の修業に入るという計画だけは、潤平にどれだけ叱られても怒鳴られても諭されても嘆かれても、頑としてあきらめようとしなかった。

　長い話し合いの末、ようやく潤平が「せめて大学を卒業してからじゃダメなのか？」と譲歩した時、草平は照れたように顔を赤らめ、答えたものだ。

『彼女のお腹の中に子供がいるんだ。だから、俺は一日でも早く一人前になりたい』

　夢見るように「お父さんにもいつか俺のパンを食べてもらいたいな」とつづける草平の頬を思いきり張り飛ばした後のことは、あまり覚えていない。むしゃぶりついてきた鈴江に手足の自由を奪われても、怒りと悲しみで体の震えが止まらなかった。

『バカ野郎！　そんな甘い考えで渡っていけるほど、世間は甘くないぞ』

　草平が生まれてから二十年、育児は鈴江にまかせきりだった。それでも、日曜に二人で釣りに出かけたり、新聞の社説を読んで議論したり、旅行に連れていったり、潤平なりに草平に父親としての背中は見せてきたつもりだった。あの日々は何だったのだ？　と思ってしまう。草平といっしょに不器用ながらも積み重ねてきた日々は、こんな未来に架ける橋だったのか？　そう思ったら、たまらなかった。口が勝手に動いていた。

『どこへでも行っちまえ！　その代わり、二度と家に帰ってくるな！　おまえも、おまえの嫁になるという女も、おまえの子供も、俺には何の関係もない。赤の他人だ！』

鈴江のすすり泣く声と、草平のかすれたような「ごめんなさい」、そしてドアの静かに閉まる音が耳の奥で昨日のことのように再生され、潤平はギュッと目をつぶった。

ふとんで顔を隠し、ゆっくり深呼吸する。すべて終わったことだ。取り戻せない時間だ。今さら何を思っても、もう遅い。

草平はもういないのだから。

「つまらないことを聞かせてしまったな」

ふとんの中からくぐもった声を出す潤平に、守保は「いいえ」と答える。

透明感のある声で、呆れているのか戸惑っているのかよくわからない。しかし、ふとんから顔を出して、守保の顔色を読む勇気はなかった。

「……もしかして、俺はあんたにこの話を何度か聞かせていたか？」

「ずっと以前に、一度だけ聞きました」

守保の素直な返答に、潤平はやれやれと息をつく。吐息はそのまま寝息となった。コトンと穴に落ちるように、潤平に深い眠りが訪れたのだ。

次に目を覚ました時には夜が明けていた。夢は見なかった。いや、覚えていないだけかもしれない。頬は濡れていたから。

「どうせろくでもない夢だ」

潤平は吐き捨てるように言って、ふとんをはがす。自宅とは違う白い天井にはもう驚かなかったが、パイプ椅子に座ったまま船を漕いでいる守保を見ると思わず「何で？」と声が出た。

守保は昨日と同じ私服を着たまま、眠そうに目をこする。

「おはようございます」

「あんた、帰らなかったのか？」

「やっぱりちょっと心配で」

そう言ってフニャッと笑った守保に、潤平は思わず語気を強める。

「そこまでしてもらう義理はないぞ」

「義理、か」

潤平の言葉をくり返し、守保は少し悲しげに首をひねったが、すぐにまた小さな歯を覗かせた。

「具合はよくなりました？」

潤平は守保の問いに答えるべく、ベッドの上に起き上がり、首を回し、こめかみを揉みほぐし、ついでに腕も回してみた。肩がボキボキと鳴る。

「肩こり以外は問題なさそうだ」

「よかった」

フニャッと笑った守保は立ち上がると、大きく伸びをした。あくびまで出てしまい、「すみません」と肩をすくめる。潤平は不愉快にはならずに「ああ」と鷹揚にうなずいた。

「では、ちょっとお帰りになる前に海狭間駅に寄っていただけませんか？」

「なぜだ？」

海狭間はここから潤平の家の最寄り駅までとは真逆の方向にある。潤平の疑問はもっともだった。

守保はためらいながらも、まっすぐ潤平を見る。そして言った。

「桜の見頃だからですよ」

「桜？　バカな。今日は四月二十二日だろ？　十日もしないうちに五月が来るんだぞ。関東の桜の見頃はとっくに終わっている」

潤平の言葉が聞こえていないかのように、守保は「これ、奥様から」と潤平に紙袋に入った着替えを渡すと一足先に病室を出ていく。

潤平はわけのわからないまま、家のにおいがする清潔なシャツに首を通した。

病室を出て、守保と並んで廊下を渡り、何人かの入院患者と広いエレベーターに乗り合わせて一階に降りる。足取りこそゆっくりだが、これは慎重になっているだけで、体に不快なところはなかった。

俺の頭の中に腫瘍があるなど、到底信じられんな。

潤平は意気揚々と胸をそらせたが、すぐうつむいた。頭に真っ白な包帯を巻いた少年が、点滴のスタンドを押しながら目の前を通りすぎていったからだ。弱音が憎まれ口となって飛び出してしまう。

「病院は好かんな」

「好きな人はいませんよ」

潤平の独り言を聞きつけて、守保が応じる。冗談めかして言ったのかとふりむけば、案外、守保の顔は真剣だった。

「でも好きになれない病院で何度も手術を受けて、苦しい治療を我慢して、くる日もくる日も真っ白な天井を見上げる時間を過ごさなければ生きつづけられないし、外にも出られない、って人もいるんですよね。この広い世界の中には」

透明感のある声で静かに語られる言葉は、潤平の心にじわりと染みこんでくる。音もなくひらいた自動ドアから病院の外に出た潤平は、春の朝日の下、両手を大きくひらいて深呼吸した。むきだしの頰や首筋に触れる空気が「あたたかい」というより「暑い」と表現したい季節になってきている。

「ほら、見ろ。どこにも桜など咲いておらん」

そう言いながら、潤平はふりかえって潮台田病院を仰ぐ。五階建ての白い建物は、その真ん中に大きな時計をつけたらまるで学校だ。手を庇にしてぐるりと見渡していた潤平の視線が屋上で留まった。人影が見えた気がしたのだ。

「おい。屋上に誰かいるぞ」

潤平は目を細めたり大きくひらいたりしてなんとかピントを合わせようとしたが、ちょうど朝日と向き合う形になってしまい、まぶしいだけだった。

そんな潤平の横で首をかしげていた守保は、その若い目に屋上の人物をしっかりととらえることができたらしい。小さくうなずくと、潤平に向き直って告げた。

「奥様です」

「何だと？」

「奥様が屋上にいます」

「何で？」

潤平はまぶしいのも忘れて目をみひらき、もう一度屋上を見上げる。すると、たしかに手すりをにぎって上体を突き出し、下を覗きこんでいる小柄なシルエットが目に飛びこんできた。守保の言うことを信じるならば、あれが鈴江なのだろう。潤平の視力では顔の造りまではわからないが、そう言われればたしかに肩から腰にかけてのなだらかな曲線になじみがある気がした。

「まったく。あんなところで何をしているんだか。亭主はとっくに退院したぞ」

潤平は鼻で笑いかけ、表情をなくす。ふいに心の底の箱に詰めこんでおいた恐怖がふたをはね飛ばして襲って来たのだ。

「……飛び降りるつもりか？」

声がつっかえた。足が震え、立っていられない。自分がおかしなことになっているとじゅうぶん承知しながらも、潤平は恐怖を追い払うことができなかった。頭は痛くなかったが、矢継ぎ早によみがえってくる記憶についていけずに混乱する。

潤平はきびすを返して病院に駆け戻った。そうでもしなければ、叫び出しそうだったのだ。足がもつれたが、転びはしなかった。潤平はすぐにあがった息で肩を上下させながら、広いエレベーターに乗りこむ。Rと閉のボタンを同時に連打した。

「藤崎さん、どうしました？」

足音も立てず、息も切らさず、影のように潤平の後ろに寄り添った守保が、さっきとまるで同じ静かな調子で尋ねてくる。潤平はうまく説明することができず、ただあえぐようにくり返した。

「俺は見たことがあるんだ」

昔、誰かがああやって自殺しようとしていた場面を、たしかに見た。俺はその場に居合わせた。あの時、屋上にいたのは誰だった？

エレベーター上部に数字と並んだRの文字が点灯し、ドアがひらく。潤平は転がり出た。屋上へとつながる扉には『入院患者の出入り禁止』と貼り紙がされ、鍵がかかっている。しかし、潤平が迷いなくノブをにぎり、力まかせに引っ張ると、なんの引っかかりもなくあいてしまった。

長い前髪の下で目をしばたたく守保をふりかえり、潤平は舌打ちする。

「あの時と同じ、あってないような鍵だ。まだ修理されていないらしい」

俺はこの扉を前にもこうやってこじあけた。潤平は確信する。自分の手にその時の感触がちゃんと記憶として刻まれていたからだ。そう。初めてじゃない。

あの時もこうやって扉をあけて、屋上に出て、手すりに寄りかかってぶるぶる震えている誰かの背中を必死で探し、それから、それから……。潤平は必死で頭を振った。記憶があふれてくる。現在の視界にいつかの光景がかぶってきて、物が二重に見えた。それとも、すべて腫瘍からくる幻影なのか？

潤平はからからの喉を無理やりひらき、手すりにつかまったままこちらをふりかえった者を一喝した。

「おい、死ぬな！」

そうだ。俺は前もこう叫んだんだ。

「人は生まれたら、生きる義務があるんだ。勝手に死ぬな。あきらめるな。生きろ」

涙に濡れた顔が潤平を見つめ、手すりにつかまっていた手が離れる。命を絶とうとしていたその体は柵の外ではなく内側、精一杯伸ばした潤平の腕の中に落ちてきた。

あまりにも軽く、肌の白い体だったのを覚えている。腕には点滴の針の跡が紫色の痣《あざ》となって無数にあった。そしてその髪は、彼が持つなけなしの生命力を懸命に寄せ集めたように真っ赤だった。

潤平はギギギ、と錆びついた音がしそうなぎこちない動きで守保をふりかえる。

「あんただったのか？」

守保は潤平の目を覗きこみ、赤い髪をくしゃっと搔いて、頭を下げた。

「十年前は、ありがとうございました」

聞きたいことがありすぎて、何から聞いていいかわからない。潤平がただ口をパクパクさせていると、鈴江がやって来た。やはり今、屋上の手すりにもたれていたのは鈴江だったのだ。

守保のことはひとまず置いて、潤平は鈴江に向き直ると問い詰めた。

「おまえも死のうとしたのか？」

「『おまえも』？」と首をかしげ、鈴江は眉をひそめる。そして、「いやだぁ」と笑いながら潤平の腕を軽くぶった。

「わたしがどうして死ななきゃならないの？」

「だって手すりから身を乗り出して……」

「守保さんから連絡をもらって、あなたを迎えに来たんです。でもちょっと遅れちゃって、病室にいったら、あなたと守保さんが入れ違いに出ていったって看護師さんに言われて。病院内は携帯電話が使えないから、屋上に出て。電話しようとしたら、ちょうどあなた方が見えたので、呼び止めようとしてたのよ」

しかし鈴江の声は届かず、手すりから身を乗り出したその姿を見た潤平が、勝手に過去の記憶と重ねて不穏な想像を働かせてしまったということらしい。

「バカモノが」

潤平は声を張り上げ、鈴江を叱り飛ばす。そうでもして力をこめておかないと、安堵のあまりその場にしゃがみこんでしまいそうだったからだ。

当然ながらむっとする鈴江に、守保がおだやかに尋ねた。

「屋上に出る方法をよくご存知でしたね。あの扉の鍵があってないようなものだってことを、前から知っていたんですね？」

鈴江はいたずらを見つかった小学生のように肩をすくめ、ばつが悪そうな顔になる。視線をさまよわせ、特に潤平を見ないようにしているのがわかった。

「なんだ？　おまえ、屋上にちょくちょく来ていたのか？」

潤平の問いに、しぶしぶうなずく。「何でだ？」と重ねた問いは、無視された。

「先におりておきますね」

鈴江はそう言って本当にさっさと去っていく。カッとして呼び止めようとした潤平の耳元で、守保が独り言のようにつぶやいた。

「病室で涙は見せられないですもんね」

驚いてふりむく潤平を、守保はつぶらな瞳でじっと見つめた。その動物の赤ん坊のような素直なかがやきを宿した丸い目に、潤平は吸いこまれそうになる。

鈴江がエレベーターに乗ったのを確認してから、守保は静かに言った。

「僕の母もよく屋上で泣いていたから、わかります。入院生活って本人はもちろんつらいけど、付き添う家族も大変なんですよね」

「……あんたの入院は長かったのか？」

潤平の問いに、守保はかすかにうなずく。赤い髪がさらさらと揺れた。

「中学と高校の六年間を丸々潰しました」

その年頃の六年がどれだけ濃密な時間か、青春と呼ばれる時代を過ごした者なら誰もが知ることだ。

「それは……大変だったな」

潤平が言葉を選びながら言うと、守保は「はい。大変でした」と全然大変じゃなさそうに言って、フニャッと笑う。

「手術を何度もくり返して、『今度こそ治ったよ』と言われた次の検査でまた最初から治療のやり直しなんてこともざらで、体は痩せるし、背は伸びないし、髪が抜けて赤髪のカツラになっちゃうし、腕は注射の跡だらけだし、だんだんもう自分が生きてんだか死んでんだかもよくわからなくなってて、死んだ後のことなんかも考えるようになって、散骨とかいいなあ、なんか自由になれる気がするなあ、とか。……それで屋上につい、ふらふらと」

守保はそこで言葉を切って、あらたまったようにもう一度「すみません」と頭をさげた。

潤平はうつむき、革靴の底で屋上のコンクリをコツコツと打った。あの日、定例の健康診断が終わって帰ろうとしていた潤平は、今日と同じように病院の外に出てからふとふりかえって屋上を見上げ、今まさに柵を乗り越えようとしている人影に血相を変えたのだ。「自分が屋上に着く前に飛び降りてしまったらどうしよう」と焦る気持ちや恐怖がはっきりよみがえってくる。そうか。あれはもう十年も前の話だったか。

「僕、あの日に教えてもらったんです。藤崎さんのご子息、草平さんの話。どんなにすてきな息子さんだったか、その息子さんと藤崎さんがどんなふうにすれ違ってしまったのか、あなたは全部僕に話してくれました」

「あんたが、息子と同じソウヘイって名前だと知ったからかな。息子を亡くしたばかりだったこともあって、俺はどうしてもあんたには死んでほしくなかった。死なせてたまるかと思った」

潤平が嚙みしめるように言うと、守保も唇を嚙んでうなずいた。

「僕は生きました。生きていたら、永遠につづくように思えた怖い手術も治療もちゃんと終わりがやってきました。生きていたら、髪の毛も生えて、体重も増え、背も少しだけですが伸びました。生きていたら、二度と出られないと思っていた外の世界に出て、旅をして、仕事をして、毎日太陽と月と海と電車とコンビナートを眺めています。生きていたら、藤崎さん、あなたとまた会えました。だから僕は、あなたに言いたい」

守保はふと表情をやわらげ、透明感のある声でささやく。

「生きてください。人は生まれたら、生きる義務があるんです。勝手に死んじゃダメです。あきらめちゃダメです。手術を受けてください。あなたが生きることを、みんなが願ってるんですよ」

「みんな？　大げさに言うのはよせ」

「本当なんですけどねえ」

やさしい顔で微笑む守保を前に、潤平はもぞもぞと頭を掻いた。この薄くなった頭の下のどこかに腫瘍がある。良性とはいえ、腫瘍は怖い。医者も看護師も鈴江もこの青年も一刻も早い手術を望んでいる。手術をすれば生きつづけられるからだ。そんなことはわかっている。しかし、手術は怖い。頭を切り刻むなんて、はっきりいって怖い。息子を亡くして以来、すっかり味気なくなったこの世界を、そんな怖い思いまでして生きる理由がどこにあるのだ？と考えてしまう。もういいんだ、とあきらめてしまう。会長職を合わせたら五十年つづいた会社生活の中で、こんな恐怖を感じたことは一度もなかった。不況の煽りを食らって自社の株価が大暴落した時も、海外企業に乗っ取られそうになった商談の席でも、強気のまま平然と打開策を考えていられた俺なのに、情けない。

「大きなお世話だ」

潤平は言ってしまってから、十年前の自分はなんて無責任で見当外れな激励をこの青年に与えたのだろうとほぞを嚙んだ。彼の治療、彼の手術、それらがどれだけ怖いものか、つらいものか、何も知らず、彼がどんな事情を抱えているかも考えずに、ただ「生きろ」だなんて、どの口が言えたのだ。

潤平は小さな声で謝った。

「すまん。俺は、あんたよりずっと弱いんだ。『生きたい』と心の底から願えるまで、まだもう少し時間がかかりそうだ」

潤平が誰かの前で自分のことを自分で「弱い」と認めたのは、おそらくこれが初めてだ。

守保はなだめるように潤平の肩に手を置き、「とりあえず」とおだやかに言う。

「桜を見に行きましょうかね」

「本当に咲いていたら、いいんだがな」

潤平は憎まれ口をたたいて、うなずいた。いつだって一言余計になってしまう。

海狭間駅は今朝も空いていた。

潤平は三両編成のオレンジ色の電車から降りるとすぐ、ホームの先に真っ黒なかたまりを見つけて、大声を出す。

「鈴江！　見ろ、ペンギンだ。水族館からちゃんと帰ってきてやがる」

腹をホームのアスファルトにぺたりとつけて、一見猫のような姿勢でうずくまっているのは、たしかにペンギンだった。鈴江は肩をすくめ、折りたたみ式の日傘を潤平にさしかけた。潤平はそんなことにはおかまいなく、ペンギンに駆け寄る。ホームに落ちたペンギンの影のなだらかな曲線を靴の爪先でなぞりながら、そっと手を伸ばした。ペンギンはしばらく潤平の手を眺めていたが、やがて立ち上がり、フリッパーの先でちょんと触れてくれる。しっとりした感触と生臭いにおいを感じて、潤平は頬をゆるめた。なぜだろう？　ペンギンを見ると、元気が出てくる。

改札を出て待合室まで来ると、守保は「ここから先はお二人でどうぞ」と潤平と鈴江に向かって頭をさげた。

「おい、勝手なことを言うな。俺は桜の咲いてる場所などわからんぞ」

「ちゃんと案内を頼んでいます。僕は一仕事してから、後で合流しますよ」

焦る潤平に対し、守保はどこまでも涼しい顔だ。潤平はバカらしくなって、フンと横を向いた。

鈴江がなだめるように潤平の肩に手を置くと、そっと押し出す。

「行きましょうよ、あなた」

「おまえは場所を知ってるのか？」

「案内人がいるって、守保さんが言ってらしたでしょう？」

「どこにいる？　ペンギンか？　ペンギンに案内させるのか？」

潤平はわめきちらしながらも、鈴江に押されるがまま待合室から外に出て、細い道路を渡ってフジサキ電機の通用門へ向かった。

潤平が「ペンギン」と連呼したせいか、ペンギンも律儀にえっちらおっちらついてくる。

潤平と目が合うと、落ち着かなげにフリッパーを持ち上げ、コキコキッと音をさせながら頭を左右に傾けた。

通用門の前では例によって、モジャモジャパーマの警備員が姿勢を正して立っている。潤平が「門賀君」と呼びかけると、殺し屋稼業の似合いそうな鋭い目が糸のように細くなって垂れ、嬉しそうに顔をかがやかせた。犬なら間違いなく尻尾を振っているだろう。

「会長！　私の名前を呼んだということは、ひょっとして、ご記憶が？」

「ああ、戻った。今の俺は会長じゃない。元・会長だ、と訂正できるくらいには戻った。まだ思い出せていないことも多いだろうがな」

潤平のその言葉に門賀は強面の顔を不自然に歪める。怖い顔が怖くてひどい顔になったが、おそらく痛ましく思ってくれているのだろう。潤平は浮かびかけた憎まれ口を飲みこむ。

門賀は潤平と鈴江、そして潤平の後ろにちょこんとくっついているペンギンを順番に見ていくと、顔を引き締めた。

「お花見ですね」

正面を向いていた体をくるりと反転させて、みずから門をあけてくれる。

「なぜ門賀君が知っている？」

「守保さんからうかがっています。お二人を桜の木まで案内してくれと頼まれました。えっと、もし藤崎会長、あ、いや、元・会長がその場所を知らないならば、の話ですが」

「知るわけがない」とふんぞりかえった潤平を泣き笑いのような顔で見下ろし、門賀は小さくうなずいた。守衛室にいったん戻ると、大きなリュックを背負って出てくる。

「では、私がご案内します」

長い足で門をくぐって、フジサキ電機の敷地に入っていく門賀に、潤平はあわてて声をかけた。

「おい、ちょっと待て。桜って、去年植えられたとかいう『庭桜』のことか？　あれは咲いてなかったぞ」

「庭桜ではありません」

当然のように否定され、潤平は「ううむ」とうなってしまう。まさか自分がイチから興し、最終的には会長として全社員を率いた会社の敷地で花見をするとは夢にも思わなかった。

始業時間を過ぎた工場からは、今日もまた様々な音が響いてくる。鼓膜を直撃するようなドリル音や金属音を聞きながら歩いていると、潤平は社長時代からの習慣だった敷地内の散歩コースを思い出してきた。就業時間中に、現場の視察も兼ねてよくぶらぶら歩いたものだ。

青い芝の色が濃くなり、やがて枯れていく。色とりどりの花が咲いて、散る。渡り鳥がやってきて、去る。蟬の声が一日中うるさく響き、ある日ぱたりと聞こえなくなる。春夏秋冬、鈴江が喜びそうな季節の変化を、潤平は自分の会社の中で味わってきた。

いつしか潤平は先頭に立って散歩コースをなぞって歩きながら、首をかしげる。

「こんな時期に咲く桜なんて、やはり聞いたことないがな」

潤平の独り言に応じる者はいない。代わりに、潤平の傍らをペタペタ歩くペンギンが天を仰いで「クアラァララ、カア」と鳴いた。

先頭の潤平がペンギンに歩幅を合わせているため、一行の進みは遅い。それでも、文句を言う者は誰もいなかった。

「海のにおいがここまでしてくるわ」

鈴江が感慨深く言うと、門賀が申し訳なさそうにモジャモジャパーマの頭を掻く。

「あ、その磯くささ、ひょっとするとペンギンのにおいかもしれませんね」

「あら、そうなの？」

門賀と鈴江のとぼけたやりとりに、潤平は声をあげて笑ってしまった。そんな潤平を見て、鈴江と門賀もホッとしたように微笑む。

敷地を蛇行するように進んでいくうちに、通用門からちょうど対角の端まで来てしまった。ここに来るまでに何度か社員達とすれ違ったが、警備員の門賀はともかく、ペンギンと老夫婦という明らかに部外者である者にまで、みんな礼儀正しく挨拶をしてくれた。潤平がここの元・会長であることを知らないような若者まで対外的な礼儀がしっかり身についており、潤平は鼻が高かった。

さすがはフジサキ電機社員だ、といい気分で敷地の突端部分にはりめぐらされた柵にもたれる。柵の向こうは海だ。潮騒が聞こえる。柵から身を乗り出せば、すぐ下の消波ブロックまで白い波が打ち寄せてきているのが見えた。

柵の外側に作られた階段をおりたところに専用港が設けられているのを見て、あれは俺が作ったんだ、と潤平は思い出した。

停泊している白いクルーザーもフジサキ電機の持ち物だ。潤平が社長だった頃は仕事や仕事以外での社員の慰労などによく使っていた。喜んでもらえていると思っていたが、自分でも船舶免許を取ってしまうほどクルーザーにハマっていた社長に、社員のみんなが付き合ってくれていただけかもしれない。

柵にもたれかかった潤平の太股の裏をペンギンがオレンジ色のくちばしでつついてきた。

「痛いな。何だ？」

潤平の注意が自分に向いたことを確認すると、ペンギンはフリッパーをふわりと浮かせて、その場でよちよち回りだす。滑稽なダンスにしか見えない。潤平が噴き出しながら視線を上げると、門賀と鈴江が少し離れた場所から手招きしているのが見えた。

彼らの間に一本の木がある。高さは門賀の身長より少し低いくらいだが、低い位置で枝分かれし、左右にのびのびと広がった枝とそこについた満開の白い花のせいで、ずいぶん立派な印象を受ける。しかもその白い花は、日本人が春を愛でる時に必ず思い浮かべる桜そのものだった。

「まさか」と潤平はうめく。

もうすぐ五月だっていうのに、このあたたかい土地で、まだ咲いている桜があるなんて。

門賀が口笛を吹くと、ペンギンは回転するのをやめて、門賀の方に向かってペタペタ歩き出した。潤平も遅れまいとペンギンを追う。左右に揺れる白と黒のツートンカラーのペンギン越しに眺める季節はずれの桜という風景は、思いきり現実離れしていた。

近くまで来ると、木の根元に植樹碑が埋まっているのがわかる。植樹碑についた泥を払って文字を目で追い、『チシマザクラ』という名と簡単な説明を確認した。

「チシマザクラ……遅咲きの桜か。初めて聞く名だな」

「北海道の桜ですよ」

鈴江がなんでもないように教えてくれる。ずいぶん詳しいのだな、と潤平は眉をあげた。海風に枝がゆれるたび、花びらがひらひら落ちてくる。それが楽しいのか、気持ちいいのか、ペンギンは首をかたむけてじっと桜を見上げていた。白いカチューシャをしたような模様の入った丸い頭が目の前にあるので、潤平は思わずなでたくなってしまう。手を伸ばそうとした瞬間、耳の奥でかわいい声が響いた。

『ペンギン、かわいいなあ。ペンギン、飼いたい。ねえ、お父さん。飼いたいよ』

なんて無茶なお願いだ、と苦笑しつつ、潤平はそのかわいい声の持ち主こそが幼かった息子の草平であることを思い出した。

昔、昔、大昔、昨日の水族館で会った男の子と同じように、草平も父親の俺に頼んできたのだ。

『ペンギンを飼いたい』と。

あれは水族館……そう、まさに、みしゅく水族館に連れて行った帰りの電車で言われた。

俺は「父さんがもっとえらくなったら水族館ごと買ってやる。だから、おまえもしっかり勉強してえらくなれ」などと都合よく請け合って、そんなお願いをされたことはすぐ忘れ去ってしまった。あいつ自身も二度と口にしなかった。

それなのになぜだろう？　あいつが亡くなった後、俺が真っ先に思い出したのがそのお願いだった。一度思い出したら最後、今度は忘れられなくなった。

思い返せば、草平がその短い一生の間に父親にしたお願いは「ペンギンを飼いたい」と「パン屋になりたい」くらいしかなかったのだ。

父親の俺はそのどちらも叶えてやれなかった。賛成してやれなかった。ただ頭ごなしに「無理だ」「バカなことを」と決めつけ、後は無視しただけだ。

俺はそのことをずっと悔やんでいたんじゃなかったか？

あふれてくる思いに、潤平は膝をつく。ペンギンの丸い頭とチシマザクラを何度も見比べた。その視界がにじんでぼやけてくる。いかん。こんな姿を鈴江や門賀に見られたくないと潤平は歯を食いしばり、二人がとっくに見ないふりをしてくれていることに気づく。完敗だ。

ペンギンがくるりとふりかえり、潤平のそばへペタペタ寄ってくる。

「ああ、思い出したぞ。おまえは……」

潤平が震える手を伸ばすと、ペンギンはフリッパーを持ち上げて用心深く一歩引き、それからゆっくりまた近づいてきた。オレンジ色の長いくちばしで潤平の心をたしかめるようにそっと掌をつつく。

その感触にくすぐったさを覚えて潤平が身をよじった時、視界の隅に人影が入った。

視線をあげると、海風に赤い髪をさらさらとゆらした守保と、その後ろから角刈りと呼んでもよさそうなくらい無骨な短髪の青年がやって来るのが見える。

鈴江が小さく「あ」と声をあげる。潤平はわけがわからず、ペンギンといっしょに小首をかしげた。


守保ともう一人の青年は早くも遅くもない足取りでチシマザクラに辿り着くと、木を取り囲む潤平と鈴江と門賀に一礼した。

「咲いてますね」とチシマザクラを見て笑った守保は、鉄道職員の制服に着替えていた。手には小さなバケツを持っている。ほのかに生臭いのは中に入っている冷凍の生魚のせいだろう。今日くらい初夏寄りの日差しだと、そろそろグレーのジャケットが暑苦しく見えてくる季節だ。そう思ったのは潤平だけではないようで、隣で鈴江が「ジャケットなんか、脱いじゃえばいいのに」とつぶやくのが聞こえた。

そんな守保とは対照的に、もう一人の青年はTシャツにジーンズという軽装だ。こちらはこちらで、あまりにも夏を先取りしすぎて寒そうに見える。

二人の青年が対照的なのは服装だけではない。成人男性の平均をおそらく下回る身長に華《きゃ》奢《しゃ》な骨格を持ち、どちらかといえば色白な守保が、中性的なやわらかい印象を与えるのに比べて、Tシャツ姿の青年は浅黒い肌に精悍な顔立ちをしており、短い髪はツンツン尖って痛そうだ。さらに門賀に迫るほどの高身長でいかり肩、胸板も厚く、ラグビー選手のような勇猛さに溢れていた。

潤平の視線にはじめて気づいたように、守保は青年をふりかえって前に出るよううながす。

「今日のお花見のゲストです」

「わたしが呼んだのよ」

鈴江がすかさず付け足した。潤平はぽかんと口をひらいて、鈴江を見る。まだ事情が飲みこめないでいた。いったい誰なんだ？

Tシャツの青年は潤平に負けず劣らず強ばった顔のまま一歩前に出たはいいが、その視線はペンギンに注がれたまま固まってしまう。

守保が咳払いして、耳打ちしているのが丸聞こえだ。

「ペンギンですよ。本物です。どうぞお気になさらず、つづけてください」

「あ、はい」

青年はあわてて潤平に視線を戻すと、短髪をゴシゴシとこするように頭を掻き、腰を九十度に曲げてお辞儀した。その体格と雰囲気から想像していたよりずっと細く頼りない声があがる。

「は、はじめまして。俺、いや、僕、藤崎太一《たいち》といいます」

ふじさき？

「今日は、あの、鈴江さんに、いや、おばあちゃん……に招いていただき、北海道の根室から来ました」

おばあちゃん？　北海道？　根室？　待て。待て。待て。

潤平は頭にぐんぐん血が集まってくるのを感じた。こめかみがズキズキ波打ちはじめる。いかん。抑えろ。

根室という地名は十年前にも聞いたことがある。電話口で鈴江から聞かされた。草平が根室の自宅付近で交通事故に遭い、近くの病院に運ばれたが、そのまま帰らなかったと。

「ずいぶん遠いところだ」

潤平はつぶやく。北海道根室市。遠く離れたその町の名を、潤平はその時まで口にしたこともなかったように思う。もちろん行ったこともなく、馴染みもなかった。ただ、息子が亡くなってもすぐに駆けつけることができないほど遠い町だと思い知っただけだ。

太一は眉をひそめて潤平の言葉の意味を懸命にはかっていたようだが、やがてあきらめたのか、大きな口をぽっかりあけて笑ってみせた。その顔はどのパーツを取ってみても、草平とは全然違う。髪もクセ毛ではない。背は草平くらい高そうだが、体格で違いがありすぎる。そのせいかどうか、潤平には目の前の精悍な若者が自分の血を分けた孫だという実感がまるで湧いてこなかった。

「あ、これ、おみやげっす」

太一は気まずい雰囲気に耐えかねたようにいきなりくだけた口調になり、背負っていたデイパックからタッパーをいくつも取り出す。門賀があわてて自分のリュックから出したレジャーシートを芝にひろげると、太一はその上にどんどん重ねていった。

鈴江が歓声をあげていそいそ近づく。

「パンね？」

潤平が手近なタッパーのふたをあけると、ビニール袋に包まれたキツネ色のパンがきれいに並んで入っていた。ビニールの口をひらくと、ふわんと焼きたてのパンの香りが立ちのぼる。

「昨日の夕方に焼いて、なるべく空気に触れないようにして持ってきました。鮮度は保てていると思うんだけど」

不安そうに口をとがらせる太一の横顔が一瞬、草平とかぶる。潤平はまばたきをした。

何なんだ？　こんなに違う顔なのに、どうして似ていると感じた？　考えに考えてようやく、表情の作り方やちょっとした仕草が似ているのだと答えが出る。

「どうぞ」と太一が自信なさげに小首をかしげてタッパーを差し出してくるその仕草に、潤平は草平を見てしまう。しっかりせんか。男なら胸をはれ。ことあるごとに叱り飛ばしていた自分の浅さを悔いる。

あいつはやさしい男だった。それだけだ。自信がなかったわけじゃない。正義が一つじゃないことも王道なんてないことも知っていたのだろう。それでも、頭の硬い、偏見の多い父親をいつだって立ててくれようとした。

目立たないよう高い背を精一杯丸めてその場を去ろうとした門賀を呼び止め、潤平はみんなでレジャーシートに座ろうと誘った。

「しかし、せっかく会長が家族水入らずで」

「だから、言ってるだろう？　俺はもう会長じゃない。それに家族水入らずでもないぞ。駅員が紛れこんでいるんだ。警備員がいたっていいだろう？」

「そうですよ」

守保はちゃっかりシートの一番真ん中に腰をおろし、チーズデニッシュを頬張りながらうなずいた。その周りをペンギンが物欲しそうにウロウロしている。目が合うと、真っ黒な瞳が潤んでいるのがわかった。お腹が空きすぎて泣いているのか？　まさか。

ペンギンに気を取られていた潤平の肩をたたくような言葉が、守保から発せられる。

「お花見はにぎやかにやりましょう。草平さんのためにも」

「ああ、今日はあいつの命日だからな」

潤平は不意打ちを食らった衝撃で、いつもより何倍も素直にうなずいてしまった。ハッと顔をあげる鈴江と目が合う。潤平はもう一度うなずいた。

草平が亡くなってからの十年間、一度だって命日を忘れたことはない。ただ、納得できず認めたくないから、素通りしてきただけだ。あいつが死んだなんて、俺は認めん。一生認めん、と息子の死を受け入れなかったのは、自分の弱さに他ならないと潤平はため息をついた。

今日こそ認めようじゃないか。受け入れようじゃないか。

草平が死んだことを。俺のたった一人の息子がもうこの世のどこにもいないことを。

息子が自分の生き方を認めてくれない父親を恨んでいただろうということも。

怖がらずに受け入れるしかない。

「何か言いたいことがあるんじゃないのか？　なんだって聞くぞ」

潤平のまっすぐな質問に、太一は目をみひらく。浅黒い肌なのに、頬がうっすら赤く染まるのがわかった。

なんだっていいぞ。恨みでも、怒りでも、憎しみでも、悲しみでも、なんだって。肩に力をこめて見つめている潤平に向かって、太一は「じゃあ」と居ずまいを正す。

「そのパン、早く食べてみてください」

「パン？」

拍子ぬけするあまり、潤平の声は裏返ってしまった。太一の目は真剣だ。うながすように何度もタッパーと潤平の顔を見比べる。

「わかった。わかったから」

潤平は仕方なくタッパーのふたに手をかけた。門賀がすかさずみんなに紙コップを配り、ポットに入れてきたコーヒーを注いでまわる。彼のリュックにはピクニックセットが入っているらしい。そこで潤平はまずコーヒーを一口飲んでから、タッパーの中をのぞきこむ。ビニール袋に包まれたキツネ色のふっくらしたパンを見て、思わず「ほぅ」と声が出た。まるいパンの上に、ほのかなピンク色の桜の塩漬けがのっていたのだ。

「あんパンだな。中は？　こしあんか？」

「粒あんです」

太一は潤平の顔色をうかがうように見てから、胸をそらした。

「おじいちゃんの好物を作るって、お父さんが決めたレシピっす」

あんこは粒にかぎる。表面は硬くても中はしっとりしているパンがいい。生地の上に桜の塩漬けがのっていたら言うことないんだがな。

潤平があんパンを好きで、休日のおやつや朝食代わりによく食べていた姿を、草平は見ていた。だから、あんパン？　俺のために？　まさか。

「あいつがそう言ったのか？　草平が？」

最後まであきらめず、恨まず、ひねず、自分の生き方を認めてもらおうとしていたのか？

「はい。パン屋になったからには、納得いくあんパンを持って、お父さん……あ、俺からするとおじいちゃんに会いに行くって。食べてもらえたら嬉しいってよく言ってました」

食べてもらえたら嬉しい。その強くてやさしい言葉は、潤平の耳には草平の声で変換されて聞こえてきた。そして、潤平は自分が長く草平の声を忘れていたことに気づく。

「……バカもんが。結局、間に合わなかったじゃないか」

潤平は弱々しくつぶやき、タッパーからあんパンを一つつまんで取り出す。すると横から両手を伸ばして、左右の手に一つずつ取っていく者がいた。鈴江だ。

「間に合ったのよ。もうちょっとだったのよ」

言いながら、鈴江は左手に持ったあんパンと右手のあんパンを交互にむはむは頬張っていく。

「あの日、草平はついに仕上げたんです、胸をはってあなたに食べてもらえそうなあんパンを。だから、今日の太一君のように、あんパンをリュックにいっぱい詰めて自宅を出たの。空港へ向かったの」

あんパンが喉につまったのか、胸がいっぱいになったのか、鈴江はそこで言葉を切って、コーヒーをあおる。太一が後をつづけた。

「だけど大通りに出てタクシーを拾おうとしていた時に……よそ見運転のトラックに……」

事故現場には、はね飛ばされた草平のリュックからこぼれたあんパンがいくつも転がっていた。そんな光景が、太一の言葉より早くよみがえってくる。

「そうだったな」と潤平はうなずいた。きっと俺はこの悲しくてやりきれない話を前にも聞いている。だから、とチシマザクラを見つめる。

「俺が植えたんだったな、この桜を」

草平が家を出てから、鈴江は潤平の知らぬところで草平や草平の嫁と連絡を取り合い、息子一家の暮らしについて様々な情報を得ていた。鈴江は言わないし、潤平も触れずにいたが、おそらくこちらから食料なり生活雑貨なり金銭なりを折に触れて送ったりもしていたのだろう。

鈴江のことだ。自分で送っておきながら、差出人は潤平の名前にしたにちがいない。そして草平のことだ。母親の小細工などお見通しだったことだろう。

だからこそ、あんパンを持っていこうとしたのだ。自分の生き方とその成果を、父親に胸をはって見せるために。

草平が亡くなった時、鈴江が混乱の中で漏らした息子一家が住む町の名を、潤平は耳に刻み、こっそり調べた。そしてその北の町には遅咲きの桜の名所があることを知った。息子の残した家族が住み、息子の墓があるその町を訪ねる勇気は出てこなかったが、代わりにその桜の苗木を取り寄せ、会社の敷地の一番端にこっそり植樹した。息子を思い出した時はいつでも来られるように、誰にも見られず泣けるように、海に向かって植えたのだ。

潤平は鼻をすすって、レジャーシートの片隅で守保に餌をもらっているペンギンに目を移した。

「ペンギンも、俺が手に入れたんだ」

守保が何個目かのパン・オ・ショコラの最後の一口を放り込んで手をはたいた。傍らでくちばしをあけて、解凍された小魚を丸呑みしようとしているペンギンにそっと話しかける。

「よかったな。思い出してもらえて」

潤平の胸がチクリと痛む。小魚を食べおわったペンギンは潤平を真っ黒な瞳で見つめ、

「クァラララ」と陽気に鳴いた。

三年前、珍しく臨時の貨物列車が海狭間駅に到着し、潤平宛の荷物の中からペンギンが出てきた時、新入社員としてこの駅に配属されたばかりだった守保が目を丸くして、潤平に尋ねてきたものだ。

「藤崎さん、ペンギンを飼うんですか？」

同じ質問をこの後、フジサキ電機の社員からも、警備員の門賀からも、弁当を届けにきた鈴江からもされた。そのたび、潤平は唇をへの字に曲げて「そうだ」と答えたが、本当は自分でも自分に聞きたかった。

本当にペンギンを飼うつもりか、俺？

ペンギンを入手した覚えなどないのに、同封されていた契約書のサインは間違いなく自分の字だった。自分の記憶は飛ぶことがあるらしいと意識したのは、この件が初めてだ。その時は深く受け止めなかった。そんなに深酒したか？　と首をひねったくらいだ。むしろ、目の前に現れた黒と白のツートンカラーがまぶしい、よちよち歩きのペンギンをどうすればいいかで頭がいっぱいだった。

待ったなしで始まるペンギンとの生活は、大企業の会長職に支障をきたすほど目まぐるしかった。慣れないネット検索や本で餌や飼育環境について調べ、三日間、いたるところにふりまかれる糞尿や生臭い体臭、絶え間ない食事の催促に四苦八苦した挙げ句、潤平は会社から一番近いみしゅく水族館に泣きついた。

「迷いペンギンを捕獲したのだが、引き取ってもらえんか？」

よくそんな荒唐無稽のみえすいた嘘をついたものだと今は呆れるが、当時はフジサキ電機会長としての、そして七十を過ぎた男としての威厳を保つことで必死だった。

しかし、潤平のちゃちな工作はすぐにメッキが剝げる。

髪と髭の毛量がやけに多い山男のようなペンギン担当飼育員は、調餌室《ちょうじ》に顔を出した潤平を見るなり「そろそろいらっしゃると思っていましたよ」と呆れたように笑ったのだ。

聞けば、潤平は以前何度もこの水族館に通い、飼育員に「ペンギンを譲ってくれ」と迫っていたそうだ。

「ペンギンと暮らすのが息子さんの夢だからどうしても欲しいって、しつこかったじゃないですか」

髭をザリザリと掻きながら言った飼育員の言葉に、潤平は目をむく。

「息子だと？」

「ええ。『息子を喜ばせてやりたいんだ』って」

潤平の肩が落ちた。草平が亡くなって、もう七年だ。その死の衝撃も悲しみもとっくに癒え、片がついたと信じていたのに、自分の知らない自分はまだこだわっていたらしい。死んだ息子への懺悔《ざんげ》に代えて、大昔に幼い草平からされた『お願い』に応えようとしたのか？

潤平は頭を抱えた。

飼育員はペンギンの餌となる小魚のエラにビタミン剤を埋めこむ作業をつづけながら、フフンと鼻で笑う。

「とはいえ、『俺はフジサキ電機の会長だぞ』なんてすごまれてもね。困っちゃうよね」

「そんなことを……俺が？」

潤平はいくら覚えていないとはいえ、自分のみっともなさに頬を熱くした。

「それで、あんたがこのペンギンを譲ってくれたのか？」

「まさか。断りましたよ。ペンギンはそもそも個人での飼育に向いていない生き物です」

飼育員はヒョイと肩をすくめ、潤平が連れてきたペンギンを見下ろす。

「ジェンツーペンギンですね、この子。まだほんの子供だ」

ひと目で判断できるのは、飼育員なら当たり前なのだろうか？　潤平はそんなこともわからなかった。

「水族館以外に、ペンギンを手に入れられる場所があるものかね？」

「ありますよ。ジェンツーはたしか準絶滅危惧種だから、正規のペットショップにはなかなか出回らないでしょうけど、別に個人家庭での飼育が法律で禁止されているわけじゃないですからね。日本で繁殖された個体を、フジサキ電機会長のコネを使って手に入れたんじゃないですか？」

皮肉な棘が刺さったが、潤平に怒りはない。ただただ戸惑い、困っていた。潤平のそんな様子に、飼育員の態度も少し和らぎ、「水族館で預かることはできないが」と断ってから世話や餌のやり方、飼育環境について、一つ一つていねいに教えてくれた。

潤平はそれからも会社が終わると頻繁にみしゅく水族館のペンギン担当飼育員の元に通い、会社のロゴが入った手帳に逐一メモをとり、わからないところは頭をさげて質問することをくり返し、ようやく知識だけはいっぱしの飼育員レベルにまで至ったのだった。

わからないことをわからないと正直に告げて、自分より年下の者に教えを乞うのはずいぶん久しぶりで、いったん見栄を捨ててしまえば、微熱が出るほど刺激的な経験だった。潤平は何度も東京に出てきたばかりの頃の自分を思い出し、体が熱くなった。

家庭では鈴江にも頭をさげ、夜間と休日は会社から自宅にペンギンを連れて帰ることを了承してもらった。

鈴江は潤平が連れて帰ってきたペンギンが短い足で頭を掻こうとしてそのままペタンと尻

餅をつく姿を見て、「かわいい」と手をたたいて喜んだ。

「わたし、ペンギン大好きよ。昔、ペンギンが歌うビールか何かのCMがあったでしょう？あれが大好きだったものだから」

アニメのペンギンが出てくるCMと本物のペンギンの飼育のどこに関連性があるのかと潤平はイライラしたが、なんとか怒りを飲みこんだ。迷惑をかけているのは自分だったからだ。電車に乗って通勤するフジサキ電機の会長とペンギンの不思議な組み合わせは、電車の乗客やフジサキ電機の社員からおおむね好意的に受け入れられ、『名物』にすらなった。海狭間駅を終点に持つ支線や本線の電車が『ペンギン鉄道』とひそかに呼ばれはじめたのも、この頃だ。

何もかもが順調だと、潤平は信じていた。

まさか一年も経たないうちに、自分が倒れるなんて夢にも思わなかったのだ。

潤平は会社で倒れ、救急車で潮台田病院に運ばれた。その頃にはペンギンの入手時のように、ちょくちょく自分の記憶が飛んでいることに気づいていた。後から考えると信じられない思い違いをしていることもあった。自分でも制御の利かない感情や行動が周囲を戸惑わせていることにも気づいていた。そろそろ会長職を退くべきだろうと覚悟はしていた。病院へ行かなかったのは、決定的な結果を告げられるのが怖かったからだ。

『良性の脳腫瘍が発見されました。腫瘍自体が小さく、成長も遅いことが予想されるので一刻は争いませんが、手術をおすすめします。記憶障害がひどくなったり、てんかんの発作を起こした場合は、すぐ入院してください』

恐れていた結果をもらい、真っ先に潤平の頭をよぎったのはペンギンのことだった。鈴江には申し訳ないが、一人（羽）では生きられないペンギンの方が気がかりだったのだ。

これから潤平の看護に骨身を削らねばならない鈴江にこれ以上負担はかけられないと思った。会長職を辞して会社とは関係なくなる以上、社員達の善意にも甘えていたくない。

潤平は思いあまってみしゅく水族館に掛け合ってみたが、例のペンギン担当飼育員に謝られた。

「そういう事情があるなら本当は一羽くらい引き取ってやりたいんですけど、規則なんです。すみません」

飼育員は悪くない。生き物と暮らすなら当然していなければならない準備と覚悟を、自分が怠っただけだ、と潤平は歯を食いしばった。

自分の置かれた状況をわかっているのかいないのか、短い足をペタペタいわせて潤平の後を必死でついてくるペンギンを見ていたら、潤平は不意に何もかも嫌になった。

何もかもから逃げたくなった。死、治療、手術、妻への義務、社員への責任、死んだ息子への後悔、そんなもろもろのしがらみが、ペンギンのぷっくりふくれたお腹のあたりにまとわりついている気がして、怖くなった。

いつものようにペンギンといっしょに乗っていた電車が駅に停まり、ドアが閉まる瞬間、潤平は逃げたのだ。ペンギンから。すべてから。

動き出す電車に取り残され、ペンギンはきょとんとしたまま潤平を見ていた。その姿がみるみる遠ざかっていった時、潤平は自分がどれだけ弱くちっぽけな人間かよくわかった。

血相を変えてなくしもの係のオフィスに飛びこんできた潤平に対し、守保は落ち着いていた。

「どうかしました、藤崎さん？」

「バカモノ！　どうかしたから来たんだ。ここは遺失物保管所で、おまえはそこの職員だろう？　仕事しろ！」

潤平の怒りをふわりと受け止め、守保は赤い髪をゆらして「はい」とうなずく。

「なくしものはなんですか？」

「ペンギンだ！　さっきはぐれた」

「はぐれた？」

長い前髪の下の、ペンギンとよく似た守保の瞳に見つめられ、潤平は思わず目をそらしてしまう。

「その……とにかく、このままではとても困るんだ」

「わかりました。きっと見つかりますよ。大丈夫」

守保は潤平を問い詰めたりはせず、素直にうなずき、アヒルみたいな口の形をしてフニャッと笑った。

潤平は守保が海狭間駅に配属された時からずっと、彼の軟弱そうな外見をバカにしてきたが、この時はじめてひどい偏見だったことに気づいた。

近くで向き合えば、フニャッとした笑いの中に、自分の仕事への誇りと自信がみなぎっていることがよくわかったのだ。

だから潤平は「よろしく頼む」と深々と頭をさげながら、心のどこかで確信していた。

きっと、このなくしもの係の元にペンギンは届けられると。

「それで届けられたんですか？　ペンギンが？」

太一が目を輝かせて、長い話の途中で一息ついた潤平の方へと身を乗り出した。

潤平は何杯目かのコーヒーを口にふくんで、ふふんと笑う。

いつしかタッパーの中のパンはほとんどなくなっている。みんなよく食べた。潤平は残り一つとなったあんパンをつかむと、立て膝をついて、レジャーシートの端で気まずそうに背を丸めている門賀に手渡す。

「ほら、食べろ」

「いえ。私は本当にもう」

「遠慮ばかりするな。門賀君には感謝しているんだ。チシマザクラの水やりもペンギンの世話もよく頼んだ。口のかたい君にずいぶん助けてもらった」

潤平の言葉を聞くと、門賀はモジャモジャパーマをもさっとゆらして頭をさげ、あんパンにかぶりついた。

「よいしょ」とかけ声をつけて元の位置に腰をおろすと、潤平はあらためて太一に目をやる。初対面の孫は、祖父よりペンギンに夢中だった。ペンギンもまた嬉しそうに太一の広い背中やたくましい太股をくちばしでつついて回っている。

潤平は自分と同じように太一とペンギンのじゃれあいを眺めている守保を横目でチラリと見てから、コーヒーを飲んで口を湿らせた。

「届けられたというより、ペンギンが自分で帰ってきたんだ」

太一は目をみひらき、ペンギンに向かって口笛を吹く。

「すごいなあ、おまえ」

ああ、その通りだ。ペンギンは自力でどこかの駅で電車を乗り継ぎ、ホームを移動し、海狭間駅まで戻ってきてくれたのだ。本当にたいしたやつだ。潤平は目を細めてペンギンを見る。

ペンギンの動きが少し鈍くなると、守保がサッと立ち上がった。

「ちょっとごめん」

ペンギンを促し、レジャーシートからおろすと、海の方へと誘導していく。首をひねっている太一に、潤平は「トイレだよ」と教えてやった。

「あ、そうか。ペンギンって垂れ流すんでしたっけ？」

太一は言ってしまってから、あんパンを頬張っている門賀の視線に気づいて「あ、すんません」と口を手で覆った。

「そう、垂れ流しだ。ただ、守保君ならその兆候に気づけたりする。今みたいにな」

「どうして守保さんは気づけるんだろ？」

「ペンギンのお母さん代わりだからでしょう？　世のお母さんはたいてい我が子がトイレに行きたそうな時がわかるものよ」

鈴江が朗らかに断言した後、門賀の顔と彼の食べているあんパンを見て「あら、お食事中に失礼」とぺろりと舌を出した。

潤平はうなずく。お母さんなのか友達なのか同僚なのかは知らないが、ペンギンと守保はたしかな絆で結ばれているように見える。

そうなってくれたのだ、俺のために。

「なくしもの係から連絡を受けて、ペンギンを引き取りに行った俺は、守保君に全部打ち明けたんだよ。彼があんまり穏やかだからつい、聞いてほしくなったんだ。なぜペンギンを手に入れたのか、自分の病気、これからの心配、そういうことをぶちまけて、格好悪くすがった」


なんとかならんもんかね？　そう言ってため息をついた潤平に、守保は微笑んで言った。

「藤崎さん、なくしものはお返ししますか？　それとも、お預かりしておきますか？」

「預かって……くれるのか？」

呆然と聞き返す潤平に、守保はうなずいた。

「はい。責任をもってお預かりしておきます。ここは、なくしもの係ですから」

その代わり、と赤い髪を掻き上げ、守保はフニャッと笑う。

「お世話の仕方をちゃんと教えてくださいね」

潤平は感謝を口にして何度も頭をさげつつ、この青年職員がなぜ一介の乗客の願いにここまで応えてくれようとするのか不思議に思った。人が好すぎていつか悪いやつにだまされるんじゃないかと、心配にすらなった。

ようやく伸びた地毛を赤く染めた童顔の青年が、まさかかつて自分の前で自殺しようとした少年だとは気づきもしなかったのだ。というより、その一件は、小さな腫瘍によって潤平の記憶の引き出しの隙間に落とされ、見えなくなっていた。

元・会長の潤平の口利きでペンギンはフジサキ電機の広大な敷地で散歩することが許され、それに伴って守保も通用門を自由に出入りできるようになった。同じく潤平が資金と鉄道会社との交渉を請け合って、海狭間駅なくしもの係のオフィスの中にペンギン用の寒冷部屋ができた。潤平が指揮をとって、フジサキ電機が培ってきた業務用厨房関連機器の技術をふんだんに盛りこんだ巨大冷蔵庫ともいうべき部屋だ。乗客からは見えないオフィスの裏手に小さなプールも作った。今後、ペンギンの飼育にかかる費用を藤崎家が全額負担していくことも鈴江と話し合って決めた。

以来、ペンギンはなくしものでありつづけている。守保は約束通りきっちり預かりつづけてくれている。

当の潤平が何もかも忘れてしまってからも、ずっと変わらず。

ぶじ用を足せたのか、ペンギンが心持ちすっきりした顔で戻ってくる。体を左右にふって、フリッパーをふわふわと持ち上げて、バランスをとりながらえっちらおっちら帰ってくる。その後を、守保が手を後ろに組んでのんびりついてきていた。春の潮風にやわらかそうな赤い髪がふわふわ舞い上がっている。

そんな一羽と一人を見つめてから、太一がふいに潤平の方を向く。正座して居ずまいを正した。

「何だ？　どうした？」

「おじいちゃん、手術を受けてください」

そう言うと、太一はぺたりと手をつき、頭をさげる。

鈴江と門賀が息を呑むのが見なくても伝わってくる。潤平は空咳をした。

「なぜだ？」

「お父さんの作った店で、焼きたてのパンを食べてほしいからです。あんパンもチーズデニッシュもクロワッサンもブルーベリーマフィンもバゲットも、今日持ってこられなかったパンも全部食べてほしいからです」

「俺に根室まで飛んでこいと？」

「はい」

キリッとあがった太一の眉の太さと形が、自分と似ていることに気づき、潤平はどぎまぎと目を伏せる。

「お父さんはおいしいパンをたくさん作って、たくさんのレシピを残してくれました。そのレシピを頼りに、お母さんが懸命に店をつづけてくれました。今日も朝から店をあけて、パンを焼いているはずです。俺も高校を出てから働き出しました。お父さんが始めて、お母さんが守った店を、俺がきっちり継ぐつもりです。今はまだまだ半人前だけど、いつかお父さんが胸をはってくれるようなパン職人になります。だから、おじいちゃんには元気でいてほしい。俺を見ていてほしい」

太一の浅黒い精悍な顔は、青年期特有の青さがにおいたっていた。潤平は草平がまったく同じ青さを宿して自分の前に立った日を、昨日のことのように思い出す。

『パン屋をひらきたいんだ』

そう打ち明けた若き草平の頬を張った掌を、潤平はじっと見下ろす。

「あなた、手術を受けて」と鈴江が祈るようにつぶやく。

「わたしも、あなたといっしょに北の町に行きたいわ。あの子の店であの子のレシピで作られたパンをたくさん食べたい。北海道の空はきっときれいよ」

空？　パンと空と何の関係があるんだ？　あいかわらずとんちんかんなことを言うやつだ、

と潤平は鈴江を睨んでから、ふっと息を抜くように笑った。

ようやくレジャーシートに辿り着いたペンギンと守保に目を移す。どこから聞いていたのか、守保はゆっくりうなずいた。

「藤崎さん、早く元気になって、なくしものを引き取りに来てください」

白いカチューシャをしているような模様が入ったペンギンの丸い頭が左右にゆれる。一度は自分を電車に置き去りにして逃げ出した潤平を見つめる瞳は、どこまでもまっすぐで濁りがない。

潤平は掌をひらいてゆっくり持ち上げると、そのまま太一の毛先がツンツンと立っている短髪の頭をなでた。ゴシゴシ、ゴシゴシ、とこするように少々荒っぽくなでまわした。

「わかったよ」

海からの風が強く吹き抜けて、チシマザクラの花びらが舞い散り、レジャーシートがめくれあがる。太一が持ってきてくれたパンの入ったタッパーはすべて空になった。前日に焼かれたパンだろうが、じゅうぶんおいしかった。焼きたては、さぞ極上の味だろう。それが、草平の考えた味なんだろう。

「行ってやる。元気になって、『ジジイ、いい加減にくたばりやがれ』とおまえに思われるくらい、何度だって訪ねていくぞ。覚悟しておけ」

一番初めに拍手したのは、門賀だ。彼の大きな掌が立てる音につられて、鈴江と太一も手をたたく。守保が倣い、なぜか潤平自身もたたいてしまった。

「太一君、お店の名前はなんて言うんですか？」

守保が尋ねると、太一は嬉しそうに指で鼻の下をこすった。

「『ペンギンベーカリー』。お父さんがつけたんです」

誰もが言葉をなくした空間を埋めるように、チシマザクラの花びらが降りそそぐ。その中の何枚かはペンギンの頭にふわりと積もった。

この世は美しい。

潤平は草平が亡くなった後、今日初めてそう感じた気がする。この世界でもう少し生きてみたいと、今、心から願った。

この作品は書き下ろしです。原稿枚数465枚（400字詰め）。

幻冬舎文庫

●最新刊
わたし、少しだけ神さまとお話できるんです。
井内由佳

二十年にわたり、一万人以上の相談者に神さまの詞を伝え、しあわせへと導いてきた著者による、ほんとうにしあわせになるための考え方とは？　人生に悩んだあなたの、輝きを取り戻す一冊！

●最新刊
実録！　熱血ケースワーカー物語
碇井伸吾

車の〝当たり屋〟として保険会社から金を取りながら、生活保護費の不正受給をもくろむ覚醒剤常習者との対決。関西の福祉事務所で、生活保護受給担当を十三年間務めた熱血ケースワーカーの記録。

●最新刊
告発者
江上　剛

合併後の深刻な派閥抗争が続くメガバンクの広報部員・裕也。ある日、写真週刊誌が頭取のスキャンダルを摑んだとの情報をキャッチし、裏どりに走る彼を待ち受けていたのは思わぬ事態だった。

●最新刊
孤高のメス　遥かなる峰
大鐘稔彦

練達の外科医・当麻のもとに難しい患者たちが次次と訪れる。ある日、やせ衰えた患者の姿に驚愕する当麻。かつての同僚看護婦、江森京子だった――。胸熱くなる命のドラマ、シリーズ最新刊。

●最新刊
世界中で食べてみた危険な食事
谷本真由美　@May_Roma

中国禁断の刺身、肉アイス、宇宙人色のゼリー……。旧ソ連からチュニジアまで、旅した国の滅茶苦茶な食を綴った爆笑の食べ歩き一部始終。鋭い語り口で多くのファンを持つ著者の名エッセイ！

ペンギン鉄道《てつどう》　なくしもの係《がかり》

名取《なとり》佐和子《さわこ》

平成26年6月10日　初版発行
平成26年8月20日　3版発行

発行人――石原正康
編集人――永島賞二
発行所――株式会社幻冬舎
〒151-0051東京都渋谷区千駄ヶ谷4-9-7
電話　03(5411)6222(営業)
　　　03(5411)6211(編集)
　　振替00120-8-767643

印刷・製本―図書印刷株式会社
装丁者――高橋雅之

幻冬舎文庫

ISBN978-4-344-42205-6　C0193　　な-36-1

幻冬舎ホームページアドレス　http://www.gentosha.co.jp/
この本に関するご意見・ご感想をメールでお寄せいただく場合は、
comment@gentosha.co.jpまで。